HENRY SUTTON
DER HOTELINSPEKTOR AUF MALLORCA

ROMAN

Aus dem Englischen von
Johannes Sabinski

K
A
M
P
A

Wenn Sie zweimal jährlich über unsere Neuerscheinungen
informiert werden möchten, schreiben Sie uns bitte an:
newsletter@kampaverlag.ch oder
Kampa Verlag, Hegibachstr. 2, 8032 Zürich, Schweiz

DIE GRÜNE SEITE DER KAMPA RED EYES
Gedruckt auf säurefreiem und chlorfrei gebleichtem
Papier aus verantwortungsvollen Quellen, zertifiziert
durch das Forest Stewardship Council. Der Einband
enthält kein Plastik, die Kaschierfolie ist aus nach-
wachsenden Rohstoffen hergestellt und kompostierbar.

Veröffentlicht als Kampa Red Eye

Covergestaltung: Herr K | Jan Kermes, Leipzig
Covermotiv: Bobby Evans / Telegramme Paper Co., London © Kampa Verlag
Satz: Tristan Walkhoefer, Leipzig
Gesetzt aus der Stempel Garamond LT / 210160
Druck und Bindung: CPI books GmbH, Leck
Auch als E-Book erhältlich
ISBN 978 3 311 12516 7

www.kampaverlag.ch

Ein Vormittag Mitte Juni, die warme Luft duftete nach Meer und Mandeln, Pool und Sonnenmilch, und Ben Martin dachte, sollte er jetzt sofort sterben, hätte er wenigstens vom Paradies auf Erden gekostet. Besser konnte es eigentlich nicht mehr werden. Solche Augenblicke musste man festhalten. Er wusste nämlich auch, dass Ansichten sich ändern und Eindrücke täuschen konnten und dass er beidem oft vorschnell erlag.

Die Sonne drang durch den Baldachin aus Weinranken, der sich über die Terrasse erstreckte, und warf Muster auf den Saum des weißen Tischtuchs und die überraschend kühlen und glatten Terrakottafliesen. Ben hatte seine Budapester abgestreift und trank einen dünnen, kalten Cappuccino, der zu viel Milch und zu wenig Koffein enthielt. In Spanien war Kaffee so oft enttäuschend, und auf den Balearen erst recht. Dennoch hätte ein Hotel dieser Kategorie einen anständigen hinbekommen müssen. Er würde es in seinem Bericht erwähnen. Ben gähnte.

Die nächsten Augenblicke würde er weder an die Arbeit denken noch an sonst etwas Beunruhigendes wie jene haarsträubende Störung um zwei Uhr morgens. Er wollte die Aussicht, den Duft und die Abgeschiedenheit in vollen Zügen genießen.

Ben ließ den Blick über die Wipfel der Zirbelkiefern,

Steineichen und Olivenbäume unter ihm schweifen. Eine lange, schnittige Motorjacht beherrschte die nächstgelegene Bucht. Das Wasser war völlig ruhig. Zu seinem Morgenkaffee hatte er sich noch einen Hierbas-Likör bestellt, um in Mittelmeerstimmung zu kommen und um zu sehen, ob er korrekt serviert würde, ohne Eis. Wurde er. Ben trank ihn in einem Zug.

Die dunstige grüne Landzunge hinter Cala Deià an der Nordwestküste der wunderschönen Insel Mallorca erhob sich aus dem Meer und ragte immer weiter empor, bis sie den höchsten Gipfel der Serra de Tramuntana bildete. Diese zerklüftete Gebirgswand trennte die schicken und exklusiven Enklaven im Norden der Insel vom überfüllten, unmäßig verstädterten Süden.

Wenige Kilometer außerhalb von Deià, in Richtung der berühmten Orangenhaine von Sóller, lag das Hotel Amagat, ein Fünf-Sterne-Haus und eines von zwei Hideaway-Hotels auf den Balearen. An eine Bergflanke geschmiegt, schien das Amagat in ständiger Gefahr zu schweben, durch den naturbelassenen mediterranen Wald ins Meer abzurutschen. Doch das Hauptgebäude, einst ein Landsitz, hatte seine Stellung seit dem siebzehnten Jahrhundert majestätisch gehalten.

Der riesige Infinitypool direkt hinter der Terrasse war letztes Jahr neu hinzugekommen. Sehr zu Bens Überraschung zog darin gerade eine Frau in einem weißen Bikini ihre Bahnen. Sie hatte schulterlanges Haar und brachte es fertig, mit einer überdimensionalen schwarzen Sonnenbrille von Gucci auf der Nase zu schwimmen – die verflochtenen goldenen Gs funkelten in der Sonne. Ganz offensichtlich wollte sie auf keinen Fall die

Gläser nass spritzen, denn ihre Schwimmbewegungen waren überaus langsam. Ein Wunder, dass die Frau nicht unterging.

Und ein Wunder, dass sie nach letzter Nacht so gelassen wirkte.

Ben stellte das leere Likörglas zurück auf den Tisch und setzte sich mit einem Ruck auf. Ihm war plötzlich ein Gedanke gekommen. Wo war ihr Partner an diesem Morgen, der riesige Mann mit den riesigen Händen, der sich Wim Jansen nannte?

I

Ben war am Abend zuvor in zerknittertem Zustand eingetroffen, mit Falten im Anzug überall dort, wo sie nicht hingehörten. Er hatte sich nach einem kräftigen Schluck gesehnt und dennoch sofort das hoteleigene Restaurant mit Michelin-Stern angesteuert. Alles im Rahmen seiner Pflicht als Hotelinspektor für die Hideaway-Gruppe. Mit seinem Gehalt konnte er zu Hause schwerlich angeben – nicht dass sich seine Wohnung im Londoner Stadtteil Greenwich noch wie ein richtiges Zuhause anfühlte –, die beruflichen Annehmlichkeiten hingegen waren außerordentlich.

Konnte er denn in seiner Situation und in seinem Alter wirklich mehr erwarten? Ein zweiundfünfzigjähriger geschiedener Vater einer Heranwachsenden – nicht eben der Stoff, aus dem Träume gemacht sind, so viel war mal sicher. Immer noch malte er sich aus, eines Tages den großen internationalen Bestseller zu verfassen. Zumindest hatte er genug Zeit zum Schreiben – nicht nur von Hideaway-Berichten.

Irgendetwas mit irgendwem zu teilen war schwierig, denn sein Job erforderte größte Verschwiegenheit. Wenn er auf Reisen war, um ein Hotel zu inspizieren, konnte er niemandem erzählen, womit er sein Geld verdiente. Er reiste unter falschem Namen und mit falschem Firmenausweis. Seinen Pass hielt er unter Verschluss. In der Welt der Luxushotels sprach Geld eine viel deutlichere Sprache als Papiere. Sicher, gestern Abend hatte der tadellos gekleidete Oberkellner jeden Blick auf seinen zerknitterten Anzug geflissentlich vermieden und es verdächtigerweise bewerkstelligt, ihm sofort einen Tisch in bester Lage auf der gut besuchten Terrasse zu besorgen.

Ben hatte entschieden, darüber hinwegzusehen. Nach seinem Billigflug ohne jedweden Schnickschnack hatte er vorzügliches Essen aus regionalen Zutaten, unverschämt guten Wein und eine behagliche Umgebung dringend nötig gehabt. Er hatte schon häufiger darüber nachgedacht, dass es seine ehrliche Hingabe an die schönen Dinge des Lebens war, die ihn zu einem guten Hotelinspektor machte – vielleicht hatte er tatsächlich seine Berufung gefunden.

Als Journalist war er nicht mehr vorangekommen und dann entlassen worden, weil das Wirtschaftsmagazin, für das er arbeitete, dem Digitalzeitalter erlag, wie jede andere ihm bekannte Zeitschrift. Die Nachfrage nach abstrus luxuriösen Hotels, schicken Zimmern und guten Speisen wuchs zum Glück. Die Reichen und Erfolgreichen schienen immer reicher und erfolgreicher zu werden und mussten sich, Gott sei Dank, weiterhin gegenseitig verköstigen und beeindrucken.

Wim Jansen und seine in Zeitlupe schwimmende Partnerin Juliet de Vries, als welche Ben die beiden inzwischen kannte, hatten einen Tisch weiter gesessen, in aufdringlich romantischen Kerzenschein getaucht und lautstarkem Zikadengezirpe ausgesetzt. Das bisschen Seide, das sie trug, stand ihr sehr gut – ein hellblaues rückenfreies Kleid mit tiefem Ausschnitt. Er kam in der üblichen Aufmachung des korpulenten Superreichen mittleren Alters daher: weißes Leinenhemd über dunkler Leinenhose, mehrere klobige Halsketten, die zweifellos ihr Gewicht in Gold wert waren, Armreifen ähnlichen Kalibers – sah Ben da auch eine Rolex? – und dazu die denkbar schmalsten Slipper.

Was hatten groß gewachsene Männer nur immer mit diesen Schuhen? Ben trug nie etwas anderes als Budapester. Er hatte mehr als zehn Paar davon in unterschiedlich reparaturbedürftigem Zustand, weil sie, wie er seiner Ex-Gattin schon zu oft erzählt hatte, ewig hielten. Hatte sie darum genug von ihm gehabt? Sein Fimmel für Budapester. Wie wär's zur Abwechslung mal mit trendigen Turnschuhen, hatte sie einmal gesagt. Sei das nicht ein Widerspruch in sich, hatte er entgegnet. Es war einer ihrer gemäßigteren Wortwechsel gewesen. Seine Budapester, allesamt in Brauntönen gehalten, waren ausnahmslos von Crockett and Jones in der Jermyn Street in London. Langlebigkeit, Bequemlichkeit und eine schlichte Eleganz seien seine Markenzeichen, hatte er zu ihr gemeint. Überdies hatte sie etwas an der Farbe seiner Kleidung auszusetzen, die bis auf zwei dunkelgraue Hemden und einen Pullover ausschließlich blau war. Es erleichterte das morgendliche Ankleiden ungemein.

Sein ältester Freund Olly, ehemaliger A&R-Musikmanager und Drogengeschädigter, der sich nach einem Entzug als Restaurantbetreiber neu erfunden hatte, trug selbstverständlich immer nur trendige Turnschuhe – und zwar neue, weil sie ständig kaputtgingen. Dazu Jeans und Kapuzensweater. War das angemessen für einen Mann Mitte fünfzig? Ben konnte über Ollys Aufmachung hinwegsehen, weil er großartige Gesellschaft war, immer optimistisch und ein sprudelnder Quell guten Essens und Musikwissens.

Zu seinen interessanten Nachbarn auf der Terrasse gesellten sich bald zwei weitere Leute – ein halb so schwerer und offenbar halb so protziger Mann wie Jansen und eine ältere, rundlichere Ausgabe von de Vries. Sie trug ein orangerotes Oberteil mit langen Ärmeln, eine enge weiße Hose und silberne Sandalen. Auf dem linken Fußknöchel hatte sie eine kleine Tätowierung, die wie ein Vogel aussah.

Die Sprache hatte sofort von Holländisch zu Englisch gewechselt. Zunächst hatte Ben den Halbproleten und das orangene Oberteil für Polen gehalten, dann merkte er, dass es Russen waren. Sie hießen Roman und Anna. Die Männer redeten mindestens eine halbe Stunde lang über Motorjachten, die Frauen schnippten Asche ab und rollten unauffällig die Augen.

»Wehe, das Boot ist wieder nicht schnell genug. Das letzte hat nur dreißig, höchstens fünfunddreißig Knoten gemacht«, sagte Roman. »Und es war zu groß. Ein richtiger Tanker. Nutzlos.«

»Mit Spielzeugen kann ich nichts anfangen«, lachte Wim. »Was zählt, ist Reichweite. Dreihundert, vierhundert Kilometer mindestens – so was brauchst du.«

»Ich sag dir schon, was ich brauche«, entgegnete der andere.

Wim schnaubte, was er, wie Ben beobachtete, häufig tat. Als versuchte er, durch Luftausstoß seine Masse etwas zu vermindern. »Die hier ist eine echte Schönheit –

das verspreche ich. Ich zeig sie dir heute Nacht. Morgen ist sie vielleicht schon weg.«

»Sie ist hier?«

»Ja, jetzt. Morgen krieg ich noch eine andere rein. Die wird dir auch gefallen. Ich habe gerade viele Kunden, meine Dienste sind sehr gefragt. Aber dir mache ich den besten Preis, wie immer.« Er klatschte in die Hände, rieb sie dann aneinander und stieß das tiefe Lachen eines lebenslangen Zigarrenrauchers aus.

»Du wirst mir zu teuer und lieferst nicht das, was ich haben will.«

»Wenn dir nicht gefällt, was du siehst«, er warf einen Blick zur hinreißenden de Vries, »dann verschwende nicht wieder meine Zeit. Ich bin stolz auf mein Geschäft, meine Ware. Einen besseren Deal kriegst du nirgendwo im ganzen Mittelmeerraum. Und denk dran«, er senkte die Stimme, »mich hintergehen ist nicht. Niemals.«

»Wir werden ja sehen. Dieses Hotel im Übrigen, ich kann's nicht leiden«, sagte der Russe. Er schien an Selbstbewusstsein zu gewinnen. »Die Leute, die hier arbeiten. Denen traue ich nicht.«

Am Nachbartisch sank Ben in seinem dicken marineblauen Anzug in sich zusammen. Er betrachtete das akkurat ausgerichtete Besteck, das weiße, mit großen verchromten Klammern befestigte Tischtuch, die einzelne Kerze auf seinem Tisch und ihr elektronisches Flackern in einer Rauchglasvase. Von Weitem mochte sie vielleicht echt wirken.

Mit jäh erhobener Stimme sagte de Vries dann auf Englisch: »Diese Männer, die trauen doch keinem. Das ist ihr Leben.«

»Und unseres«, antwortete die Frau namens Anna erheblich leiser. »Aber ich kenne die Wahrheit.«

Ihr Essen kam. Die Vorspeisen: kleine, sorgfältig angerichtete Teller mit erlesenen regionalen Köstlichkeiten. Eine Sommelière präsentierte daraufhin eine Flasche 2004er Chambolle-Musigny – Ben war beeindruckt.

Wim Jansen machte sich nicht die Mühe, den Wein zu probieren, bevor er sich das Glas vollschenken ließ und den Inhalt rasch hinunterkippte. Die Weinkellnerin schien solches Verhalten durchaus gewohnt, blieb freundlich und lächelte.

Seinerseits hatte Ben eine Flasche Torre des Canonge blanc bestellt, der auf der hiesigen weißen Rebsorte Giró blanc beruhte. Er war kräftig, komplex und modern und passte wunderbar zu seinem eigenen ersten Gang – einem erstaunlichen Carpaccio von fangfrischen Roten Garnelen aus Sóller mit Orangenscheiben und Lavendelvinaigrette. Aber die Unterhaltung am Nebentisch störte ihn weiterhin.

Ben beschlich der Verdacht, dass Juliet etwas mit dem Russen am Laufen hatte. Der versuchte nicht mal zu verbergen, dass er ihr direkt auf die Brüste starrte. Das einzige anscheinend halbwegs entspannte Mitglied der Runde war Anna. Während Juliet in einer Garnele herumstocherte, verzehrte Anna genüsslich ihre Calamari.

Eine sanfte Meeresbrise wehte über die Terrasse, brachte die Lichterketten in den Weinranken sachte zum Schaukeln und die sonderbare Gruppe kurzzeitig zum Schweigen. Hunderte Meter tiefer lag das Mittelmeer, schwarz und ruhig.

Die Sterne hoch droben wurden von zwei Flutlichtern ausgeblendet, die auf vier riesige Palmen gerichtet waren: Wächter am Eingang des alten Herrensitzes. Ben wusste, dass der Himmel selbst zu dieser späten Stunde von Flugzeugen wimmelte, die Menschen von und nach Palma de Mallorca beförderten, in ihren Urlaub mit Freunden und Familie. Er wusste auch, dass die meisten Gäste des Amagat nicht wie er mit einer Billigfluglinie angereist waren. Ein paar dürften sogar mit Privatjets gekommen sein.

Ungeachtet dessen wusste er die drei perfekt gebratenen Lammkoteletts auf dem Teller vor ihm zu würdigen, die mit einer Kruste aus Kräutern und Oliven überzogen waren und von püriertem Fenchel und Tupfern von Olivenölgelee begleitet wurden. Vielleicht ein wenig einfallslos – bis auf die kandierten Lavendelzweige. Dennoch wünschte sich ein Teil von ihm, er hätte den Steinbutt mit Foie gras und Sherryjus gewählt, den Wim Jansen gerade serviert bekam.

Allein zu essen war, trotz der Güte der Speisen, ihrer Darreichung und des reizvollen Ambientes, die vielleicht schwerste seiner Pflichten. Es gab nur begrenzt viele Arten, einen Tisch einzudecken und zu dekorieren, und begrenzt viele Arten, ein Lamm zu würzen. Seine Berichte mussten ausführlich sein. Verstohlen schrieb er Stichpunkte auf – er hatte immer ein kleines Notizbuch und einen Stift zur Hand –, ehe etwas anderes seine Aufmerksamkeit auf sich zog.

Juliet hatte ebenfalls den Steinbutt bestellt. Wobei sie ihn kaum anrührte, sondern nur auf dem Teller herumschob. Ben war immer wieder fassungslos, wie viel Essen die Leute in den besten Restaurants der Welt stehen ließen. Er war dazu erzogen worden, seinen Teller leer zu essen, und hatte sich auch in seiner Ehe mit Alex daran gehalten. Es war sicher nicht das Essen gewesen, was dieser Beziehung den Garaus gemacht hatte. Alex und er waren beide ambitionierte Köche.

Und ganz gewiss war es auch nicht die Geburt ihrer wunderschönen Tochter Natalie gewesen, das mit Abstand Beste, was ihm im Leben passiert war. Auch hatte es nicht an ihrem Karrierismus gelegen – Alex war Firmenanwältin. Die Beziehung war, so hatte sie verletzend gesagt, an seinem Übereifer gescheitert: Er hatte ihr zu viel Liebe und Zuneigung gezeigt. Auch in der Öffentlichkeit. Küssen im Park, Händchenhalten auf der Straße, Wangenstreicheln im Restaurant – war das nicht, was Ehepaare taten? Sie kam mit seiner Aufmerksamkeit, seiner Liebe nicht zurecht.

Dass Alex zudem ein leidenschaftliches Verhältnis mit einer Kollegin unterhielt, kam erst später ans Licht. Er hatte sich damit abgefunden, dass sie einen schrecklichen Fehler gemacht hatten. Um Natalies willen versuchten sie weiterhin, respektvoll miteinander umzugehen, obwohl er natürlich ahnte, dass Alex ihn nie wirklich geliebt hatte.

Dafür war sie nun sehr glücklich mit Gabby verheiratet, und von ihren biederen Kollegen wurde die Beziehung gänzlich akzeptiert. Ebenso von Natalie, seit Kurzem vierzehn Jahre alt.

Ben dachte häufiger darüber nach, wie gern er sich Vollzeit um Natalie kümmern würde. Doch er wusste auch, dass Alex eine tolle Mutter war und sein Job häufiges Reisen und ein spärliches Gehalt mit sich brachte.

Außerdem hatte Ben kein richtiges Zuhause mehr. Es gab zwar seine kleine Wohnung in Greenwich, aber darin meistens einen Untermieter oder Airbnb-Gäste.

Außerdem hatte Natalie zusehends mehr an materiellen Dingen und jeder kleinsten Art von Verschwendung auszusetzen. Unlängst war sie engagiertes Mitglied der Extinction Rebellion geworden, was es ihm noch schwerer machte, seinen Job vor ihr zu rechtfertigen.

Ben wählte als Dessert den sautierten Pfirsich mit Mandeleis, da es ihn unvermittelt nach Süßem verlangte, um seine trüben Gedanken zu verscheuchen. Und weil sich damit ein Likörwein rechtfertigen ließ. Gewöhnlich verzichtete er auf Nachtisch, nicht zuletzt, weil er neulich erschrocken festgestellt hatte, dass sein Hosenbund ein wenig eng geworden war. Bis zum Alter von fünfzig Jahren hatte er immer nur Kleidergröße M getragen.

Seine Garderobe wurde überwiegend von einem unabhängigen Designer und Kleidungsfabrikanten im ländlichen England angefertigt. Das Label Old Town bot stilistisch zusammengewürfelte, aber unverwüstliche Hemden, Jacken und Hosen an – zweckmäßig, wie er gern dachte. Es hatte inzwischen einen gewissen Kultstatus und wurde zuweilen in den hipperen Läden von East London gesichtet. Olly hielt es für einen schlechten Witz. Natalie pflegte entsetzt den Kopf zu schütteln, wobei er das Gefühl hatte, sie könnte sich noch mit der Aussage und den Prinzipien der Marke anfreunden, wenn auch nicht mit ihren Schnitten.

Als Ben seine jüngste Bestellung bei Old Town aufgab – für ein weiteres blaues Hemd aus Chambray-Stoff und eine eng anliegende Jacke mit vier Knöpfen aus marineblauem Köper –, hatte er der Mitinhaberin verlegen mitgeteilt, dass er die Sachen diesmal wohl in Größe L brauche.

»Keine Sorge. Sie sind nicht der erste Kunde in Ihrem Alter, dem das passiert«, hatte sie ihm am Telefon geantwortet.

Von flüchtigen Inaugenscheinnahmen abgesehen, suchte er die Fitnessräume der Hideaway-Anlagen selten und in großen Abständen auf. Lieber verschaffte er sich draußen Bewegung, auf Wegen, Feldern und Stränden – in der Natur.

»Ich hoffe, alles war nach Ihren Wünschen, Sir«, sagte plötzlich ein Kellner, der sich vorbeugte, um den leeren Dessertteller abzuräumen.

»Ausgezeichnet.« Ben nahm an, der Kellner hatte keine Ahnung, dass sie beide letztlich für dasselbe Unternehmen arbeiteten, mit seinen weltweit zehntausend Mitarbeitern und der Firmenzentrale in Frankfurt.

»Wäre Ihnen ein Kaffee recht oder ein Digestif?«

Ben war seit Langem an die internationale Sprache der gehobenen Küche gewöhnt. Er sah zu, wie Wim Jansen, Juliet de Vries und die beiden anderen ihren Tisch verließen und sich nach drinnen begaben, wobei sein Blick wie magisch von Juliets spärlich bedecktem Hinterteil angezogen wurde. Ben hatte gelegentlich Techtelmechtel mit anderen Hotelgästen. Aber seine unregelmäßigen Arbeitszeiten und die Tatsache, dass er Natalie so oft wie möglich sehen wollte, machten dauerhafte Beziehungen nahezu unmöglich. Ohnehin war er sich nicht sicher, ob er überhaupt eine feste Beziehung wollte, schließlich war er noch immer auf der Hut, sich nicht wieder in die Falsche zu verlieben.

»Ich nehme einen Digestif in der Bar«, sagte er. Er hatte genug von der warmen Brise, dem Duft nach Pinien und teuren Parfüms und von den ewiglich flackernden Kerzen. Außerdem wollte er den anderen ins Innere folgen. Sie hatten seine Aufmerksamkeit erregt. Sie machten hier keinen Urlaub.

2

Nachdem er die Rechnung für sein Menü inklusive fünfzehn Prozent Trinkgeld mit einem unleserlichen Gekrakel abgezeichnet hatte, erhob Ben sich rasch, klopfte die Sitzfalten aus seiner Hose und schlängelte sich über die Terrasse zum Haupteingang des Hotels.

Die Bar befand sich in einem langen schmalen Raum mit hohem Deckengewölbe. Er glich ein wenig einer Kapelle, gleichzeitig einschüchternd und heimelig. Die Beleuchtung war warm und gedämpft, das Mobiliar eine Mischung aus schweren Stühlen und Truhen, mallorquinische Antiquitäten womöglich, und ultramodernen Designerstücken aus Glas und Stahl. Alles wirkte gediegen und war in cremefarbenen und hellbraunen Tönen gehalten, mit gelegentlichen Farbtupfern in knalligem Violett bis Magentarot. Das Thema »Alte Verse, neues Lied« machte sich gut.

Solche Gegensätze konnten einander ergänzen. Olly versuchte schon ewig, Ben dazu zu bringen, moderner zu sein, gab ihm dies oder das zu hören, während der die Vorzüge von Dingen pries, die Bestand hatten. »Bis auf die Ehe, mein Freund«, hatte Olly einmal gesagt. Die beiden gaben ein seltsames Bild ab, wenn sie gemeinsam eine Bar oder ein Restaurant betraten. Ben in seinen Budapestern und Olly mit den neuesten Turnschuhen.

Ihnen gefiel der Kontrast und Witz daran. Keiner von beiden würde sich je ändern.

Nur zwei Gäste waren in der Bar, und sie hatten keinerlei Ähnlichkeit mit dem faszinierenden Vierergespann. Diese beiden waren blass und fleckig im Gesicht und unterhielten sich lautstark auf Englisch, mit schottischem Akzent.

»Whiskey würde ich immer vorziehen«, sagte der Mann und schaute leicht angewidert sein Glas Brandy an.

»Whisky trinkst du doch immer«, entgegnete seine Begleitung. Sie war unaufdringlich stilvoll gekleidet und lächelte warm, aber nüchtern. »Warum nicht mal was anderes probieren, hier aus der Region? Wir sind schließlich im Urlaub.«

»Was wissen die Spanier schon von Brandy?«, meinte er. »Und ich wette, dieser Drink kostet 'ne Stange Geld. Im Voraus sagen sie's einem nie, ist doch wahr.« Auch der Mann war gut, wenn auch konservativ gekleidet und wirkte keinesfalls mittellos.

»Was erwartest du in so einer Art Hotel? Barzahlung am Tresen? All you can eat? Entspann dich.«

Nicht zum ersten Mal dachte Ben, wie viele Leute mit Geld es gar nicht verdienten, sich so ein Hotel leisten zu können. Hätte er hingegen genug Geld, würde er nicht unbedingt hier absteigen. Man konnte gut und gern vier Mal im Jahr in einem normalen Hotel Urlaub machen für den Preis von einem Mal in einem Hideaway.

Der Barkeeper polierte Gläser und schaute aus Höflichkeit zur Decke. Ben schlenderte hinüber.

»Guten Abend«, sagte er auf Englisch. Er sah keinen

Grund, Kastilisch oder Katalanisch zu sprechen. Die Belegschaft eines Hideaway, zumindest wenn sie Kontakt zu Gästen hatte, sprach Englisch – außer in Frankreich. War er in Frankreich, gab Ben sich immer Mühe mit der Landessprache. Er konnte einigermaßen Französisch, Italienisch, Deutsch, Spanisch und ein wenig Katalanisch, was ein Grund dafür war, dass er den Job bekommen hatte.

Ein anderer war, vermutete er, dass zu seinen letzten journalistischen Arbeiten ein Profil der Geschäftsführerin von Hideaway gehört hatte. Er war nach Frankfurt geflogen, um Emily Muller über ihren blitzartigen Aufstieg in der Branche zu interviewen. Sie hatten sich sofort gut verstanden. So gut sogar, dass sie ihn hinterher zum Essen ausgeführt hatte. Den überraschend vergnüglichen Abend hatten sie damit verbracht, über ihre Scheidungen, Wohnungskredite, Karriereentscheidungen und ihre Kinder zu reden. Vielleicht wäre sie mitgekommen, hätte er einen Absacker in seinem Hotel vorgeschlagen. Doch weil er in einem preiswerten Motel am Stadtrand übernachtete, hatte er es nicht getan.

Sie hatte ihn ein wenig eingeschüchtert, war äußerst klug, attraktiv und elegant gekleidet. Eine Gegeneinladung war lange überfällig. Nur war sie jetzt seine Chefin.

»Was darf es sein?«, fragte der Barkeeper, nachdem er ein perfekt poliertes Glas behutsam auf ein Bord zurückgestellt hatte.

Ben kletterte auf einen Barhocker – es gab nur vier, sie waren übermäßig gepolstert. Es gehörte zu seinen Privilegien, zu seinem Job, zu bestellen, was immer er wollte, und dabei das gesamte Angebot zu prüfen. Ben ließ seinen Blick an der eindrucksvollen Flaschensammlung im Eichenregal hinter der Bar entlangwandern und entschied sich rasch für einen mallorquinischen Brandy, einen achtzehn Jahre alten Suaz Reserve. Er hatte bei einem früheren Aufenthalt auf der Insel mit Alex und Natalie, nicht in diesem Hotel, sondern in einer Einzimmerwohnung in Puerto Pollensa, davon gehört. Damals hätte er sich den Brandy nicht leisten können, aber es war ein herrlicher Urlaub gewesen und einer der wenigen, die sie gemeinsam verbracht hatten.

»Gute Wahl«, sagte der Barkeeper mit einem Nicken. »Der kommt hier aus der Nähe. Die Familie Suaz ist für ihre Weine und Brandys berühmt.«

»Sind Sie Franzose?«, fragte Ben.

Der Barkeeper schüttelte den Kopf. »Marokkaner.«

Nachdem er Ben den Brandy eingeschenkt hatte, machte er sich wieder ans Gläserpolieren, mied auf einmal den Blickkontakt. Ben sah sich über die Schulter um, spürte, dass noch jemand im Raum war. Am Eingang zur Bar stand ein Mann im Anzug. Er starrte geradewegs in Richtung Bar, als würde er jemanden kontrollieren. Und nicht einfach irgendwen. Er schaute unmittelbar zum Barkeeper. Als er sah, dass Ben seinen Blick bemerkt hatte, ging er. Ben konnte sich ziemlich gut vorstellen, wer dieser Mann war.

»Woher genau in Marokko?« Ben wandte sich wieder seinem Getränk und dem Barkeeper zu. Obwohl der so viel herumpolierte, fand Ben nicht, dass sein eigenes Glas so sauber glänzte, wie es eigentlich sollte. Er hätte diesen Minuspunkt im Notizbuch vermerkt, wenn der

Barkeeper nicht so verängstigt und seltsam schutzlos gewirkt hätte.

»Nicht so wichtig. Eine Kleinstadt.« Er sah Ben immer noch nicht an.

»Ich hatte letztes Jahr eine tolle Zeit in Marrakesch. Wie lange sind Sie schon hier?«

»Ich bin jeden Tag hier.«

Ben wurde klar, dass er dem Mann wachsendes Unbehagen bereitete. »Ich bin David«, sagte Ben und streckte die Hand aus.

Darauf drehte sich der Mann ihm zu. »Ja, Sir«, sagte er, ohne Bens Hand zu schütteln.

Ja, Sir? Ben konnte den Ton des Barkeepers nicht richtig einordnen. Wie üblich hatte er nicht unter seinem richtigen Namen eingecheckt. Das Zimmer war für David Slavitt gebucht worden. Es war Bens Art, sich seine schöpferische Seite im Unternehmensdickicht zu erhalten. David Slavitt war das Pseudonym, das er für seinen bislang unveröffentlichten Kriminalroman benutzt hatte. Unwillkürlich schüttelte er den Kopf. Er hatte diesen Traum noch nicht ganz aufgegeben. Sein Leben konnte nicht nur daraus bestehen, Laken und Kissen zu inspizieren, Speisekarten zu studieren oder Grünanlagen und Wellnessanwendungen zu begutachten. Ohnehin ging seine Neugier, die ihm als Journalist so gute Dienste erwiesen hatte, stets weit über schlichte Tatsachen hinaus. Warum verhielten sich Menschen auf eine bestimmte Weise? Allem lag entweder eine Motivation zugrunde oder Verlangen.

Olly sagte immer, Ben hätte bei der Polizei anfangen oder so eine Art moderner Privatschnüffler werden sollen – wäre er bloß nicht so wählerisch und anspruchsvoll bei allem, was er aß und trank. »Du bist kein Typ für Bier und Curry, oder? Kann mir dich nicht mit Fast Food im Streifenwagen vorstellen«, wiederholte er sich gern.

»Und Sie sind?«, fragte Ben in freundlichem Ton, wie er hoffte, und hielt dabei seinen Brandy hoch.

»Engin«, sagte der Marokkaner leise.

»Ist ruhig hier heute Abend.« Jetzt, Anfang Juni und unter der Woche, war zwar keine Hauptsaison, aber ein Hotel wie dieses zielte auch nicht auf die Schulferien ab.

Der Barkeeper lächelte. »Es ist ein warmer Abend.« Er schaute weg. »Ich hab immer zu tun.«

Er schien zufrieden damit zu sein, ein Glas auf Hochglanz zu polieren, wenn er beschäftigt wirken musste. Ein ratloser Ben machte daraufhin den Fehler, sich abermals umzusehen, doch diesmal fiel sein Blick auf den Schotten, der sogleich zu winken anfing und ihm signalisierte hinüberzukommen.

Offenbar hatte das Paar einander als Gesellschaft satt und war erpicht darauf, irgendeinen Fremden in ein Gespräch zu verwickeln. Ben war schon öfter in dieser Lage gewesen. Gewöhnlich hatte er nichts dagegen einzuwenden, sondern freute sich auf etwas Plauderei, um ganz nebenbei so viel er konnte über jemandes Aufenthalt in einem Hideaway zu erfahren.

»Kommen Sie rüber zu uns«, rief der Mann und ließ Ben keine Wahl. Ben stieg von dem Hocker, griff nach seinem Brandy, nickte Engin verschwörerisch zu und ging hinüber.

»Ich habe Sie Englisch sprechen hören«, sagte der

Mann. »Die meisten Leute hier sind entweder Deutsche, Holländer – die reisen echt viel, was? – oder Russen. Warum haben die Russen so viel Geld? Na, wir wissen, warum, stimmt's?«

»Bringen Sie ihn ja nicht in Fahrt«, lachte die Frau.

Ben fand nicht, dass er das getan hätte.

»Ian«, sagte der Mann und streckte seine Hand aus.

Ben schüttelte sie zögerlich. »David«, seufzte er. »David Slavitt.«

»Und das ist Maggie.« Ian nickte seiner Begleitung zu.

»Hi«, sagte Ben und schüttelte weniger zögerlich auch ihre Hand. Sie war um die vierzig, hatte blondes schulterlanges Haar, blaue Augen und trug ein schickes rotes Neckholder-Kleid.

»Dann sind Sie auch geneppt worden?« Ian zeigte auf Bens Glas.

»Das?«, sagte Ben, hielt seinen großen Schwenker hoch und versuchte dabei, die Fettflecken darauf zu verbergen, »ist der edelste Brandy der Balearen. Wird weltweit verkauft, falls Sie also je einen ergattern können.«

»Na schön«, sagte der Mann. »Mir kommt er spanisch vor, wenn Sie mich fragen.«

Ben wusste nicht recht, was er damit meinte. Er war deutlich älter als seine Begleitung und sichtlich an eine luxuriöse Umgebung gewöhnt, wenn auch nicht daran, die Kosten selbst tragen zu müssen. Er war durch und durch Firmenmensch in Polohemd und gebügelter Freizeithose.

»Mir schmeckt mein Drink«, sagte Maggie und führte daraufhin aus, dass sie einen Mandellikör trinke und dieser ebenfalls aus der Gegend stamme.

Ian fiel Maggie rasch ins Wort, um Ben zu verraten, dass er Anwalt sei und eine eigene Kanzlei in Edinburgh habe, als wäre das nicht offensichtlich. Maggie habe früher für ihn gearbeitet und nun seien sie Mann und Frau. Darüber lachte er. Sie nicht. Sie feierten heute ihren dritten Hochzeitstag. Zusammen kamen sie auf eine beträchtliche Zahl Ehen und Kinder, wobei Maggie nicht so aussah, als hätte sie so viele vorzuweisen wie er. »Das Leben ist reichhaltig und kompliziert«, sagte Ian.

Ben hatte sofort das ungute Gefühl, dass die beiden nicht mehr viele gemeinsame Hochzeitstage feiern würden.

»Kann ich Ihnen noch einen holen?«, fragte Ian mit Blick auf Bens Glas.

Ben wollte Ian gerade ins Bild setzen, wie selten und kostspielig Suaz-Brandy sei, doch der war schon auf halbem Weg zur Bar.

»Wo ist denn jetzt der Barkeeper hin?«, wunderte er sich.

Ben konnte Engin nirgends sehen. Normalerweise wäre er davon wenig begeistert gewesen. Kellner hatten da zu sein, sobald man sie brauchte, und unsichtbar, tat man es nicht. Obwohl es ihn ziemlich beeindruckte, wie Elgin nun Ian aus dem Weg zu gehen suchte. Er konnte es ihm kein bisschen verübeln.

»Sind Sie allein hier?«, fragte Maggie. »Sie sind mir beim Abendessen aufgefallen. Ihre Jacke gefällt mir. Woher haben Sie die? Ich wünschte, Ian würde mehr auf seine Kleidung achten. Er trägt immer dasselbe langweilige alte Zeug.«

»Danke«, sagte Ben und sah an seiner Jacke hinunter,

die offen stand, um sein blaues Hemd von Old Town zu zeigen. Er würde den Umstand verschweigen, dass auch er eigentlich immer das Gleiche trug und dass seine Familie das nicht guthieß. »Sie ist von einem kleinen Modelabel in Norfolk.« Er lächelte, stand auf, fühlte sich befangen. Er schaute hinüber zu Ian. »Sie brauchen mir nicht noch einen Drink holen, danke. Ich mach für heute Abend Schluss.«

Er trat den Rückzug an. Maggie sah ihn immer noch an, leicht verwirrt.

»Tja, ich bin allein hier«, sagte er, weil er mit ihr fühlte. »Nur so bekomme ich etwas erledigt. Ich bin Schriftsteller.« Er lächelte breiter, um die Notlüge zu verhehlen. Er hatte den Satz schon viele Male zuvor gesagt.

»Wie wunderbar«, sagte sie. »Ich lese furchtbar gern. Irgendwas, wovon ich gehört haben könnte?«

»Es sind Krimis. In Großbritannien bin ich nicht so bekannt. Haben Sie beide eine gute Nacht.« Er wandte sich schleunig ab und ging aus der Bar, wobei er bemerkte, dass von Engin noch immer jede Spur fehlte.

Beim Gang durch die Lobby war sich Ben sicher, den Rücken des Anzugträgers durch eine Tür hinter der verwaisten Rezeption verschwinden zu sehen. Er gehörte natürlich zur Belegschaft, war der Hoteldirektor. Ben hatte seine Hausaufgaben gemacht.

Die Luft draußen war herrlich warm, obwohl der Wind jetzt frischer blies und die Lichterketten in den Weinranken stärker schaukelten. Ein paar Leute, Paare zumeist, beendeten noch ihr Abendessen. Ben holte sein Telefon hervor und sah, dass es keine neuen Anrufe oder Nachrichten gab, gar nichts von Natalie, obwohl er ihr zuvor zwei SMS geschickt hatte, um mitzuteilen, dass er gut angekommen sei und dass sie ihm fehle. Außerdem hatte er versucht, ihr ein Foto des Hotels zu senden, schien aber stattdessen ein Bild von seinem Daumen übermittelt zu haben. Kein Wunder, dass sie nicht geantwortet hatte.

Er war nicht müde. Die Aussicht auf ein wunderbar weiches Bett mit frischen Laken in einer – hoffentlich – sorgsam lärmgedämmten und geschmackvoll eingerichteten Juniorsuite reizte ihn nicht. Er wusste, dass er nicht gut schlafen würde. Diese Gabe hatte ihn schon vor Jahren verlassen. Er ertappte sich dabei, wie er vom Hotel fort bummelte, in Richtung einer kleinen Menschengruppe in einiger Entfernung, die ihn irgendwie anzog. Es waren zwei oder drei Leute, vielleicht zwei Männer und eine Frau, die sich zügig bewegten. Er konnte nicht ausmachen, wohin sie gingen.

Bald war er über die Gartenanlage hinaus geschlendert und bei den Tennisplätzen, hatte die drei aber schon aus den Augen verloren, denn vor ihm lag tiefschwarze Nacht. Überdies lenkte ihn ein merkwürdiges Rascheln hinter den gedrungenen Johannisbrotbäumen ab, die den Fußweg säumten. Erst vermutete er einen Vogel, dann eine Ratte, die sich genüsslich den Bauch mit Abfällen aus dem Sterne-Restaurant vollschlug. Aber nein, eine Katze flitzte genau vor seinen Füßen über den Gehweg. Sie war mager und knochig, und beglückt fühlte er sich in diesem Moment keinesfalls.

Da er den Lageplan und die Hinweise für Gäste auf seinem Zimmer schon studiert hatte, wusste er, dass dies der Pfad sein musste, der bis hinunter ans Meer führte.

Anscheinend war das ein viertelstündiger steiler Abstieg, und festes Schuhwerk wurde empfohlen. Er trug nie etwas anderes als festes Schuhwerk. Die Strecke war allerdings unbeleuchtet. Er entschied, dass es bis zum Morgen Zeit hatte, und kehrte angetan vom warmen Halogenschein, in den es getaucht war, zum Hotel zurück. Ebenfalls hübsch beleuchtet und mit zielstrebiger Anmut ging Juliet de Vries über die Terrasse. Sie hatte sich einen Schal um die Schultern geworfen.

Sie verließ die Terrasse am anderen Ende und ging um die Ecke des Hauptgebäudes. Es war fünf Minuten nach Mitternacht.

3

Als Ben das nächste Mal auf seine Armbanduhr sah, war es zwei Uhr vierzig. Er hatte seine Nachttischlampe anmachen müssen, weil die Ziffern der Jaeger-LeCoultre aus den fünfziger Jahren, die einmal seinem Großvater gehört hatte, ihre Fluoreszenz eingebüßt hatten und sein Telefon zum Aufladen auf dem Schreibtisch in der gegenüberliegenden Zimmerecke lag. Dort schien die nächstgelegene Steckdose zu sein, nicht eben praktisch. Er würde das in seinem Zimmerbericht erwähnen müssen. Der Gedanke daran entlockte ihm ein Gähnen.

Aber sein Telefon gab keinen Ton von sich. Davon war er also nicht aufgewacht. Was ihn hatte aufschrecken lassen, war lautes Geschrei.

Es klang nach einem Mann und einer Frau. Sie brüllten einander auf Holländisch an, und selbst wer es mit keinem Wort beherrschte, begriff unschwer, dass der Streit zügig eskalierte.

Ben wusste, dass es vollkommen sinnlos war, das Licht zu löschen und zu versuchen, wieder einzuschlafen, außerdem sorgte er sich um die Frau. Er kletterte aus dem Bett und fühlte sich seltsam erleichtert, die Decke los zu sein. Ihm war zu warm gewesen, merkte er, weil er die Klimaanlage abgestellt hatte, die lauter surrte, als sie es in einem Haus wie diesem sollte. Wann hatte ihn nachts je eine Klimaanlage nicht gestört? Dennoch gehörte auch das in den Bericht.

Auf einem Bord im Badezimmer fand er einen schweren Bademantel, der etwas zu fest zu einem dicken weißen Bündel geschnürt war. Er warf ihn sich über und trat auf den Balkon hinaus.

Das Gebrüll kam nicht aus einer der angrenzenden Suiten, sondern anscheinend aus einem Zimmer ganz am Ende des Gebäudes. Trotzdem war der Aufruhr draußen viel deutlicher zu hören. Die Frau schrie inzwischen regelrecht. Plötzlich hörte man einen lauten Knall, als wäre ein Gegenstand geworfen worden – oder eine Person. Dann zerschmetterte Glas. Das Ganze würde teuer werden.

Ben beugte sich vor und bekam sie in den Blick. Ja, es war Juliet de Vries, auf ihrem Balkon, und der abwegigste Unsinn schoss ihm in den Kopf. Wim Jansen war kein Romeo, das war klar. Wahrscheinlich war sie auch keine Julia im Shakespeare'schen Sinne.

Andere Gäste tauchten nun auf ihren Balkonen auf, während das Geschrei von Holländisch zu Englisch überging. Ben fragte sich für eine Millisekunde, ob sie absichtlich eine Show abzogen.

»Bleib mir vom Leib, du Hure«, dröhnte der Mann.

»Ich? Fick dich«, schrie sie zurück. »Scheißtyp. He, fass mich bloß nicht an mit deinen dreckigen Mörderhänden.«

»Ich soll dich nehmen wie die Hure, die du bist?«

»Fick dich.«

»Ach ja? Du sollst kriegen, was du willst. Ihr seid doch alle gleich.«

Das Krachen und Rumsen wurde lauter. Nur zu gut konnte sich Ben die Verwüstung in der Suite ausmalen – zertrümmerte Rahmen der Fotos ländlicher Szenen auf Mallorca, zerbrochene kunsthandwerkliche Töpferwaren, zerlegte Stilmöbel. Die eine oder andere moderne Gerätschaft, die schlagartig nicht mehr nach einundzwanzigstem Jahrhundert aussah. Blut auf den Laken, an Wänden und der Decke.

»Fass mich ja nicht an«, schrie sie erneut. »Sonst bist du tot. Ich bring dich um.«

Jetzt lachte der Mann. Dann schrie er, wenn nicht wie ein Schwein, dann wie ein wilder Eber. »Nein, du bringst mich nicht um, aber ich fick dich – klar? Wie all die anderen Kerle.« Etwas schlug krachend unter ihrem Balkon auf.

Ben knotete sich hastig den Bademantel zu und schlüpfte barfuß in seine Budapester. Dann öffnete er die Zimmertür und lief den Flur hinunter. Aus zwei anderen Zimmern spähten Leute, doch Ben war der Erste, der an der großen, eisenbeschlagenen Eichentür zur Suite ankam. Er hämmerte dagegen. Die Tür schien aus Massivholz zu sein. Dann bemerkte er eine Klingel und drückte darauf. Niemand kam. Er griff nach der Klinke. Sie ließ sich nicht bewegen, gab nicht nach.

»Aufmachen!«, rief er, ehe er wieder mit der Faust gegen die Tür hämmerte.

Grabesstille herrschte nun hinter der Tür. Noch einmal klopfte Ben vergeblich aufs Holz, dann sah er sich über die Schulter um. Niemand sonst hatte seine Suite verlassen, um ihm beizustehen. Das war das Problem mit den Überprivilegierten – sie leisteten nie Erste Hilfe.

»Aufmachen«, rief Ben abermals, rüttelte an der Klinke und schlug gegen die Tür.

»Verzeihung«, hörte er hinter sich.

Er drehte sich um und sah zwei Männern näher kommen. Einer trug einen Anzug und am Revers ein Namensschildchen mit Hideaway-Logo. Der andere gleich hinter ihm steckte in einer blauen Cargohose und dazu passendem Hemd mit dem Schriftzug *Security* auf der Brusttasche.

»Ich leite die Nachtschicht«, sagte der im Anzug zu Ben. Dem Schildchen zufolge war sein Name Jordi Garcia. Er war größer als der Direktor und schlanker. Er sah aus, als könnte ihn ein Windstoß umwerfen. »Wie ich höre, gab es eine Ruhestörung.« Den Security, der beträchtlich älter und weniger in Form zu sein schien und fast einen Meter kleiner war, stellte er nicht vor.

»Tja, kann man wohl sagen«, sagte Ben. »Da drin ist ein Kerl, der versucht, seine Partnerin umzubringen. Diese Tür bewegt sich keinen Millimeter.«

»Bestimmt ist alles in Ordnung«, sagte Garcia. »Bitte gehen Sie in Ihr Zimmer, und wir werden der Sache nachgehen.«

»Warum machen Sie die Tür nicht auf?«

Der Nachtschichtleiter klopfte behutsam an. »Jetzt ist alles ruhig«, sagte er. »Wir stören unsere Gäste nur ungern.«

»Herrgott noch mal«, schimpfte Ben, »es hörte sich an, als würden sie sich grün und blau schlagen und das Zimmer zerlegen.« Mit Sicherheit würde das in seinen Bericht einfließen. So führte man doch kein Hotel. Garcias Tage würden gezählt sein.

»Ich muss zuerst anklopfen«, sagte Garcia. »So sind die Vorschriften.«

»Sie sorgen sich um die Vorschriften?«

Schließlich förderte Garcia eine Schlüsselkarte zutage. Gerade schob er sie in den Schlitz, als die Tür aufgerissen wurde.

»Ja?«, sagte der große Holländer Wim Jansen und trat heraus. Er trug wie zuvor seine Leinenhose, sonst aber nichts. Seine Brust war gewaltig und mit einem dichten dunklen Pelz überzogen. Seine massive Gestalt versperrte den Zugang zum Zimmer. Seine Stirn glänzte vor Schweiß.

»Es gab Hinweise auf eine Ruhestörung«, sagte Garcia. »Ich möchte sichergehen, dass alles in Ordnung ist.«

»Geht Sie einen Scheiß an.« Jansen wollte die Tür schließen, doch Garcia hatte seinen Fuß in den Spalt geschoben. »Ach ja? Na, sie ist eine Hure, ein Tier. Was wollen Sie sonst noch von mir hören?«

Für Ben sah er so aus, als würde sich ihm kein Tier in den Weg stellen.

»Sir«, sagte Garcia höflich, »vielleicht kann ich in Ihr Zimmer kommen, um das zu bereden. Wir wollen die anderen Gäste nicht stören. Es ist mitten in der Nacht.«

Bens Ansehen für den Leiter der Nachtschicht wuchs. Womöglich war er doch nicht so unerfahren. Vielleicht würde er seinen Bericht etwas abmildern. Im Hotelgeschäft hatte jeder eine zweite oder dritte Chance verdient, genau wie im Leben.

»Geben Sie ihr ein anderes Zimmer. Schaffen Sie sie aus meinem Leben. Sie ist verrückt.«

Ben fiel eine dunkelviolette Schramme auf der Brust des Holländers auf. Das Fell konnte nicht alles verbergen.

»Mrs Jansen«, sagte Garcia, »kann ich sie sprechen? Ist sie wohlauf?«

»Was haben die anderen hier zu suchen?« Jansen fixierte Ben. Der sah nicht weg.

»Ich würde gern hineinkommen«, sagte Garcia. »Ich würde gern Ihre Frau sprechen.«

»Sie ist nicht meine Frau. Ihr Name ist de Vries. De V R I E S. Wie oft muss ich euch Leuten das noch sagen? Sie wird niemals meine Frau sein. He, du?« Wieder sah er Ben direkt an. »Geh wieder ins Bett! Und du, kleiner Mann«, jetzt blickte er geradewegs auf den Security, »verpiss dich.«

»Ich muss hineinkommen«, beharrte Garcia. »Man hat Glas splittern hören. Vielleicht können wir das Zimmer reinigen. Bevor sich jemand verletzt.«

»Niemand kommt hier rein«, sagte Jansen. »Besorgen Sie ihr ein anderes Zimmer, bringen Sie sie weg, dann sehen wir weiter.«

»Es gibt Richtlinien und Vorgehensweisen«, sagte Garcia, »die wir zur Sicherheit all unserer Gäste einhalten müssen.«

»Nein. Zuerst verschwindet sie.«

»Ich muss hineinkommen«, sagte Garcia noch einmal. Volle Punktzahl für Standhaftigkeit, dachte Ben. Allerdings war hier Körpereinsatz nötig. Sie würden sich hineindrängen müssen. Den Security, der weiterhin nur alt und wortlos herumstand wie eine mallorquinische Antiquität, hatte er schon abgeschrieben.

Kaum hatte Ben die Schulter gesenkt und sich auf eine körperliche Auseinandersetzung gefasst gemacht, tauchte Juliet de Vries hinter ihrem Partner auf. Ihre Frisur saß nicht richtig. Ebenso wenig das Handtuch, das ihren Körper kaum verhüllte. »Ja?«

Ben konnte keinerlei Blut oder blaue Flecke an ihr entdecken, zum Glück.

»Gibt es irgendetwas, das ich für Sie tun kann, Ms de Vries?«, fragte Garcia. »Möchten Sie, dass ich Ihnen ein anderes Zimmer besorge?«

»Nein, das hier ist meine Suite. Ich ziehe nicht aus. Er kann gehen, wenn er will.«

Jansen machte eine Miene, als wolle er auf sie einschlagen. Ben wappnete sich.

»Sie sind nicht verletzt?«, fragte Garcia.

»Jedenfalls braucht sie einen Arzt«, sagte Jansen. »Für ihren Kopf.« Er fing an, sich wie wild an den eigenen Kopf zu tippen. »Und ihr Herz.«

Daraufhin fasste Garcia Ben ins Auge. »Bitte, Sir, gehen Sie zurück auf Ihr Zimmer. Ich bedaure die Störung. Ich habe alles unter Kontrolle. Danke für Ihr Verständnis.«

Ben rührte sich nicht, sondern versuchte, an Jansen vorbeizusehen. Juliet de Vries schüttelte den Kopf.

»Glauben Sie, ich kann nicht auf mich selbst aufpassen?«, sagte sie herablassend, drehte sich um, ging davon, und das Handtuch fiel zu Boden.

Juliet de Vries hatte doch Blut am Leib, bemerkte Ben. Ein paar Tropfen rannen ihr linkes Bein hinab, kamen von irgendwo oberhalb ihres Schenkels.

4

Die Sonne brannte schon vom Himmel. Ben hatte einige Stunden durchgeschlafen. Da er die Balkontüren und Fensterläden offen gelassen hatte, nachdem er mitten in der Nacht in sein Bett zurückgekehrt war, drang mit den Sonnenstrahlen immerhin auch ein Lufthauch ein.

Es war eben acht durch, was sieben Uhr früh im Vereinigten Königreich bedeutete. Er zog seinen Bademantel an, ging zum Balkon, stellte sich auf die schmale Schwelle und spürte sofort die Wärme an den nackten Füßen. Er hörte Vogelgesang und Rasensprenger. Niemand schrie. Nichts ging zu Bruch.

Er hatte eine Aussicht geradewegs über die Gartenanlage auf das Meer. Das Mittelmeer breitete sich von einem Dunkelblau ganz vorn bis an den dunstigen, blassen Horizont aus. Meer und Himmel verschmolzen in Liebe und Wärme. Er konnte nicht eine Wolke ausmachen. Es würde ein weiterer herrlicher Frühsommertag werden – die ideale Jahreszeit, um sie in diesem Teil der Welt zu verbringen.

Er beugte sich weiter vor und drehte den Kopf nach rechts in Richtung des großen Eckbalkons von Jansen und de Vries. Oder war er jetzt nur noch der von Jansen? Der Balkon war verwaist. Er sah hinunter, konnte aber keine Scherben, kein Durcheinander sehen. Es wäre auch längst aufgeräumt worden. Er ging wieder hinein und griff zu seinem Telefon. Noch immer keine Nachricht von Natalie. Er wollte sie vor der Schule abpassen.

Hi Natalie. Alles gut? Was hast du heute früh für Fächer? Daddy xxx

Eigentlich müsste er ihren Stundenplan auswendig kennen, aber sie selbst wusste selten, was sie an einem bestimmten Tag hatte. Jede Woche war anders. Ihm war schleierhaft, wie ihre Schule den Lehrplan zusammenstellte. Schien lächerlich kompliziert und auf Verwirrung hin angelegt zu sein.

Hey, Dad. Den gleichen Scheiß wie immer – kam fast sofort die Antwort.

Keine Küsse. Aber sie hatte geantwortet. Daddy nannte sie ihn nie, trotz all seiner Mühen. Er glaubte nicht, sich je damit abfinden zu können. Er war immer ihr Daddy gewesen. Ihre Ausdrucksweise wurde mit den Jahren immer fürchterlicher, während seine an Herzlichkeit zunahm, hoffte er zumindest.

Dann arbeite fleißig. xxx

Wie du etwa?

Es war kein Geheimnis, dass Ben in der Schule meistens nur herumgegammelt hatte.

Seit jeher predigte Ben Natalie und ihrer Mutter, dass die Schule nicht alles sei. Man habe eine zweite Chance im Leben. Nur wollte er eben, dass Natalie fleißig war, gute Noten schrieb und an eine gute Universität ging. Er war sich nicht sicher, welche zweite Chance jemand ihres Alters, ihrer Generation, haben würde. Die Welt veränderte sich rasend schnell.

Hab seitdem aufgeholt. xxx

Das nennste Arbeit? Is ne Beleidigung für die Umwelt.

Vermutlich hatte er es darauf angelegt. Sie musste sich für die Schule fertig machen.

Habe dich lieb x, schickte er rasch.

Ein Emoji-Herz kam zurück. Darüber musste er lächeln.

Er sah hinüber zu seinem Laptop, der auf einem Stapel aus Papieren und Hochglanz-Hotelfachzeitschriften thronte. Gleich daneben auf dem Beistelltisch lag sein abgegriffenes schwarzes Notizbuch. Daten mussten übertragen, Formulare ausgefüllt, E-Mails geschrieben werden. Er schaute nach draußen in den strahlend blauen Himmel. Das Mittelmeer war eine Verlockung an einem Morgen wie diesem. Er bückte sich und befühlte den Teppich. Es war Standard-Auslegeware, bunt und eher für einen schicken Bürotrakt geeignet. Fliesen und ein, zwei Vorleger wären in diesem Klima vielleicht die bessere Wahl gewesen. Die übrige Zimmerausstattung war mit mehr Umsicht und Geschmack zusammengestellt worden.

Er ließ sich auf den Boden nieder und brachte vier Liegestütze zustande, Teil des guten Vorsatzes an seinem letzten Geburtstag, sich in Form zu bringen. Er stand auf, ihm schwindelte. Die Arbeit konnte warten – das war eine der Freuden in diesem Job. Kein Vorgesetzter sah einem über die Schulter.

Ben duschte, zog sich an. Zum ersten Mal seit Jahren verspürte er die überwältigende Lust auf eine Zigarette. Er wurde das durchdringende Gefühl von Erregung und Beklemmung zugleich einfach nicht mehr los. Man hatte ihn vor dem Amagat gewarnt; es sei eine Art unbekannte Größe, da es unter der gegenwärtigen Geschäftsführung noch nie geprüft worden war – von den Gästen mal ganz abgesehen.

Etwa eine Stunde später war Ben mit der Farbe, Konsistenz und Temperatur seines Rühreis und der ausnahmslos sehr ansprechend dargebotenen Auswahl an Schinken, Käse, Marmeladen, Obst, Joghurt und Backwaren aus eigener Herstellung mehr als zufrieden. Dennoch zweifelte er, ob solch ein Hotel, solch ein Restaurant überhaupt ein Büfett anbieten sollte. Er empfand eine leidenschaftliche Abneigung gegen Büfetts – das mühselige ständige Aufstehen, um Teller und Glas wieder aufzufüllen. Außerdem wurde man immer dazu verführt, zu viel zu essen.

Er hatte deswegen schon oft Rücksprache mit der Zentrale gehalten und in seinen Berichten nie lobende Worte gefunden, doch die Rückmeldung war stets die gleiche gewesen: Gäste liebten das Frühstücksbüfett, egal wie viel Geld sie hatten. Ben wusste, dass erstaunlich viele versuchten, dadurch am Mittagessen zu sparen. Er hatte genug Leute dabei beobachtet, wie sie sich ihre Hand- und Hosentaschen mit Brötchen und Schinken, Obst und Joghurtbechern, sogar mit Servietten und Besteck vollstopften. Liebe Güte, als ob sie mit dem Rucksack durch Europa reisten. Er selbst wurde lieber bedient – das war schließlich der springende Punkt in solchen Hotels, oder etwa nicht?

Nachdem er sich der Versuchung des Büfetts entzogen und in den Poolbereich geschlichen hatte, musste Ben über die Kraft des menschlichen Willens staunen: kein haushoch beladener Teller für Juliet de Vries heute

Morgen, nur einige weitere langsame Schwimmzüge im Infinitypool. Wow, was hatte sie für eine tolle Figur.

Er zeichnete die Rechnung für den Cappuccino und Likör ab, wieder mit seiner erfundenen Unterschrift. Er hatte deutlich mehr Übung darin, diesen Namen unter Rechnungen zu setzen, als damit, Bücher zu signieren. Ollys Stimme meldete sich in seinem Hinterkopf zu Wort: »Wozu sich plagen? Lass doch den ganzen Romanquatsch sein. Am liebsten lesen die Leute Speise- und Weinkarten.«

Ben schob die Füße wieder in seine Budapester – sie waren ohne Socken so bequem wie mit – und ging zu seinem Zimmer. Es wurde Zeit, Anschluss an die wirkliche Welt zu suchen, ehe er Nachforschungen anstellte. Die Hotelanlage war weitläufig. Zudem hatte eine schnittige Motorjacht draußen in der Bucht seine Aufmerksamkeit erregt. Schon möglich, dass es nicht dieselbe war wie die, die dort gestern Abend vor Anker gelegen hatte.

Als er am Empfang vorbeikam, ging er auf den Tresen zu und sprach eine Rezeptionistin an, die er bisher noch nicht gesehen hatte.

»Guten Morgen. Wissen Sie vielleicht, wo ich ein Strandtuch bekommen kann?«

Der Name auf ihrem Schildchen lautete *Maria Moya*. Womöglich eine Einheimische. Ihm fiel der bernsteinfarbene Schimmer in ihrem langen dunklen Haar auf. Sie sagte, er könne jederzeit eines an der Rezeption erhalten. Es koste dreißig Euro Pfand, die sie auf sein Zimmer buchen könnte.

Er hinterfragte das nicht weiter, musste aber verdutzt

ausgesehen haben. Das war nicht die Art und Weise, wie ein Spitzenhotel seine Gäste behandelte oder ihnen vertraute. Doch eingedenk der Gewaltbereitschaft in der vergangenen Nacht fragte er sich, ob es nicht vielleicht gute Gründe dafür gab. Was für eine Klientel zog dieser Ort an?

Sie schenkte ihm ein entzückendes Lächeln, wie eine Art Wiedergutmachung. Beinahe war es auch eine. Er sagte, er werde dann ein Strandtuch auf dem Weg nach unten abholen. »Ach, übrigens«, ergänzte er, »letzte Nacht ging's ja ziemlich laut zu. Ist jetzt alles geklärt? Niemand zu Schaden gekommen?« Das Blut an Juliet de Vries' Bein bekam er einfach nicht aus dem Kopf.

Maria Moya schüttelte den Kopf und schaute ratlos drein. »Es tut mir leid, ich weiß nicht, was Sie meinen.« Sie lächelte erneut.

Er glaubte nicht, dass sie seine wahre Identität kannte – wusste, dass er Hotelinspektor war und sie beide im Grunde für dasselbe Unternehmen arbeiteten. »Okay«, sagte er im Davongehen.

Als er wieder sein Zimmer betrat, war das Zimmermädchen da gewesen, hatte tadellos das Bett gemacht und alles aufgeräumt, einschließlich seiner Papiere, die gerade gerückt und gestapelt worden waren. Das war gründlich, auch wenn er grundsätzlich fand, dass private Unterlagen nicht angerührt werden sollten. Beim Öffnen des großen Kleiderschranks stellte er fest, dass sie außerdem seine übrigen Sachen ausgepackt und alle Hemden und seinen anderen Old-Town-Anzug säuberlich aufgehängt hatte. Sogar sein Ersatzpaar Budapester hatte das Zimmermädchen aus den Stoffbeuteln von

Crockett and Jones gezogen und ordentlich ins Schuhregal gestellt.

Er ging ins Badezimmer und sah, dass die angebrochene Seife ersetzt worden war, während die kleinen Flaschen mit Duschgel, Shampoo und Feuchtigkeitscremes nun der Größe nach aufgereiht dastanden. Auch war das erste Blatt Toilettenpapier akkurat zu einem Dreieck gefaltet worden. Er kehrte zu seinem Bett zurück, bückte sich und roch an Kissen und Laken, jetzt voll im Arbeitsmodus. Diese Abläufe spulte er wie automatisch ab. Die Bezüge waren noch die alten, womit er jedoch gerechnet hatte. Bettwäsche wurde nicht mehr täglich gewechselt, außer wenn Gäste das ausdrücklich wünschten – Natalie hätte das begrüßt. Hideaway versuchte, sich grün zu geben, hatte aber noch einen langen Weg vor sich.

Ben fuhr mit dem Finger über den Nachttisch. Keinerlei Staub. Dann strich er mit dem Finger oben über das Kopfteil des Bettes. Eigentlich sollte er dabei weiße Handschuhe tragen, aber es gab Grenzen. Ebenfalls kein Staub oder Dreck, die Oberfläche war vollkommen sauber. Schicksalsergeben ging er auf die Knie, beugte sich nach vorn, spähte unters Bett und spürte ein Stechen in den Armmuskeln von seinen paar Liegestützen heute früh. Oje. Außer Reichweite lag ein zerknülltes Papiertaschentuch. Er fragte sich, was noch da unten war. Haare, Milben, abgeschnittene Fingernägel?

Im Hochkommen dachte er daran, wie Alex immer unter Hotelbetten zu gucken pflegte oder vielmehr unter jedes Bett, in dem sie zufällig gerade übernachteten. Sie sagte dann, sie schaue nach Gespenstern. Später hatte er sich gefragt, ob sie womöglich sichergegangen war, dass Gabby nicht auf der Lauer lag und sie beide bespitzelte.

Er hatte einen Kissentick, das stimmte, prüfte das Vorhandene und war selten zufrieden. Eigentlich hatte er einen Bettentick – er fand sie nie gemütlich. Oder vielmehr fanden Alex und er sie nicht gemütlich, und allein fiel es ihm kein bisschen leichter. Nun wurde er dafür bezahlt, pingelig und genau zu sein.

Seine Finger strichen noch flüchtig über den Schreibtisch, dann holte er seinen Laptop hervor, setzte sich und schaltete ihn ein. Der Schreibtisch taugte wie so oft überhaupt nicht zum Arbeiten. Der Stuhl war zu niedrig und zu weich, die aberwitzig dicken und schweren europäischen Lifestyle-Magazine nahmen zu viel Platz weg.

Die erste E-Mail, die ihm ins Auge fiel, kam von Alex. Das Herz rutschte ihm in die Hose, indes das Polster weiter nachzugeben schien. Es ging um die Planungen für Natalies Sommerurlaub. Alex wollte einige Termine verschieben, die sie vor Monaten vereinbart hatten, und mit Natalie länger, aber dafür später in die Ferien fahren. *Tut mir leid, dass ich nerve*, hatte sie geschrieben. Er würde seine Pläne ebenfalls ändern müssen, wenn er seine Tochter diesen Sommer überhaupt sehen wollte. Ein paar Tage im August schienen ihm nun zuzufallen.

So was kam nun mal vor, und es war mitnichten so, als hätte sich sein Dienstplan früher nicht auch kurzfristig geändert. Außerdem kam ihm der Gedanke, sie vielleicht zu seiner nächsten Hideaway-Reise mitzunehmen. Könnte sogar Spaß machen. Natalie war selbstbewusst, umgänglich, gesellig – und natürlich zusehends moralisch. Aber würde sie mit ihm allein wegfahren und in einem Luxushotel absteigen wollen, das wahrscheinlich alles andere als klimaneutral war? Natalie durfte immer eine Freundin mitnehmen, wenn sie mit ihrer Mum und Gabby verreiste. Ob er Hideaway überreden könnte, ihm zwei Zimmer zur Verfügung zu stellen, damit Natalie eine Freundin mitbringen konnte?

Seufzend widmete er sich einigen Hideaway-Rundmails und kam dann zu einer nur an ihn gerichteten E-Mail von Marc Hoffman, dem Sicherheitschef des Unternehmens. Sie war als streng vertraulich gekennzeichnet.

Ben, ich höre eben, dass Sie im Amagat sind. Wunderschönes Hotel. Zur Kenntnisnahme: Es kam zu einer Reihe von Beschwerden, weil Gästen fälschlicherweise Zusatzleistungen berechnet wurden. Wir sind auch davon unterrichtet worden, dass persönliches Eigentum verschwunden sei. Ist nicht bestätigt. Könnte alles Versicherungsbetrug sein. Oder jemand verbreitet bösartige Gerüchte. Dennoch wollen wir nicht, dass so was auch nur andeutungsweise der Öffentlichkeit beziehungsweise sonst wem zu Ohren kommt. Das schließt andere Abteilungen hier ein, sofern wir es vermeiden können. Ein guter Ruf ist alles, wie Sie wissen. Behalten Sie doch besonders die Rezeption und die Bar im Blick, in Ordnung?

Noch ein Anliegen: Die Inhaber scheinen das Anwesen zum Verkauf ausgeschrieben zu haben, ohne es uns mitzuteilen. Wir wollen nicht, dass sie ihre Ver-

bindlichkeiten als Hideaway-Konzessionäre missachten. Ihr Fünfjahresvertrag ist erst halb abgelaufen. Wir verdienen eine Menge Geld mit diesem Hotel. Wir sind nicht sicher, ob es zwischen alle dem einen Zusammenhang gibt, aber wir sind zuerst und vor allem unseren Gästen verpflichtet, wie Sie wissen.

Ben war unschlüssig, ob Hideaway tatsächlich das Wohl seiner Gäste über seinen Gewinn stellte, selbst wenn es Inspektoren wie ihn beschäftigte, um die Einhaltung höchster Standards zu gewährleisten. Es war jedoch bestimmt nicht einfach, ein derart riesiges Franchiseunternehmen zu führen.

Zuletzt öffnete er eine E-Mail von Wendy Spurling.

Wie ist das Zimmer? Hoffe, alles bestens und Wetter ist herrlich. In Frankfurt Regen und vierzehn Grad. Geben Sie auf sich acht. xW

Ursprünglich aus Austin, Texas, war Wendy leitende Angestellte in der Buchungsabteilung bei Hideaway und organisierte seine Hotelaufenthalte. Obwohl er ihr erst zweimal begegnet war, hatte er in vielerlei Hinsicht das Gefühl, sie organisiere sein Leben. Sie war immer wahnsinnig freundlich, auf eine mütterliche Art, hatte ihm aber noch nie gesagt, dass er auf sich achtgeben sollte. Wusste sie irgendwas und sagte es nicht?

Er öffnete ein neues Berichtsformular, kam so weit, den Namen des Hotels einzutragen, ehe er das Dokument schloss und den Laptop zuklappte. Die vielen Felder auf dem Formular machten ihn müde, und es lockte eine funkelnde Bucht, nur einen Spaziergang entfernt, ebenso wie eine attraktive Holländerin, die im Pool ihre Bahnen zog. Zeit für einen Außeneinsatz.

5

Sie brauchen kein Pfand zu hinterlegen, Mr Slavitt«, sagte Maria Moya, als er sein Strandtuch abholte. »Ich weiß, wer Sie sind.« Sie zwinkerte.

»Schön«, sagte Ben und bekam das dicke, blassgraue, mit dem Hotellogo in unbescheidenem Gold verzierte Handtuch ausgehändigt. Mit wem hatte sie in den letzten zwanzig Minuten geredet? Welche anderen Nachrichten hatten die Runde gemacht und von wem zu wem? *Ich weiß, wer Sie sind.* Natürlich wusste keiner wirklich, wer David Slavitt war.

Ben trat durch die automatischen Innentüren aus Glas und dann durch die schweren Eichentüren des alten Herrensitzes, die von massiven Eisenstangen aufgehalten wurden. Hitze und Sonne waren schonungslos. Einen Augenblick lang malte er sich eine regennasse Straße in Frankfurt aus. Arme Wendy.

Er durchquerte die Gartenanlage und würdigte jetzt bei Tageslicht ihre Landschaftsgestaltung, Bepflanzung und die außerordentliche Pflege, die in einem derartigen Klima erforderlich sein dürfte. Es gab blühenden Rosmarin, gelben Ginster, Johanniskraut, eine Vielzahl von Sonnenröschen und eine Reihe Erdbeerbäume. Das Hotel, erinnerte er sich, war für seine Erdbeerbäume berühmt – ein einziges Ärgernis, sobald sie ihre Früchte abwarfen, wenn man ihn fragte.

Zwergpalmen und uralte Olivenbäume waren sorgfältig in unregelmäßigen Abständen gepflanzt. Sie gingen wunderschön in einen Hain aus Zitrus-, Mandel- und Olivenbäumen über.

Als er die Tennisplätze erreichte, klebte ihm schon die Kleidung am Körper, obwohl er seine leichteste Garderobe von Old Town trug: ein langärmeliges marineblaues Baumwollshirt und eine ebenfalls marineblaue luftigere Baumwollhose. Niemand war so dumm, in dieser Hitze Tennis zu spielen, und er gelangte zu seiner Erleichterung in den Schatten, sobald der Fußweg zum Meer hin schmaler wurde und abfiel.

Die Olivenbäume wichen schließlich Gruppen aus Seekiefern und Steineichen und einem Heer Zikaden, die nach Leibeskräften lärmten. Er brauchte weitere zehn Minuten, um das Meer zu erreichen. Es war eine mindestens zwanzig Minuten lange Wanderung und nicht der zehn- bis fünfzehnminütige Spaziergang, den das Hotel in Aussicht stellte. Fehlinformationen für Gäste waren etwas, worauf ein Inspektor besonders achtgeben musste. Sein gesamtes Berufsleben hatte er gegen Fehlinformationen gekämpft, so kam es ihm zumindest vor.

Es gab keinen Sand, aber eine denkbar abgeschiedene Felsenbucht. Eine Badeplattform war aus dem Granit gehauen und Metalltritte an ihre Kante geschraubt worden, um beim Eintauchen und Verlassen des ungewöhnlich klaren und ruhigen Wassers behilflich zu sein. Doch quer vor den Sprossen hatten sich mit ihren Badetüchern, Taschen und ihren bleichen Körpern Ian und Maggie ausgebreitet und nahmen dabei viel zu viel von der Plattform in Beschlag. Beide saßen recht ungelenk auf dem harten Untergrund und starrten hinaus auf das Meer.

»Scheiße«, murmelte Ben und wusste nicht, wo er hingehen sollte.

Ein kurzes Stück von der Plattform entfernt lagen ein Mann und eine Frau ausgestreckt auf einem großen flachen Fels. Sie waren braun gebrannt, dunkelhaarig und splitternackt, und Ben wusste sofort, dass sie nicht im Hotel wohnten. Der Mann hatte Dreadlocks; das verworrene Haar der Frau reichte ihr bis zur Hüfte.

Ben hatte keine Ahnung, wie sie dort hingelangt oder woher sie gekommen waren. Die Badeplattform und ihre Umgebung, wenn nicht das Ufer selbst, gehörten zum Hotel – und nur Gäste hatten Zutritt! Das stand mehrsprachig auf ausreichend Schildern.

Den Nudisten schien es gleichgültig zu sein, wer sie sah oder wessen Boden sie unbefugt betraten. Ian und Maggie wirkten im Vergleich unnatürlich rosig und vollkommen fehl am Platz.

Ben zauderte zu lange beim Versuch, sein Gesicht unter der Krempe seines zerfledderten, uralten Strohhuts zu verbergen. Maggie hatte ihn bemerkt.

»Hallo auch«, rief sie.

»Is'n verdammt langer Marsch, was?«, krähte Ian, der auch den Kopf gedreht hatte. »Um ehrlich zu sein: Ich hätte nicht gedacht, dass sich noch ein anderer Trottel hier herunterwagt. War mir nicht klar, dass es 'ne Nacktbadestelle ist. Mich und Maggie kriegt keiner dazu, uns auszuziehen, das ist mal verdammt sicher. Hab aber nichts gegen die Aussicht.«

»Sei erwachsen, Ian«, sagte Maggie streng. »Ich weiß

nicht, wo die hergekommen sind. Sieht so aus, als hätten sie schon ewig in der Sonne gelegen. Nicht dass sie so alt wären.«

»So lebt's sich richtig, hab ich recht?« Ian hatte aufgehört, die Nudisten anzuglotzen, und blickte zu einer schnittigen Motorjacht, die rund hundert Meter vom Ufer entfernt ankerte. Sie lag rechts von ihnen hinter einem felsigen Ausläufer. Ben konnte an Bord niemanden ausmachen. Er war nicht sicher, ob es dasselbe Gefährt war, das er gestern oder diesen Morgen gesehen hatte.

»Schickes Boot«, bemerkte er.

»Fürchterliche Umweltverschmutzer«, sagte Maggie. »Was die an Diesel verbrennen, ist erschreckend. Und sie sind so unnötig.«

»Mag wohl sein«, sagte Ben und dachte an Natalie. Er hätte auch darauf hinweisen können, dass ihr Aufenthalt im Amagat nicht zwingend notwendig war, so wenig wie ihr Flug von Edinburgh, aber er ließ es bleiben. Maggie tat ihm ein wenig leid. »Ich hüpf mal rein«, sagte er stattdessen. »Das Wasser sieht sehr einladend aus.«

»Ist erfrischend«, meinte Ian. »Kälter, als man denkt.«

»Na bestens«, sagte Ben. Er war an der Nordsee aufgewachsen und kaltes Wasser mehr als gewohnt. Auf dem Weg hierher war ihm außerdem unerträglich heiß geworden.

»Ich muss erst noch mein Frühstück verdauen«, sagte Maggie. »Phantastischer Aufstrich, oder? In die Marmelade könnte ich mich reinsetzen. Das Hotel zieht seine eigenen Orangen, wissen Sie.«

Ben wusste es. Er sah auf seine Armbanduhr. Es war

zwanzig nach zwölf. Um diese Zeit stand die Sonne am höchsten, war das Wasser am klarsten. Aber er konnte keinen leichten Einstieg erkennen, bei dem er nicht buchstäblich über Ian und Maggie hinwegklettern müsste. Als er einen Pfad entdeckte, der von der Plattform fort und zu den Nudisten führte, wandte er sich in diese Richtung. »Ich schaue dort drüben mal nach einer guten Stelle«, rief er Maggie zu.

Ben versuchte, die Augen abzuwenden, als er an den Nudisten vorbeikam, konnte aber nicht übersehen, wie dreckig und schwielig die Fußsohlen des Mannes waren. Die beiden waren wahrscheinlich Anfang zwanzig. Ein kleiner Stoffhaufen aus Jeans und geblümter Baumwolle, oder vielleicht Seide, lag neben ihnen. Hippies? Es kam ihm nicht so vor, als würde ihn einer von ihnen beachten, während er weiterstakste.

Der Pfad führte über große Felsen und lose Schiefersteine, zwängte sich zwischen die Pinien und das Wasser. Der vollen Kraft der Mittagssonne ausgesetzt, war Ben froh über seinen Hut, der wie die Uhr seinem Großvater gehört hatte, und dass er ein langärmeliges Hemd und eine lange Hose trug. Shorts zog er selten an, die, die er zum Schwimmen trug, ausgenommen. Seine Badehose war nicht als solche gedacht – Old Town fertigte keine Schwimmbekleidung –, erfüllte aber ihren Zweck, auch wenn sie zum Trocknen ewig brauchte.

Natalie fand, dass er am Strand lächerlich aussah. Er sagte, so ziehe er sich nur an, um sie zum Lachen zu bringen. Früher hatte sie für billige Modeketten geschwärmt. Ihre Bekehrung zu einer nachhaltigeren und umweltfreundlicheren Lebensführung ersparte ihm bereits einige Unkosten – und der Welt den Untergang.

Ben schaute auf, hinaus aufs Meer. Wie eine Art Fata Morgana schob sich die Jacht immer wieder in sein Blickfeld, und noch immer war niemand auf Deck erschienen. Ben beschloss, hinauszuschwimmen und sich das genauer anzusehen.

Rasch fing er an, sich zu entkleiden, legte seine Sachen über einen Fels und machte gerade seine Uhr ab, als ihm ein Stück weiter etwas ins Auge fiel. Ein Zipfel strahlend weißen Stoffs lugte hinter einem großen toten Ast hervor. Gesteinsbrocken lagen vor dem Ast angehäuft und erschwerten den Blick, sodass man nicht erkennen konnte, woran der Stoff hing, wenn überhaupt an etwas. Es mochte eine Serviette sein oder ein Hemd. Ein Kleidungsstück eines Badegasts.

Ben konnte niemanden sonst im Wasser sehen, nur das glänzende Heck der Jacht. Sie zeigte keine Flagge, und ihr Name, falls sie einen hatte, war nicht sichtbar. Er ging hinüber, und ein Summen wurde lauter. Es unterschied sich vom Geräusch der Zikaden. Und plötzlich nahm er einen Geruch wahr: übermächtig und faulig.

Zwei Schritte weiter, und er blieb abrupt stehen. Er bekam vor lauter Hitze keine Luft und glaubte, sein Frühstück käme ihm wieder hoch, die viele verfluchte Marmelade, das Rührei und die hauchdünnen Scheiben feinsten iberischen Schinkens.

»Hilfe«, hörte er sich rufen, obwohl es zwecklos war. Er stand zu weit entfernt von den anderen. Davon abgesehen war der Mann ohnehin tot. Er lag mit dem Gesicht nach unten im krausen Seetang auf dem staubigen

Schiefer. Seine Beine reichten bis zu den Kniekehlen ins sacht schwappende Wasser. Auf dem restlichen Körper wüteten die Fliegen. Ben konnte allerdings keine Maden sehen, keine offenen Wunden, und wiewohl der Gestank entsetzlich war, wusste Ben, dass es viel schlimmer sein könnte, zumal in dieser Hitze. Der Mann war noch nicht lange tot.

Er war vollständig angezogen bis hin zu schwarzen Schnürschuhen. Das Weiße, das Ben zuerst gesehen hatte, gehörte zu einer Uniformjacke, wie sie die Kellner im Hotel Amagat trugen. Ben musste ihn nicht erst umdrehen, um zu wissen, wer es war.

»Armer Engin«, sagte er leise, wie um die Totenruhe nicht zu stören. Und so weit weg von zu Hause.

Dem Zustand seiner Uniform, seinem zerzausten, verfilzten Haar und den Salzkrusten auf seiner schwarzen Hose nach zu urteilen, musste er vollständig im Meer gelegen haben, dachte Ben. Vielleicht war er ertrunken und danach angespült worden. Es sah jedoch nicht danach aus. Ben hatte das Gefühl, der Barkeeper sei noch am Leben gewesen, als er an seine letzte Ruhestätte gelangt war.

Er hätte die Leiche gern umgedreht, um mehr zu sehen. Aber er war schließlich Krimiautor – er wusste, dass man an einem Tatort besser nichts anfasst.

Als er noch einmal hinaus aufs Meer sah, bemerkte er, dass sich der Horizont vor lauter Hitze zu verdüstern begann, wenn es nicht sogar aufziehende Gewitterwolken waren. Nah an der Uferlinie wurde er gewahr, dass die Jacht sich nun bewegte. Er hatte sie nicht den Anker lichten hören, doch jetzt kam spuckend Leben in ihre Motoren. Und mit einem gewaltigen heiseren Aufgrollen beschleunigte sie über die Bucht nach Nordosten Richtung Sóller. Die Brücke war leer, was bedeutete, wer immer die Jacht steuerte, benutzte den Führerstand in der uneinsehbaren Kabine. Die Fenster waren schwarz getönt.

»He«, rief Ben. Es war so nutzlos wie sein Hilferuf ein paar Augenblicke zuvor. Er rannte zurück zu seinen Sachen, seinem Handy in seiner Hosentasche, ohne sich im Klaren darüber zu sein, wen er zuerst anrufen sollte: die Polizei, die Rezeption oder gar Marc Hoffman? Dann stellte er fest, dass er gar kein Netz hatte.

Er zog seine Kleider so eilig wieder an, wie er sie abgestreift hatte, und strebte auf die Badeplattform zu. Er würde Maggie und Ian um Hilfe bitten müssen. Einer musste hinauf zum Hotel gehen, während jemand anderes den Leichnam im Auge behielt. Die Nudisten sahen nicht nach der Sorte Mensch aus, die das Eintreffen der Beamten abwarten würde.

Sie waren ohnehin schon fort. Der Fels, auf dem sie sich gesonnt hatten, war leer bis auf zwei feuchte Abdrücke.

6

Wo sind die hin?«, rief Ben außer Atem, als er sich Maggie und Ben näherte.

»Die Hippies?«, fragte Ian.

»Ja, wobei ich nicht sicher bin, ob es Hippies waren.«

»Sie sind da lang.« Er zeigte in die andere Richtung, nach Deià. Der Pfad musste auch dorthin verlaufen. Ein Küstenweg? »Zweifellos zurück in ihre Höhle«, hängte er lachend an.

»Da drüben liegt eine Leiche, am anderen Ende der Bucht«, sagte Ben atemlos, drehte sich um und deutete in Richtung Sóller. »Einer von uns muss zum Hotel zurück und Hilfe holen. Ich habe hier unten keinen Empfang. Dem Aussehen nach ist es einer der Angestellten.«

»Was? Tot?«, sagte Maggie. »Das ist nicht Ihr Ernst. Wer? Welcher denn?«

»Plötzlich ist auch dieses Boot weg«, bemerkte Ian im Aufstehen. »Verdammte Hacke – eine Leiche?«

»Das verdirbt uns jetzt den ganzen Tag«, sagte Maggie.

»Um Himmels willen, Liebes, etwas mehr Respekt.« Ian war sehr aufgeregt.

»Ich werde gehen«, sagte Maggie und klaubte hastig ihr Zeug zusammen. »Mit Vergnügen. Ich will keine Leiche sehen. Ist mir viel zu gruselig. Das hier sollte doch ein Urlaub sein.«

»Dann halten wir Wache, Sie und ich«, sagte Ian und sah Ben an. »Waffenbrüder.«

So wenig Ben darauf aus war, sich allein mit einem toten Marokkaner die Zeit zu vertreiben, die Aussicht auf Ians Gesellschaft war noch weniger erfreulich. »Warum gehen Sie nicht beide«, schlug Ben vor. »Es ist ein steiler Anstieg. Nicht dass Ihrer Frau noch irgendwas zustößt.«

»Nein«, sagte Ian. »Ich bleibe hier unten. Wir wissen nicht, wer sich sonst noch hier rumtreibt – Sie verstehen schon.« Er nickte Ben zu. »Maggie ist hart im Nehmen und viel jünger als ich. Ich bin es, der wahrscheinlich einen verfluchten Herzanfall kriegt.« Er tippte sich auf die Brust.

Maggie kraxelte schon davon, als könne sie nicht schnell genug fortkommen.

»Okay«, sagte Ben. Er sah wieder hinaus aufs Meer, das ruhig und leer war. Der Horizont schien sich indes weiter verdunkelt zu haben, als würden sich wirklich Gewitterwolken bilden, aber noch in sehr weiter Ferne. Die Luft war schwül und stickig, und Ben fragte sich, ob er den Tod selbst aus dieser Entfernung riechen konnte. Er nahm seinen Strohhut ab, wischte sich über die Stirn und setzte ihn wieder auf.

»Wer ist es denn jetzt?«, fragte Ian, als Maggie außer Sicht war.

»Der Barkeeper von gestern Abend. Engin. Ein Marokkaner.« Ben war sich nicht sicher, warum er diese Einzelheiten mitlieferte.

»Nicht gerade der beste Barkeeper, der mir je begegnet ist«, sagte Ian. »Ich meine, in einem Fünf-Sterne-Haus darf schon etwas mehr Professionalität erwartet werden.

Erst weigerte er sich, eine Gruppe Russen zu bedienen, Holländer und Russen, um genau zu sein – indem er sie einfach nicht beachtet –, und dann ließ er uns ganz allein in dieser Bar sitzen, als Sie gegangen sind. Hat den Laden dichtgemacht, ohne uns Bescheid zu sagen.«

»Um wie viel Uhr war das?«, fragte Ben.

»Kurz nachdem Sie weg waren. Ich hab mich nicht am Empfang beschwert, weil Maggie und ich müde waren und ins Bett wollten – Sie wissen doch, wie es ist, wenn man nicht zu Hause ist.«

Ben dache an Engin, seinen von Fliegen bedeckten Körper. »Sie werden wohl nichts Verdächtiges gesehen haben, als Sie heute Morgen hier unten eintrafen?«, fragte er.

»Nee, Kumpel, außer den Nudisten – die schwammen draußen rum, als wir kamen. Keinen Fetzen am Leib. Und diese Jacht natürlich, die lag da bloß. Das war irgendwie schräg, ehrlich gesagt – es schien keiner drauf zu sein. Ist dann einfach weggerauscht, nicht? Oh, da war noch eine Sache – wir waren seit circa einer halben Stunde hier. Weiß nicht recht, wie spät es war, aber es tauchte ein Mann auf. Der muss den Pfad runter vom Hotel gekommen sein. Es war ein Gast, bin ich mir ziemlich sicher. Großer Bursche. Große Hände. Dem könnte sogar 'ne Zigarre im Maul gesteckt haben.«

Ben nickte.

»Blieb aber nicht lange«, fuhr Ian fort. »Ist schnurstracks den Pfad wieder hoch verschwunden. Muss was gesehen haben, das ihm nicht gefiel. Vielleicht die Nackedeis. Ich sehe mir wohl besser mal die Leiche an, was?«

Sie gingen los. Ian erzählte, dass er, bevor er die Kanzlei übernommen habe und Konzernbonze – seine Worte – geworden war, auf Strafrecht spezialisiert gewesen sei. »Macht viel mehr Spaß, glauben Sie mir«, sagte er. »Ist bloß scheiße bezahlt.« Der Mann wirkte wie verwandelt, richtig energiegeladen.

Als sie näher kamen, schien Ben der Gestank schon schlimmer geworden zu sein, ebenso die Fliegenplage. Er wedelte mit seinem Hut, um sie zu vertreiben. »Gehen Sie nicht noch dichter ran«, sagte er. »Wir wissen nicht, wie er gestorben ist.«

»Tot ist der allerdings, so viel steht fest.« Ian trat viel zu nah an die Leiche heran, während er mit den Händen die Fliegen fortscheuchte. »Was halten Sie davon? Sie sind der Krimiautor.«

»Alles Fiktion«, sagte Ben schnell. »Sie waren früher Strafverteidiger. Sie hatten mit den Fakten zu tun. Was vermuten Sie?«

Ian beugte sich nun über Engins Kopf. »Da ist etwas Blut, wenn ich mich nicht täusche. Aus seiner Nase, vielleicht seinem Mund. Schwer zu sagen. Drehen Sie ihn um, und ich wette mit Ihnen, dass es da irgendeine Wunde gibt. Etwas sagt mir, dass er eins auf die Birne bekommen hat. Schätze mal, er ist keines natürlichen Todes gestorben. Sieht auch nicht so aus, als hätte er versucht, sich zu ertränken. Es sei denn, er wollte sich erst durch einen Köpper auf einen Fels ausknocken und wurde dann angespült. Möglich wär's, nehm ich an. Am besten mal nachsehen.«

»Wir werden ihn nicht umdrehen«, sagte Ben. »Das ist nicht unser Bier. Können Sie bitte zurücktreten? Wer weiß, welche Spuren Sie sonst noch verwischen.« Ben wurde sich bewusst, ein Hideaway-Angestellter zu sein. Er musste sicherstellen, dass alles ordnungsgemäß vor sich ging – zumindest für den Augenblick.

»Der Fehler, den jemand hier gemacht hat«, sagte Ian, wich einen Schritt zurück und schaute hinaus aufs Meer, »ist, dass er vollständig bekleidet ist. Selbstmörder haben die Angewohnheit, sich auszuziehen, bevor sie losschwimmen. Seine Kleidung müsste als säuberliches Bündel auf einem Fels liegen, wie eine Nachricht. Abstruses Verhalten, ist aber meistens so. Das hier hat einen unangenehmen Beigeschmack. Fremdeinwirkung. Das spüre ich.«

Ben ging es nicht anders. Wo blieben die Behörden bloß? Sie gingen zurück zur Badeplattform – der Geruch sowie die Ahnung von Gewalt und Verderben waren unerträglich.

»Verheiratet?«, fragte Ian.

»Nein.« Auf seine gescheiterte Ehe und seine Tochter, die er viel zu selten sah, wollte Ben nicht näher eingehen. Er fühlte sich plötzlich sehr einsam. Ob Engin eine Frau hatte, Kinder? Wer würde ihn genau in diesem Augenblick vermissen? Wer würde in den kommenden Wochen und Monaten und Jahren um ihn trauern? »Glauben Sie, Maggie kommt zurecht?«, fragte er.

»Sie könnte sich verlaufen haben. Sie hat einen schauerlichen Orientierungssinn. Oder sie könnte an den Falschen geraten sein und wurde abgemurkst.« Ian lachte und boxte Ben in die Seite. »Auf die ist Verlass. Wissen Sie was, ich muss mich mal kurz abkühlen. Meinen Sie, es ist angesichts der Umständen in Ordnung, schwimmen zu gehen?«

»Nein.«

»Ach, kommen Sie. Kriegt doch keiner mit, wenn wir schnell machen.«

»Wir haben schon so lange gewartet.«

»Ist ein höllischer Marsch zurück nach oben«, sagte Ian. »Und dann wieder runter. Wird noch ’ne Weile dauern, bis wer kommt.«

Ben sah ein, dass Ian nicht ganz unrecht hatte. Nach dem Gekraxel am Ufer entlang sehnte er sich selbst nach einer Abkühlung. »Wir müssen Wache halten«, sagte er.

»Ist ja nicht so, als würde uns vom Wasser aus irgendwas hier entgehen.« Ian zog sich das Polohemd über den Kopf, um einen großen blassen Bauch und ein struppiges Büschel grau meliertes Brusthaar zu enthüllen.

7

Das Wasser war herrlich, regte die Sinne an, spendete Lebensfreude. Für das Mittelmeer auch eher kühl, vermutete Ben, aber es war ja erst Juni. Er wollte jetzt nicht darüber grübeln, ob er sich respektlos verhielt, Engin war tot. Er würde tun, was er konnte, um der Sache auf den Grund zu gehen. Ein klarer, erfrischter Kopf war es, was er brauchte.

Er schwamm weit hinaus, um mitzuhalten. Ian war fitter und ehrgeiziger, als er aussah. Einmal meinte Ian, einen kleinen Tintenfisch am Meeresboden entdeckt zu haben, und drängte Ben zu einem Tauchgang, um ihn sich genauer anzusehen. Trotz zahlreicher Versuche und der Hilfe, die seine nassen und schweren Shorts dabei geleistet haben dürften, ihn nach unten zu ziehen, sah Ben keinen Tintenfisch. Nur Klumpen aus Seetang und Felsen und dazwischen leere Sandflächen. Als er zum Ufer zurückschwamm, fragte er sich, ob Ian gelogen hatte.

Sie hatten mehr als genug Zeit, um zu trocknen und sich anzuziehen, bevor sie schließlich Leute näher kommen hörten. Zwei Männer erschienen dort, wo der Pfad auf die Uferlinie stieß und geradewegs zur Plattform führte. Einer trug einen Anzug, war mittleren Alters – der Mann, der am Abend zuvor Bar und Empfangshalle belauert hatte. Der andere war der alte, ungepflegte Security, der letzte Nacht auch auf dem Flur gewesen war.

»Ich bin der Hoteldirektor«, sagte der Mann im Anzug, ohne seinen Namen zu nennen oder ihnen die Hand zu geben, wobei er Ben jedoch eingehend musterte. Er trug auch kein Namensschild.

Ben nickte, war von seiner Schroffheit und Unhöflichkeit überrascht. Er kannte durchaus den Namen des anderen, Michel Bonard.

»Die Leiche? Wo ist sie?« Bonard wirkte eher verärgert als betroffen. Er tupfte sich mit einem Taschentuch die Stirn ab.

»Meine Frau, geht es ihr gut?«, fragte Ian. »Maggie, die Frau, die Sie holen kam?«

»Ja, ja«, sagte der Direktor. »Sie ruht sich aus und stärkt sich. Eine bemerkenswerte Frau.«

»Wo ist die Polizei?«, fragte Ben.

»Zuerst sehen wir uns die Sache mal an. Es gibt nicht sehr viele Polizisten in diesem Teil der Insel. Die Leiche?«

»Dort drüben.« Ben zeigte hin.

»Bringen Sie mich hin«, sagte Bonard. Er trug schwarze Slipper und rote Socken. Kein guter Stil, ganz zu schweigen davon, dass die Schuhe auch nicht im Entferntesten robust genug für einen Trampelpfad an der Mittelmeerküste waren.

»Klar«, sagte Ben und rief sich ins Gedächtnis, dass Bonard seit drei Jahren im Amagat war und zuvor ein Hotel auf Korsika geleitet hatte, das nicht zur Hideaway-Gruppe gehörte.

Auf dem Weg über die Felsen und toten Äste am

Meeresufer kamen sie nur schleppend voran. Der Security bewegte sich noch langsamer als Bonard. Ben schmerzten alle Glieder und allmählich auch der Kopf.

Ian sah aus, als könnte er einen Marathon laufen. Er zeigte keinerlei Anzeichen einer Herzschwäche.

»Da«, rief Ian als Erster. »Da ist er.«

»Einer Ihrer Angestellten«, sagte Ben und sah erst Bonard und dann den stummen Security an.

»Ja, Mr Martin.« Bonard funkelte zornig zurück.

Er wusste also, wer Ben war. Etwas war durchgesickert. Oder der Direktor hatte gründlich gegraben. Was für ein Desaster. Ben hoffte, dass Ian überhört hatte, wie Bonard ihn genannt hatte.

Bonard sah nun wieder hinunter auf die Leiche, beinahe abschätzig. »Da scheint ein Unfall passiert zu sein. Ein böser Sturz.«

»Ein böser Sturz?«, sagte Ben ungläubig.

»Niemand hat etwas gesehen, nehme ich an.«

Ben schüttelte den Kopf. Beschloss, die Nudisten unerwähnt zu lassen. »Nein. Ich bin hier entlanggelaufen und habe ihn gefunden.«

»Er ist nicht bewegt worden?«, fragte Bonard.

»Ich habe ihn nicht angerührt.«

Der Security trat näher, streckte einen Fuß aus. Stupste Engins Oberschenkel an.

»Lassen Sie das«, rief Ben. »Es könnte ein Tatort sein.«

Der alte Mann hielt inne und warf Ben einen bösen Blick zu.

»Wo kommt man hin, wenn man da langgeht?«, fragte Ian und wies die Küstenlinie hoch in die entgegengesetzte Richtung der Badeplattform.

»Dieser Pfad«, sagte Bonard, »führt bis nach Sóller.«

»Und andersrum?«, fragte Ben. Er hatte seinen Hut wieder abgenommen, und es gelang ihm, gleichzeitig die Fliegen wegzuwedeln und sich Luft zuzufächeln.

»Führt er nach Deià«, sagte Bonard.

»Sie müssen die Polizei rufen«, drängte Ben. »Rasch.«

»Ja, ja«, entgegnete Bonard zögernd. »So ein Unfall ist höchst bedauerlich.«

»Wer sagt, dass es ein Unfall war?«, fragte Ben.

»Männer wie er«, murmelte Bonard, »die vermissen ihre Heimat. Wir helfen ihnen, so gut wir nur können. Wir zahlen ihnen gutes Geld, und so danken sie es uns. Mit einer Schweinerei, die wir sauber machen müssen.«

Ben konnte nicht recht glauben, was er da hörte. »Was ist mit seiner Familie, seinen Freunden? Wer muss alles benachrichtigt werden?« Er wusste, dass Hotelmitarbeiter die Saison über oft erbärmlich zusammengepfercht wurden, viele in Massenunterkünften schlafen mussten, in Bretterbuden.

»Das ist höchst bedauerlich«, wiederholte Bonard. »Dieser Mann hat nicht einmal lange für uns gearbeitet. Gehen wir zurück zum Hotel. Der Security wird hierbleiben.«

Ben rührte sich nicht. Er holte sein Telefon wieder hervor. Er hatte noch immer kein Netz, darum begann er zu fotografieren.

»Urlaubsbilder?«, erkundigte sich Ian fröhlich.

»Beweise«, sagte Ben.

»Hören Sie sofort auf damit«, verlangte Bonard. »Haben Sie etwas Respekt. Dieses Hotel legt höchste Maßstäbe an. Privatsphäre ist uns äußerst wichtig.« Jetzt starrte er Ben an, als würde er sich gleich das Telefon schnappen. »Kommen Sie, und Sie auch, alle beide. Wir werden jetzt zurück ins Hotel gehen und die nötigen Maßnahmen treffen.«

Ben hatte zumindest ein paar Fotos, Ians Aussage und seine eigene. »Okay«, sagte er, da er keine andere Möglichkeit sah, zumal er und Bonard unterm Strich für dasselbe Unternehmen arbeiteten.

Bonard erteilte dem Security in schnell gesprochenem Spanisch ein paar Anweisungen, dann brachen sie zu dritt auf. Bonard marschierte in seinen albernen Schuhen und Socken vorneweg. Der Mann war gut in Form, das stand außer Frage.

Ehe sie die Badeplattform erreichten, fühlte Ben, wie Ian ihm auf den Arm klopfte.

»Wie hat Sie dieser Mann genannt?«

»Bin mir nicht sicher. Er wird sich wohl geirrt haben. Muss sich ja jede Menge Namen von Gästen merken.«

»Mr Martin, richtig? Gestern Abend haben Sie uns erzählt, Sie wären David Slavitt – der berühmte Romanautor. Das vergess ich nicht.«

»Sagte ich berühmt? Sicherlich bin ich seit Langem bekannt dafür, unter falschen Namen zu reisen. Ich lass mich nicht gern unnötig belästigen. Wissen Sie, Fans können furchtbar aufdringlich sein.« Olly hatte ihm allerhand Geschichten über Bands erzählt, die von kreischenden Teenagerhorden überfallen wurden.

Sie gingen weiter.

»Wie hieß denn Ihr letztes Buch?«, fragte Ian nach einigen Minuten.

»*Sunny Graves*«, sagte Ben, in Gedanken an die Szenerie, der sie eben den Rücken gekehrt hatten.

»Ich hab mal von *Shallow Graves* gehört«, sagte Ian.

8

Der Weg wurde flacher, die wild wachsenden Bäume und das Gebüsch wichen tadellos gehegter Ordnung, und dort, von vier stattlichen Palmen umstellt, war das Hotel und tat sein Bestes, um den Schein zu wahren. Ben konnte sehen, wie Gäste auf der großen Terrasse ausspannten, Kellner sich zwischen Tischen bewegten. Der Poolbereich tauchte an einer Seite auf.

Die Sonne brannte auf die mallorquinische Natursteinfassade, auf die in die Jahre gekommenen Dachziegel aus Terrakotta. Über ihren Köpfen war der Himmel tiefblau. Gleichwohl spürte Ben hinter sich das aufziehende Gewitter, als würde es ihm auf den Rücken tippen. Er war schweißgebadet. Die Atmosphäre war bedrückend, die Luft schwül und bleiern. Er hätte vollständig bekleidet in den Pool springen können, aber Bonard führte sie durch die Gartenanlage, steuerte nicht den Haupteingang, sondern ein Nebengebäude an. Sie umrundeten die gesamte Terrasse. Diesen Weg war Juliet de Vries vergangene Nacht gegangen.

»Hören Sie«, sagte Ian, der zu Bonard aufschloss, »ich würde gern zu meiner Frau. Sie sagten doch, dass sie sich hingesetzt hat und etwas trinkt. Auf der Terrasse sehe ich sie nicht.«

»Vielleicht ist sie in der Lobby. Da ist es kühl. Vielleicht hat sie sich auch auf Ihr Zimmer zurückgezogen.

Wir gehen jetzt in mein Büro«, sagte Bonard über seine Schulter, »um diese Geschichte zu klären. Sie können sie später suchen.«

»Ich suche meine Frau, wann immer ich verdammt noch mal will.« Ian trat vom Weg auf den gestutzten Rasen.

Ben schaute zu, wie der Schotte in Richtung Terrasse und Haupteingang marschierte, und wusste seinen Trotz zu würdigen. Er selber würde sich von Bonard auch nicht brav herumkommandieren lassen. Doch er wollte wissen, welche Maßnahmen der Direktor im Sinn hatte und was er mit »diese Geschichte klären« meinte. Sein Unbehagen gegenüber Bonard war während des langen Fußwegs vom Meer zum Hotel gewachsen. Wer rote Socken in lederbesohlten Stadtschuhen trug, dem war nicht zu trauen.

»Kommen Sie weiter«, flüsterte Bonard erzürnt. »Ich kann mich später um ihn kümmern.« Offenbar wollte er nicht die Aufmerksamkeit seiner Gäste oder der Belegschaft auf sich ziehen.

Ben sah Ian die Stufen zur Terrasse nehmen. Er wandte sich wieder zu Bonard um und folgte ihm. »Hat eigentlich irgendwer inzwischen mal die Polizei verständigt?«

»In meinem Büro«, sagte Bonard, »da werden wir reden. Hier entlang.«

Er griff nach Bens Arm, als wolle er daran ziehen, aber Ben wich ihm aus und ging weiter. Nichts stimmte hier. Engin hatte mehr verdient als das.

Bonards Büro lag in einem rückwärtigen Anbau des Gebäudes. In einem Vorzimmer stand ein leerer Schreibtisch, an dem wohl seine persönliche Assistentin saß, vermutete Ben. Sie musste in der Mittagspause sein, Siesta.

In seinem Büro angekommen, schloss Bonard die Tür und machte einen Bogen, um sich hinter seinen Schreibtisch zu setzen – ein großes Eichenteil aus dem vorletzten Jahrhundert. Es sah antik aus. Er bedeutete Ben, auf einem der Stühle ihm gegenüber Platz zu nehmen. Diese waren ausgesprochen modern mit Rückenlehnen aus Stahlgitter, die Ben an ein Folterwerkzeug denken ließen. Er beschloss, stehen zu bleiben, und merkte, dass die Klimaanlage auf Hochtouren gelaufen sein musste. Der Raum war kälter als das Meer. Fast fror er.

»Ich kann nicht zulassen, dass meine Gäste mit solchem Unsinn belästigt werden«, rief Bonard.

»Unsinn?«

»Sie wissen, wie das Geschäft läuft. Wir sind unseren Gästen gegenüber verpflichtet, effizient und diskret zu sein und das stets mit Charme und äußerster Zuvorkommenheit. Ich werde die örtliche Polizei unterrichten, dass es einen Unfall gegeben hat, und sie dazu bringen, die Leiche so unauffällig wie möglich zu entfernen. Ich will nicht, dass sie durch mein Hotel latschen.«

»Sie vielleicht nicht«, sagte Ben, »aber ich weiß, was ich gesehen habe, genau wie der Schotte. Fremdeinwirkung. Das da unten ist ein Tatort.« Ein schmaler, brusthoher Stahlschrank in einer Ecke des Raums zog Bens Aufmerksamkeit auf sich. »Es muss eine ordentliche Untersuchung geben. Man wird Ihre Angestellten befragen müssen. Die Gäste auch. Vielleicht hat jemand etwas gesehen. Ihre Videoüberwachung muss überprüft werden. Jede einzelne Kamera.«

Bonard lachte. »Meine Gäste rechnen nicht damit, gefilmt zu werden, während sie sich dieses wunderschönen Hotels erfreuen. Sie kommen mit ihren Familien, ihren Freundinnen. Sie lieben sich, sie machen Geschäfte, sie tun, was ihnen beliebt – das ist nicht für die Augen der Welt gedacht. Ja, es gibt Kameras hier. Aber wir zeichnen nicht alles auf, und was doch, ist nicht für fremde Augen bestimmt. Die örtliche Polizei wird sich hüten, danach zu fragen.«

»Was ist, wenn etwas gestohlen oder in ein Zimmer eingebrochen wurde?«

»So etwas passiert hier nicht. Sofern keine Anzeige vorliegt, gibt es nichts, was irgendeine Obrigkeit tun kann. Dies ist Privatbesitz. Derlei Probleme treten nie auf.«

»Wirklich? Da hab ich was anderes gehört.« Er wusste sich nicht anders zu helfen.

»Ja, Mr Martin. Ich weiß, wer Sie sind.«

Was Ben erneut verblüffte. »Woher?«

»Ich muss zugeben, dass wir zunächst dachten, Sie wären irgendeine Art verdeckter Ermittler. Ihre Papiere waren nicht in Ordnung. Sie haben keinen Pass vorgelegt. Wir wussten, dass Sie etwas verbargen. Ich habe eine aufmerksame Truppe am Empfang. Wir wissen gern alles über unsere Gäste – das hilft uns bei den Dienstleistungen, die wir anbieten können.« Er lächelte auf eine sehr gerissene Art.

Ben dachte an Maria Moya. »Wer bin ich dann?«, fragte er. »Sie kennen einen Namen, den ich ebenfalls verwende. In meiner Branche verwenden viele Leute Pseudonyme.«

Bonard lachte. »Ihr Engländer seid so unverfroren. Lauter Humbug. Ihre Firmenkreditkarte lautet zwar auf den Namen Slavitt, aber wir haben sie zu Hideaway zurückverfolgt. Die Gruppe hat drei Inspektoren – so weit richtig?« Er wartete Bens Antwort nicht ab. »Zwei Frauen und ein Mann. Sie haben ins Bild gepasst. Es war nur eine Frage der Zeit. Glauben Sie, wir könnten einen einfachen Hotelinspektor nicht von einem Mann mit Format unterscheiden, einem Mann mit Muße, der für seinen Aufenthalt in einem Hotel wie unserem bezahlt hat?«

»Das ändert rein gar nichts.« Ben war beinahe stolz darauf, für einen Geheimpolizisten gehalten worden zu sein – der vielleicht für Europol arbeitete, mit irgendeiner großen paneuropäischen Ermittlung zu tun hatte.

»Pack deine Koffer, kleiner Mann – und zieh ab. Wir wollen Ihr Geschnüffel hier nicht haben. Wir brauchen Ihren Bericht nicht.«

»Und genau da irren Sie sich.« Ben war eins dreiundachtzig. Er war kein kleiner Mann. »Nach meiner Kenntnis brauchen Sie meinen Bericht mehr denn je. Ihre Eigentümer versuchen, dieses Objekt abzustoßen, nicht wahr? Vermutlich bekommen Sie Prozente bei einem erfolgreichen Verkauf. Vielleicht halten Sie Anteile an der Dachgesellschaft. Und an anderen Unternehmen, die auf Ihrer Stellung als Hoteldirektor hier und anderswo beruhen. Ich kann das rausfinden.«

Bonard entglitten seine weichen Gesichtszüge. Ihm schienen die Worte zu fehlen.

»Außerdem haben Sie keine Wahl«, hängte Ben rasch an. »Sie können mich nicht zum Auszug zwingen. Jedes Hideaway-Hotel kennt die Regeln – die haben Sie unterschrieben und darauf verlassen sich unsere Gäste. Darum buchen so viele Leute bei uns. Wir haben einen Spitzenplatz am Markt für Luxushotels. Wollen Sie das alles gefährden? Abgesehen davon ist mein Zimmer schon bezahlt.«

»Sie wollen eine Erstattung? Gehen Sie, lassen Sie uns in Frieden.«

»Frieden?« Jetzt war Ben nach Lachen zumute. Stattdessen kam ihm ein Bild von Engin in den Sinn – wie der Arme sich in seinem flachen Grab umdrehte. Es war nicht mal ein Grab. Sein Leichnam wurde von der Sonne geröstet, lag auf einem Bett aus Felsen und Treibgut unter einer Wolke aus Fliegen. Selbst wenn von Nordwest Gewitterwolken aufzogen, würde das dem Toten keine Abhilfe schaffen. Allerdings würde es die Spurensicherung erschweren.

»Wir wollen Sie hier nicht. Gehen Sie.« Er war aufgestanden.

»Drohen Sie mir mit einem Rauswurf?«

»Oh, ich muss niemandem drohen. Ich mache mir nicht die Hände schmutzig. Nicht nötig.«

Ben schaute auf die Hände des Direktors. Sie sahen sehr gepflegt aus und butterweich. Er rieb sie sich eifrig.

»Ich habe viele Freunde auf dieser Insel«, sagte er lächelnd, bevor er einen flüchtigen Blick auf den Schrank warf. »Sie kommen, wenn ich sie brauche.«

»Na schön«, sagte Ben ruhig, der eine Vorstellung davon hatte, was sich in dem Schrank befand. Er war in Norfolk aufgewachsen, eine ländliche Grafschaft in England, in der es früher von Jagdhütern und Wilderern gewimmelt hatte. Zudem war er sich im Klaren, dass nun die Zeit fürs Beschönigen und Ausschmücken gekommen war, wenn er bleiben wollte – nicht zuletzt um Engins willen, seinem Andenken und seinen Angehörigen zuliebe. Ben hatte seinerzeit genug Wirtschaftsbosse interviewt und verstand zu schmeicheln, um alles aus ihnen herauszuholen und sie mit offenem Visier zu erwischen.

Er kannte die Regeln, wenn es sein musste. »Lassen Sie mich meinen Bericht abschließen, dann mache ich keinen Ärger. So haben wir beide was davon, nicht wahr?«

Bonard runzelte die Stirn. Ben schätzte den Direktor jünger ein als sich – ein mediterraner Lebensstil und jahrelange Schmiergelder und Bestechungsgeschenke trugen das Ihre zu seiner gebräunten Haut und der jugendlichen Ausstrahlung bei. Wahrscheinlich spielte er viel Tennis.

»Warum sollte ich Ihnen glauben?«

»Ich mach meinen Job, und ich will nicht als Störenfried angesehen werden. Ist ein schönes Hotel hier. Beste Jahreszeit, um hier zu sein.« Er versuchte ein Lächeln. »Schauen Sie, ich bin nur ein Hotelinspektor, der sich im Eifer des Gefechts hat hinreißen lassen. Es passiert nicht alle Tage, dass ich auf einen toten Barkeeper stoße.«

»Woher weiß ich, dass Sie einen guten Bericht einreichen werden?«

»Alle meine Berichte sind gut.« Das stimmte insofern, als seine Berichte alle gründlich und genau waren. »Sie haben bereits gesagt, Sie wollen so wenig wie möglich belästigt werden. Schmeißen Sie mich raus, und ich werde nicht leise gehen. Ich werde keine Wahl haben, als mich und meine Glaubwürdigkeit zu verteidigen, innerhalb von Hideaway und darüber hinaus, sollte es auch da für mich schwierig werden. Gerade jetzt können Sie schlechte Bewertungen oder Presse nicht gebrauchen. Auch ich habe Freunde. Ich war mal Journalist. Das Internet gibt viel preis.«

Bonard nickte – ein an Schmeichelei und Bestechung gewöhnter Mann.

»Sie lassen mich bleiben, und ich komme Ihnen nicht in die Quere.« Nicht dass er es versprechen würde. Ben hatte sein Leben lang versucht zu tun, was er sagte. Er hasste Lügen und sah sich gern als vertrauenswürdig, als Mann, der Wort hielt.

»Ihr Engländer dreht euch ständig nach dem Wind«, sagte Bonard. »Kein Wunder, dass niemand mit euch Geschäfte machen will. Wie geht das Sprichwort – ihr wollt auf zwei Hochzeiten gleichzeitig essen?«

»So ungefähr.« Ben lächelte.

Auch Bonard lachte plötzlich.

»Und der Schotte? Ich will nicht, dass er meine Gäste stört. Etwas Falsches sagt. Unruhe stiftet. Was machen wir mit dem?«

»Er macht Urlaub«, sagte Ben. »Den wird er sich kaum verderben lassen wollen, mit seiner hübschen jungen Frau. Mein Vorschlag wäre, den beiden reichlich Essen und Getränke umsonst anzubieten. Rundum, warum nicht. Wenn sich die Gelegenheit ergibt, werde ich ihm auch noch mal versichern, dass alles getan wird, was möglich ist.«

Bonard nickte. »Okay.«

9

Es war eine Wohltat, über die Terrasse in die Bruthitze zurückzukehren. Die Rasensprenger und Zikaden tönten im Gleichtakt.

Es gab keine Spur von Ian und Maggie, wie sie sich bei ein, zwei Gläsern Wein beruhigten, den Ian zweifellos als überteuert betrachtet hätte. Ben sehnte sich selbst nach einem. Er ging schnurstracks zum nächsten Tisch. Die meisten waren frei.

Ben hätte freudig ein kleines Vermögen ausgegeben, um seinen Durst zu löschen. Er konnte sich nicht erinnern, je von einem Hoteldirektor bedroht worden zu sein.

Eben wollte er sich setzen, da fiel sein Auge auf eine Ecke des Pools, Wasserflimmern unter einem nun ausgesprochen unbeständigen Himmel. Er zog zwei Tische weiter für einen besseren Blick. Zu seiner Enttäuschung war das Becken leer. Keine Juliet de Vries übte ihre gemächlichen Schwimmzüge. Immerhin war er jetzt so weit von allen anderen Gästen entfernt, wie es auf der Terrasse nur möglich war. Ruhe, die er dringend brauchte.

Während er es sich auf dem üppig gepolsterten Stuhl aus Teakholz bequem machte, zog er sein Telefon aus der Tasche und sah, dass er zwei Anrufe verpasst hatte, beides unbekannte und ausländische Rufnummern.

Niemand hatte eine Nachricht hinterlassen, es gab aber eine SMS von Natalie.

Wie gehts?, hatte sie geschrieben.

Er sah auf seine Uhr und fragte sich, ob Apostrophe bald aussterben würden. Es ging auf zwei Uhr zu. Wo war die Zeit geblieben? Drüben in England müsste Natalie noch in der Schule sein. Warum textete sie ihm? Mittagspause?

Alles bestens, log er. *Kein Unterricht?*

Bin früher nach Hause.

Nach Hause? Warum?

Frauenkram.

Was?, schrieb Ben, vom plötzlichen Auftauchen eines Kellners abgelenkt. Er sah hoch, ohne den kleinen blonden jungen Mann zu erkennen, der sich in aller Ruhe seinem Tisch näherte.

»Darf ich Ihnen etwas bringen, Sir?«, fragte er auf Englisch, fast ohne Akzent.

»Ja, bitte.« Ben lächelte und rätselte, wie der Mann über seine Muttersprache Bescheid wissen konnte. »Ein Glas Rosé. Etwas Einheimisches, sehr trocken, sehr blass. Danke.« Der Kellner nickte, machte kehrt und ging zielstrebig davon.

Ben sah sein Spiegelbild auf der Glasscheibe seines Telefons. Den Strohhut, sein langärmeliges Hemd. Er streckte die Beine aus, damit ihm die Hose nicht länger auf der Haut klebte. Fühlte seine Füße in den Budapestern mit jeder Sekunde stärker anschwellen. Warum hätte der Kellner ihn nicht auf Englisch ansprechen sollen? Bens Herkunft war doch offensichtlich – in der Mittagssonne draußen zu sein und so weiter. Nur dass

Ben alles Europäische mochte. Kleingeistig konservative Sichtweisen konnte er nicht ausstehen. Europa war seine Heimat.

Er dachte für einen Moment an Bonard. Vielleicht war jeder ein Ausbund an Widersprüchen, sobald man an der Oberfläche kratzte.

»Entschuldigung«, rief er dem Kellner hinterher. Der junge Mann hörte ihn und kam wieder zu Bens Tisch. »Machen Sie eine Flasche draus, ja?« Der Kellner lächelte Ben zu und nickte verständnisvoll, vielleicht gar verschwörerisch. Trotz seines jugendlichen Alters sah er es wohl nicht zum ersten Mal – einen Mann allein, der zu viel trank.

»Möchten Sie, dass ich Ihnen die Weinkarte bringe?«

»Nein, nein, ich vertraue Ihnen.« Ben nahm sein Telefon wieder in die Hand, beschirmte es vor der Sonne.

Regel, stand auf dem Bildschirm, Natalies letzte Nachricht.

Für einen zerstreuten Moment dachte Ben an Apostrophe und Rechtschreibregeln, dann fiel der Groschen. Er verbrachte ewig damit, eine Antwort zu formulieren, während er nach Eingebung suchend in den Himmel starrte. Das Wetter konnte sich auch nicht entscheiden. Immer noch strahlte die Sonne glutheiß auf die Terrasse herab, doch die Luft wurde jede Minute schwüler. Sie fühlte sich geradezu klebrig an.

Wo war die Polizei? Auf dem Weg hinunter zur Bucht? Er beneidete sie nicht darum, die Leiche nach oben tragen zu müssen. Vielleicht würde sie eine Barkasse einsetzen.

Trotz des üppigen Polsters, der schönen Umgebung

und der Aussicht auf guten Wein kam Ben nicht zur Ruhe. Er konnte kaum glauben, dass sie keine voll funktionstüchtige und vernünftig betreute Videoüberwachung hatten. Andererseits, wenn er es sich recht überlegte …

Der blonde Kellner servierte stilvoll seinen Wein – der Eiskübel außen mit Kondenswasser beschlagen. Ben hätte am liebsten sein Gesicht daran geschmiegt und bedeutete dem Kellner, dass er den Wein nicht kosten, sondern schlicht in sich reinschütten wolle. Der Kellner verschwand darauf mit bemerkenswerter Eile.

Wieder seinem Telefon zugewandt, rief Ben die Firmenzentrale von Hideaway an, nannte seinen richtigen Namen und bat darum, zu Marc Hoffman durchgestellt zu werden, ohne damit zu rechnen, ihn zu erwischen. Mit der Sicherheit eines so breit gefächerten Unternehmens betraut zu sein, wo so viele Größen zählten, war eine Riesenaufgabe.

Doch Hoffman hob sofort ab. »Ben Martin? Ich habe Ihnen erst heute Morgen gemailt. Haben Sie schon was Neues? Schnelle Arbeit. Wo Sie gerade sind, kann keiner mithören, oder? Wenn ich raten sollte, sitzen Sie draußen auf der Terrasse und warten auf ein spätes Mittagessen aus diesem hervorragenden Restaurant. Sie Glückspilz – hier regnet es.«

Während er einen großen Schluck Wein trank, sah Ben sich um. Niemand war in der Nähe. »Hallo, Marc. Nicht übel geraten. Hab schon von Ihrem miesen Wetter gehört.«

»Wird immer schlimmer. Was ist denn Sache? Sie sind der erste Inspektor, den wir unter den derzeitigen Inhabern hinschicken.«

»Einer der Mitarbeiter ist tot aufgefunden worden, unten am Meer. Schwer zu sagen, wie er gestorben ist. Sieht aber für mich verdächtig aus.«

»Das ist keine gute Publicity.« Hoffman zog die Worte in die Länge.

»Das können Sie laut sagen.«

»Weder für uns noch für das Hotel – besonders wenn die Eigentümer verkaufen wollen.«

»Mich beschäftigt der menschliche Verlust gerade mehr«, sagte Ben. »Jemand hat sein Leben verloren.«

»Dazu kommen wir noch. Ich denke nur laut.«

»Wer genau sind die Besitzer des Amagat?«

»Eine französische Immobiliengesellschaft mit Sitz in Marseille. Denen gehört es noch nicht sehr lange. Bin ehrlich überrascht, dass sie es schon wieder abstoßen wollen. Vorher war das Hotel in privater Hand, glaube ich.«

»Waren sie das nicht alle mal, vor langer Zeit?« Ben dachte an das Hauptgebäude, das große alte mallorquinische Bauernhaus, stellte sich vor, wie es im achtzehnten und neunzehnten Jahrhundert ausgesehen haben mochte, malte sich die Familie aus, die über das Anwesen und die Hänge ringsum geherrscht hatte. »Was ist Ihnen über den Direktor Bonard bekannt?«

»Hab den nicht so auf dem Schirm. Die jetzigen Eigner brachten ihn mit. Weiß nicht so irre viel über ihn, offen gesagt. Hab nichts Schlechtes gehört, nicht über ihn persönlich.«

»Nur diese Gerüchte, dass gelegentlich Gäste bestohlen und überzogene Rechnungen gestellt werden?«

»Wie gesagt, das könnte böswilliger Tratsch sein. Vielleicht sogar von Konkurrenten vor Ort. Es ist ein Spitzenobjekt. Sie haben nichts gehört oder gesehen?«

»Nein«, sagte Ben. »Das einzig Schreckliche, was hier läuft, ist der tote Barkeeper – bringt alles andere irgendwie aufs rechte Maß.«

»Scheiße! Sie haben nicht gesagt, dass es der Barkeeper ist.«

»Er hat gestern Abend in der Bar gearbeitet.«

»Haben Sie mit ihm gesprochen, ehe er starb?«

»Ehe er ermordet wurde«, murmelte Ben.

»Ermordet? Warum denken Sie, er wurde ermordet? Ist die Polizei vor Ort? Der Zeitpunkt könnte kaum ungünstiger sein.«

»Da stimmt irgendwas nicht. Ich habe die Leiche gefunden, ich und noch ein Gast.«

»O mein Gott, ein Gast ist drin verwickelt?«

»Ein Schotte, ziemliche Nummer. Er war mal Strafverteidiger.«

»Das wird ja immer schlimmer.«

»Er fand, es sah verdächtig aus – und ich auch. Was wir sehen konnten, jedenfalls.«

»Wo genau war das?«

»Unten am Meer, nahe der Badeplattform des Hotels. Es sind gut zwanzig Minuten Fußweg oder so.«

»Nicht ohne.«

»Keine Ahnung, wo die Polizei bleibt. Der Direktor tut sein Bestes, um das Ganze unterm Deckel zu halten.«

»Schön für ihn«, sagte Hoffman und klang sehr erleichtert.

»Er hofft, dass sie herausfinden, dass es Selbstmord war. Oder ein Unfall.«

»Ich denke mal, auf so etwas hoffen wir alle«, sagte Hoffman. »Der Sommer steht vor der Tür.«

»Nein«, entgegnete Ben. »Das kann ich so nicht auf sich beruhen lassen. Ich hoffe, diese Sache aufklären zu können. Ich will wissen, was wirklich passiert ist. Obwohl sich Bonard querstellt.«

»Vielleicht denken Sie noch mal darüber nach, für wen Sie arbeiten.«

»Wie könnte ich das vergessen?« Ben ließ den Blick über die wunderschöne Terrasse schweifen. »Woher kennt Bonard meinen Namen, meinen richtigen Namen?«

»Ihre Tarnung ist aufgeflogen? Sie sind nicht mal seit vierundzwanzig Stunden dort.«

»Er weiß, wer ich bin, was ich mache, warum ich hier bin. Mehr noch, er wollte, dass ich gehe. Hat ziemlich Druck gemacht. Angedeutet, er würde die richtigen Leute auf der Insel kennen. Oder wären das dann die falschen Leute? Diese Art Drohungen eben.«

»Kein Leck auf unserer Seite, da bin ich sicher. Könnte geraten sein. Wahrscheinlich fallen Sie auf wie ein bunter Hund.«

»Ich weiß nicht, worauf Sie hinauswollen.« Mit der linken Hand zog sich Ben den Hut vom Kopf, wischte sich die Stirn. Sah auf sein Hemd hinunter. Vielleicht wusste er doch, was Hoffman meinte.

»Könnte es sein, dass jemand Ihr Zimmer durchsucht hat? Ich nehme mal an, Sie haben nicht den ganzen Tag drinnen verbracht. Irgendwas mit Ihrem richtigen Namen drauf müssen Sie dort haben. Führerschein, Reisepass?«

»Unter falschem Namen reisen wird immer schwieriger, Marc. Ich staune, dass ich bis jetzt damit durchgekommen bin. Können Sie mir einen falschen Pass besorgen?«

»Wir alle spielen damit, wer wir wirklich sind in dieser Branche«, sagte Hoffman. »Das wird von uns erwartet. Es wurden viele Augen zugedrückt, viele Fragen nicht gestellt. Ich merke aber gerade, wie schnell sich die Dinge ändern. Wir müssen neu bewerten, wie unsere Inspektoren ihrer Aufgabe nachgehen. Ich werde ein Arbeitstreffen anberaumen.«

»Prima. Und was machen wir bis dahin?«

»Verständlicherweise will der Direktor nicht, dass Sie da rumhängen und die Klappe aufreißen. So wenig wie wir.«

»Sie wollen auch, dass ich gehe?«

»Nein, das habe ich nicht gesagt. Sie haben noch was zu erledigen. Das Hotel muss dringend geprüft werden, zumal angesichts der eingegangenen Beschwerden. Wir geben ja das Versprechen ab, dass alle unsere Hotels regelmäßig überprüft werden. Bleiben Sie, wo Sie sind.«

»Das habe ich vor«, sagte Ben bestimmt. »Und das so auch dem Direktor gesagt.«

»Schön – schön für Sie. Aber machen Sie keinen Ärger. Lassen Sie das Hotel sich um diesen bedauerlichen Todesfall kümmern. Es ist deren Verantwortung. Ihre ist es, Hideaways Ruf als eine der weltweit führenden Luxushotelmarken zu erhalten.«

»Dazu brauche ich kein Verkaufsgetöse.« Ben konnte den Unterschied nicht recht einsehen, auch wenn Hideaway letztlich eine Buchungsagentur mit üppigen

Sonderleistungen war. »Ich muss auflegen. Da kommt wer.« Er ließ den Blick über die leere Terrasse schweifen, linste hoch zum unsteten Himmel. Fragte sich, warum Crockett and Jones keine Sandalen herstellten. Seine Füße fühlten sich an, als stünden sie auf Magma. Die Luft war nun zum Schneiden dick.

»Die Sache ist die bei solchen Hotels«, sagte Hoffman gerade, »dass man nie wirklich weiß, wer gerade dort absteigt oder als Nächstes aufkreuzen könnte. Also bestes Benehmen, okay?«

»Können Sie mir mehr Infos über Bonard besorgen?«, bat Ben. »Und über die Besitzer, diese französische Immobiliengesellschaft. Wer genau sind die?« Ben beendete den Anruf.

Während er sich nach dem Kellner umsah, wurde ihm klar, dass er Hoffman nichts von dem Tumult letzte Nacht erzählt hatte – und darüber, dass die wahren Identitäten und Absichten einiger Gäste mehr als verwunderlich waren. Sein Blick huschte hinüber zum Pool. Er war immer noch leer.

Er war kurz davor, den Firmensitz von Hideaway erneut anzurufen – doch diesmal nicht, um Hoffman zu sprechen, sondern Wendy Spurling –, als der Kellner am anderen Ende der Terrasse auftauchte. Ben winkte ihn herbei. Wendy war viel zu erfahren und verlässlich, als dass sie seinen richtigen Namen hätte fallen lassen. Wissen wollte er jedoch von ihr, ob zuvor schon mal ein Inspektor aufgeflogen war. Und wie die Aussichten standen, ein zusätzliches Zimmer für seinen Auftrag Ende August zu bekommen. August bedeutete ausnahmslos Stadtvisite, solange alle anderen am Meer waren. Oder ein Aufenthalt irgendwo auf der Südhalbkugel. Hideaway-Inspektoren wurden nie zur Hochsaison entsandt.

10

Der Name auf dem Anstecker lautete *Paul.* »Paul – wo kommen Sie her?«, fragte Ben. »Sie sprechen sehr gut Englisch.«

»Deutschland«, sagte Paul. »Bayern, aus der Nähe von München.«

Ben nickte. Es war ein schöner Teil der Welt. »Wie lange arbeiten Sie schon hier?«

»Es ist meine erste Saison. Ich bin im April gekommen, danke.«

»Wie gefällt es Ihnen?«

»Was darf ich Ihnen bringen, Sir?«

Ihm schien etwas Farbe in die Wangen zu steigen. »Es macht Ihnen hoffentlich nichts aus, aber ich fragte gerade, wie es Ihnen hier gefällt, Ihre Arbeit, dieses Hotel.« Der Ärmste konnte nicht viel Zeit in der Sonne verbracht haben, unten am Meer oder beim Tennis. Ben fragte sich, ob er überhaupt mal frei bekam. Häufig genug wurden Saisonkräfte sehr schlecht behandelt.

»Sehr gern, Sir.«

Womöglich war sein Englisch doch nicht so gut. Ebenso wenig aber Bens Deutsch. »Arbeitet es sich gut mit den Kollegen hier?«

Der Bursche wurde noch röter im Gesicht, während er schüchtern lächelte und zu Boden schaute. Er scharrte nun mit den Füßen und hielt die Hände fest auf dem

Rücken verschränkt. Ben hörte auf einmal Autolärm, der vom Hauptgebäude kam. Von Autos mit großen Motoren. Natalie wäre nicht begeistert.

Er sah auf seine Armbanduhr. Er hielt sich gern für pünktlich und sah mit Vorliebe dem Sekundenzeiger einer Uhr zu, der seine Kreise zog – das sanfte Verstreichen der Zeit. Es hatte etwas leicht Ironisches, dass er eine alte und unzuverlässige Armbanduhr trug, er bezweifelte aber, jemals Gefallen an einer Apple Watch zu finden. Nichts wollte er weniger als E-Mails, die auf seiner Uhr auftauchten und ihn an seine Pflichten erinnerten. Zudem hatte ein rein mechanisches Automatikwerk etwas beinahe Magisches an sich – Feinmechanik, seit vielen Jahrzehnten unverändert.

Beruhigung war es nicht, was er gerade empfand, trotz der Erfrischung. Er sah sehnsüchtig auf die Weinflasche, die aus dem tropfenden, beschlagenen Eiskübel ragte. »Kann ich bitte die Rechnung abzeichnen?« Er konnte nicht einfach nur so dasitzen.

»Das ist nicht nötig«, sagte Paul.

»Bitte?«

»Der Wein ist eine Aufmerksamkeit des Hauses.«

»Oh.« Das ging ja schnell, dachte Ben.

»Es ist der Wunsch des Direktors, Sir, danke. Er möchte nicht, dass die Gäste beunruhigt sind.«

»Warum sollte jemand beunruhigt sein?«

»Ich glaube, es ist jemand erkrankt.«

»Erkrankt?« Vielleicht ging es gar nicht um Engin. »Wer denn?«

Paul stand da und schüttelte den Kopf. »Mehr weiß ich leider nicht, tut mir leid.«

Na toll, dachte Ben. »Wie ich sehe, sind Sie ein sehr engagierter junger Mann«, sagte er. Wahrscheinlich wusste er tatsächlich nicht mehr, aber trotzdem. »Geben Sie Ihr Bestes, solange Sie hier sind, wenn Sie weiterkommen wollen.« Er hielt ein paar Augenblicke lang inne. »Aber lassen Sie sich nicht von denen ausbeuten – okay?« Er lächelte und hoffte, aufrichtig zu klingen. Er meinte es ernst. »Ich war mal Journalist. Hab mein Leben damit verbracht, über Ungerechtigkeit, Machtmissbrauch und Korruption zu berichten, immer der Wahrheit verpflichtet.«

Paul wandte sich ab. Ben sparte sich das *und Kram zu erfinden als Romanautor*. Er stand auf und rief ihm hinterher: »Ach, und wenn Sie irgendwas Ungewöhnliches hören oder sehen, das Ihnen Unbehagen bereitet – wenn ich etwas im Leben gelernt habe, dann das: ja nicht drüber schweigen. Reden Sie mit jemandem, irgendwem, jedem. Es gibt immer Leute, die helfen werden. Mit mir können Sie sprechen.«

Doch Paul eilte davon, war zweifellos erpicht darauf, von dem verrückten Engländer draußen in der Mittagssonne wegzukommen. Ben fand einen Zehneuroschein in seiner Brieftasche, legte ihn auf den Tisch und hoffte, Paul würde ihn sich holen, sobald Ben gegangen wäre. Von einem gemeinsamen Topf für alle Angestellten hielt er nichts. Der ließ die Leute, die ein gutes Trinkgeld verdient hatten, unweigerlich zu kurz kommen.

Er kehrte der Terrasse den Rücken und lief steifbeinig einen Kiesweg in Richtung Gebäuderückseite. Er vermutete, den Pool auf diesem Weg umgehen zu können. Noch hatte er nicht die gesamte Hotelanlage besichtigt.

Üblicherweise war dies der vergnüglichste Teil seiner Arbeit.

Öffentliche Bereiche und Hotelgärten waren die wahren Erkennungszeichen in dieser Branche. Obwohl sie gewiss den Ausschlag gaben, wurden doch die Suiten und Zimmer der Hotels weltweit immer ähnlicher. Dass er morgens aufwachte und keinen Dunst hatte, wo er war, in welchem Land oder gar Erdteil er sich befand, kam immer häufiger vor.

Er lief auf einem Pfad jenseits des Pools, der seitlich am Hauptgebäude entlangführte. Er hoffte, später wieder auf Paul zu stoßen. Der verbarg auf jeden Fall etwas. Vertrauen war der Schlüssel. Paul musste begreifen, dass Ben es nicht darauf absah, ihn in Schwierigkeiten zu bringen. Im Gegenteil.

Ehe er sich's versah, war Ben in einem Bereich an der Rückseite des Gebäudes gelandet, wo Gäste offenbar nicht hingehörten. Er war zwar nicht eingezäunt, doch säumten auf der anderen Seite einer kurzen Zufahrt zahlreiche gewerbliche Abfall- und Wertstoffbehälter die Anhöhe. Es war kein Versuch unternommen worden, sie zu verbergen oder aufzuhübschen. Der Geruch fröhlich vor sich hin rottender Essensreste hing in der heißen Luft.

Fenster und zwei Türen im Erdgeschoss des Gebäudes legten nahe, dass sich hier die Küche und die wichtigsten Betriebsräume einschließlich Wäscheanlieferung und -abholung befanden. Neben einer Doppeltür quoll ein großer Maschendrahtkasten von zusammengeknüllten weißen Laken über.

Ein von diesem Trakt abzweigender Anbau, wurde

Ben klar, musste derselbe sein, der auch Bonards Büro beherbergte. Nur stand er jetzt auf der anderen Seite und nicht an der, an der er zuvor ein und aus gegangen war. Er erkannte die Ziegelsteine, die Dachschräge und die neueren Terrakottaschindeln wieder. Es führten also mindestens zwei Wege in die Direktionsbüros. Vermutlich drei, da es bestimmt auch im Haus einen Verbindungsgang gab.

Fünf Fahrzeuge standen am Ende der Zufahrt auf eine Fläche gequetscht, die erkennbar ein alter Innenhof war: ein schnittiger schwarzer Mercedes CL mit getönten Scheiben, zwei staubige weiße Lieferwagen, ein kleines Polizeiauto und ein großer Hummer, ebenfalls schwarz, mit noch dunkler getönten Scheiben und gangstermäßig viel funkelndem Chrom. Er sah absurd aus.

Geld und Geschmack gingen nicht immer miteinander einher. Während Ben sich überlegte, wie wenige Kilometer pro Liter das Gefährt wohl schaffte, trat eine Gruppe Männer aus dem Anbau. Sie hatten Anzughosen und weiße oder hellblaue kurzärmelige Hemden an. Schmuckstücke blitzten an ihren Armen, auch an denen des Polizisten, der eine blaue Hose und ein Hemd von dunklerem Blau mit Schulterstücken trug. Dazu eine Schusswaffe. Der Einzige in einer Anzugjacke war Bonard. Er war auch der Einzige, der in leidlich guter körperlicher Verfassung zu sein schien. Nicht zum ersten Mal fand Ben ihn viel zu eitel, um ihm zu vertrauen. Die Männer standen am Eingang, redeten und rauchten eine Weile angeregt, warfen Blicke in den Hof und hin und wieder auf Bonard, als warteten sie auf eine Anweisung. Nein – das traf es nicht. Bonard schien auf sie einzureden, gestikulierte, lächelte und machte eine beschwichtigende Miene. Die anderen verloren offenbar die Geduld, bis auf den Polizisten, der etwas abseits stand.

Hinter der Ecke des Hauptgebäudes verborgen, war Ben um die zwanzig Meter weit entfernt. Viel konnte er nicht hören, außer dass Spanisch gesprochen wurde.

Große Blumentöpfe, auf beiden Seiten der Tür aufgereiht, taten ihr Bestes, um dem glutheißen Innenhof etwas Grün beizufügen. Doch der welke Lavendel war schon eine Weile nicht mehr gegossen worden. Es war wirklich ein sonniges Fleckchen. Einer der Männer bückte sich und drückte seine Zigarette in einem Blumentopf aus.

Zu Bens Überraschung ging der Topf nicht in Flammen auf. Dann beobachtete er, wie sich die Männer, alle vier außer Bonard und dem Polizisten, auf den Hummer zubewegten. Ohne Verzug kletterten sie hinein und knallten die gepanzerten Türen zu. Der Motor erwachte grollend zum Leben, wiewohl das ausladende Fahrzeug eine Zeit lang brauchte, um im beengten Hof zu wenden, ehe es auf der Piste hoch zur Küstenhauptstraße beschleunigte und eine dichte Wolke aus Dreck und tödlichem Feinstaub hinter sich ließ.

Als Ben sich wieder umsah, waren Bonard und der Polizist ins Innere verschwunden. Die Tür zum Anbau war zu, und nur die Lieferwagen, das kleine Polizeiauto und der Benz schmorten weiter vor sich hin. Ben kam aus seinem Versteck hervor. Er ging zum Anbau hinüber und versuchte, durch das nächstgelegene Fenster zu spähen, sah aber nur einen leeren Flur. Er trat ans Polizeiauto. Es war ein Seat, dessen weiß-blaue Lackierung kaum unter einer dicken Staubschicht zu erkennen war. Dem Anschein nach gehörte er keinem sonderlich hochstehenden Beamten.

»Verzeihung – kann ich Ihnen helfen?«

Ben drehte sich um. Eine Frau in weißer Kochkluft sah ihn fragend an. »Ich war spazieren«, sagte er. »Hab mich wohl verlaufen auf dem Weg zurück zum Hotel – zum Haupteingang.«

»Sie müssen dort lang«, sie wies zum Ende des Gebäudes, »und rechts auf den Pfad abbiegen. Der führt Sie dann am Pool vorbei auf die Terrasse.« Sie schwenkte herum und zeigte hinter sich auf eine Tür. »Da geht es zur Küche. Gästen ist der Durchgang nicht gestattet. Es ist nicht sicher. Zu viele heiße Speisen und scharfe Messer.«

»Okay, danke.« Er lächelte, war sich unschlüssig, ob sie das wirklich ernst meinte. »Ist sicher heiß genug hier draußen, was?«

»In der Küche ist es heißer. Deshalb bringen wir den Abfall lieber raus.«

Ihr Haar war zurückgebunden, und ihre Stirn glänzte vor Schweiß. Wie der junge Kellner Paul war sie blond und recht wahrscheinlich eine Deutsche. Auch wenn sie beträchtlich älter und rundlicher war. Sie hatte ein freundliches Gesicht, sah aber aus, als sei sie gestresst, müde und nicht zu einem Schwätzchen aufgelegt.

»Wissen Sie, warum der Streifenwagen hier ist?«, fragte er trotzdem.

Sie schüttelte den Kopf. »Ich muss zurück in die Küche.«

»Die halten Sie hier wohl ganz schön auf Trab«, gab er

überflüssigerweise von sich. Sie war fort und ließ einen Innenhof zurück, in dem der Lärm der Zikaden widerhallte und Eidechsen herumflitzten. Eine Hornisse summte in Bens Blickfeld.

Noch ein Geräusch gesellte sich zum Missklang: das eines über die Zufahrt bretternden Autos. Ben blickte auf und sah einen dunkelblauen Kleinbus auf den Innenhof gerast kommen und schlitternd stehen bleiben, sodass er die anderen Fahrzeuge zuparkte. *Sein Äußeres schrie Krankenwagen.*

Hatten Bonards Freunde ihn soeben im Stich gelassen?

11

Ben zog sich auf seinen vorherigen Aussichtsposten zurück und beobachtete, wie zwei Männer aus dem Kleinbus stiegen. Sie trugen grüne Latzhosen, klopften an die Tür zum Anbau und wurden rasch eingelassen. Von wem, konnte Ben nicht sehen. Die Tür schloss sich einmal mehr, und über den Innenhof legte sich wieder erbarmungsloses Geschrill. Es war sogar lauter als zuvor und kam näher. Ben brauchte noch einen Augenblick, bis er merkte, dass sein Telefon klingelte. Er zog es hastig aus der Tasche, um nicht erwischt zu werden, tippte auf den grünen Hörer, kaum dass er erkannte, wer ihn anrief, und hielt es sich ans Ohr.

»Hallo?«, flüsterte er.

»Ben? Wo steckst du?«, fragte Olly. »Dass du im Ausland bist, merk ich am Rufton. An sich wohl keine Überraschung.«

»Ich bin auf Mallorca. Es ist verflucht heiß.«

»Warum flüsterst du?«

»Ich will nicht gehört werden. Warum rufst du an?«

»Runde Schwatzen. Kommt mir vor, als hätte ich dich ewig nicht gesprochen. Hab mir gedacht, jetzt könnte es vielleicht gerade passen.«

»Ich möchte nicht grob klingen, Olly, aber es passt nicht.« Er behielt die Augen auf der Tür. »Überhaupt, warum bist du nicht bei der Arbeit?«

»Bin ich, ich bin im Restaurant. Der Rummel hat sich gerade gelegt. Mittagszeit ist vorbei.«

»Geschäft läuft immer noch gut?«

»Gott, und wie. Heute Abend sind wir auch rappelvoll, und der Direktvertrieb geht durch die Decke. Ich muss mal wieder erweitern, mein Freund.«

»Und nicht bloß den Hosenbund?«, flüsterte Ben. Es war ein Dauerscherz.

»Das sagt der Richtige.«

Schweiß tropfte Ben in den Nacken. »Echt toll. Aber lass das Schuften sein. Das bekommt uns nicht in unserem Alter.«

»Du flüsterst immer noch.«

»Olly, sorry, ich kann wirklich nicht sprechen.«

»Erzähl mir jetzt nicht, du sonnst dich im Liegestuhl, schlürfst Torre des Canonge blanc und siehst hinreißenden Frauen beim Brustschwimmen in einem Infinitypool zu.«

Olly konnte manchmal hellsehen. Wobei er natürlich, als er noch in der Musikbranche gearbeitet hatte, selbst die Welt bereist hatte und in den besten Häusern abgestiegen war.

»Gerade eben mal nicht«, sagte Ben.

»Falls dir Toni Gelabert über den Weg läuft, während du da bist«, fuhr Olly fort, »grüß ihn herzlich. Er ist einer der besten Winzer, nicht nur auf Mallorca, sondern in ganz Spanien. Großartig, was der macht.«

»Schön wär's«, sagte Ben. »Diese Reise erweist sich als etwas beschwerlicher als sonst. Ich ruf dich an, wenn ich zurück bin. Gibt viel zu erzählen. Den Kindern geht's gut?«

»Wunderbar.«

Ben schaltete das Telefon auf stumm, bevor er es einsteckte. Er verharrte noch zwei Minuten und rätselte, weshalb die Männer weder eine Bahre noch einen Leichensack aus dem Kleinbus geholt hatten. Kein weiterer Abfall wurde aus der Küche geschafft. Es war so heiß, dass es ihm vorkam, als würde der Himmel ihn langsam erdrücken.

Er verlor die Geduld, ging auf den Kleinbus zu und spähte durch die Windschutzscheibe. Nichts bot Aufschluss über seinen Zweck, und der hintere Wagenteil war uneinsehbar. Er trat an die Hecktüren und zog an den Griffen, nur um sicherzugehen. Sie waren verriegelt.

Er verfolgte einige weitere Umdrehungen des Sekundenzeigers auf seiner Armbanduhr. Mit jeder verstrichenen Minute wuchs in ihm das Gefühl, ihm entgehe etwas auf der anderen Seite des Hotels. Zögernd verließ er den Innenhof und nahm den Fußweg zurück zur Terrasse. Ein paar Leute saßen auf dem hochwertigen Außenmobiliar und genossen vermutlich die Gratisgetränke.

Er umrundete die Terrasse und ging um die gesamte Vorderseite des Hotels herum, bis er wieder am Eingang zu Bonards Büro stand. Die Tür war, was nicht unbedingt überraschte, verschlossen. Er trat an die französischen Fenster. Die Lamellenjalousie dahinter war auf einen Winkel gestellt, der ihm freie Sicht ins Büro gestattete. Es war leer. Sie mussten zur Bucht hinuntergegangen sein.

Budapester waren nicht auf Dauerlauf ausgelegt, ganz zu schweigen von Sprints, doch ihre Griffigkeit, als er durch den Garten rannte, an den Tennisplätzen vorbei und abwärts durch den mediterranen Urwald, war beeindruckend. An einer Stelle blieb er stehen, um durchzuatmen und auf sein Telefon zu schauen. Eine Nachricht von einer unbekannten Nummer erschien auf dem Bildschirm. Sie lautete schlicht *Mafia*. Er schüttelte das Gerät, als könnte so mehr Inhalt freigesetzt werden. Aber das schien nur dazu zu führen, dass er den Empfang ganz verlor.

Das Telefon wieder in der Tasche, trabte er erneut los. Seine blaue Kleidung, so stilvoll sie in jeder Lebenslage wirkte, eignete sich entsetzlich schlecht zum Laufen in der Mittagshitze und verlangsamte ihn beträchtlich.

Ihm war schleierhaft, wie er die letzten paar Hundert Meter noch hatte durchhalten können, wahrscheinlich musste die Schwerkraft im Spiel gewesen sein.

Als er an der Badeplattform eintraf, machte er eine kurze Verschnaufpause. Niemand war in Sicht. Die Bucht wirkte vollkommen menschenleer, das Meer bedrohlich ruhig. Als er wieder zu Atem kam, brach er zum letzten Stück des Wegs um die Bucht auf. Er hatte eine wahnwitzige, beinahe halluzinatorische Anwandlung, wie Robinson Crusoe der einzige Bewohner einer verlassenen Insel zu sein. Nicht mal einen Toten galt es zu begraben, denn Engins Leiche war fort, wie auch der Security.

Ben brauchte einen Moment, um genau die Stelle zu finden, wo die Leiche gelegen hatte, weil jemand den Boden geharkt hatte, dem Anschein nach mit einem toten Ast. Das Einzige, was übrig geblieben war, waren die Fliegen. Es wehte kein Wind, um sie wegzublasen. Ben ging auf alle viere und kroch auf der Suche nach dem, was dort gewesen war, was geschehen sein mochte, über den Boden. Alles, was er sehen konnte, war der geebnete Grund.

Er sah hoch und hinaus aufs Meer in der sicheren Ahnung, dass sich der Horizont verdunkelt hatte. Er begann, auf das Wasser zuzukriechen. Sein Kopf war so heiß. Er nahm den Hut ab und dachte gerade noch rechtzeitig daran, sich die Uhr vom Handgelenk zu streifen. Sie war garantiert nicht wasserdicht. Er setzte seinen Weg zur Wasseroberfläche fort, wollte nur noch seinen Kopf, sein Gesicht abkühlen. Dabei versuchte er, sich den Menschen Engin vorzustellen, der wieder zu Materie geworden war, die irgendwo verwesen oder verbrennen würde, bis nichts von ihr übrig wäre.

Indes er hoffte, dass sein Hemd keinen Schaden vom Salzwasser nahm, malte Ben sich Engins letzte Augenblicke aus. Er war komplett unter Wasser gewesen, und doch hatte er es ans Ufer geschafft. Zusammengeschlagen und ins Meer gezerrt oder zusammengeschlagen und vom Heck eines Boots gestoßen?

Zurück auf der Badeplattform, kam Ben ein weiterer Gedanke. Engin könnte auch hier geschlagen worden sein, er könnte ins Meer gefallen oder gesprungen sein, um seinem Angreifer zu entkommen und davonzuschwimmen, wäre aber nur ein kurzes Stück weit bis in die Bucht gekommen. Womöglich hatte er nicht mal schwimmen können.

Drüben an der Außenkante der Badeplattform fiel Ben etwas auf. Ein Hotelhandtuch war neben einem Felsbrocken liegen gelassen worden. Ebenso feuchte und salzverkrustete marineblaue Shorts von Old Navy.

Ben schämte sich, seine Badehose und das Handtuch hier unten vergessen zu haben. Maria Moya hätte es sicher nicht gefallen, hätte er das Handtuch verloren, nachdem sie ihm das Pfand erlassen hatte. Während Natalie zweifellos entzückt gewesen wäre, hätte er sein Schwimmzeug verloren. Er fand die Vorstellung, vergesslich zu werden und so sorglos mit seinem Eigentum umzugehen, unerträglich und brach zum Hotel auf.

Es war ein schweißtreibender Aufstieg. Als er die Tennisplätze erreicht hatte, fühlte er sich wie ein schmuddeliger Landstreicher. Seine steifen Shorts und das große Badetuch fest im Griff und die Hutkrempe in die Stirn gezogen, marschierte er das letzte Stück durch den Garten zu seinem Flügel und die Treppe hoch in den ersten Stock. Weil er den Kopf noch immer gesenkt hielt, stieß er geradewegs mit Juliet de Vries zusammen, die eben ihr Zimmer verlassen hatte und in die andere Richtung ging.

»Huch, tut mir leid«, sagte er und trat zurück. Er war gegen ihren Arm geprallt, an dem eine sehr teuer aussehende Handtasche von Hermès baumelte. In der anderen Hand hielt sie ihre riesige Gucci-Sonnenbrille, die wahrscheinlich so viel wog wie die Handtasche. Er sah hinunter auf die Knitterfalten in seinem Hemd und seiner Hose.

Sie war natürlich tadellos gekleidet, trug ein farbenfrohes Strandkleid. Vielleicht von Diane von Furstenberg. Es machte jedenfalls auch den Eindruck, äußerst kostspielig zu sein für so ein bisschen Stoff. Darunter trug sie einen schwarzen Bikini.

Es dauerte noch einen Augenblick, bis sie ihn nicht länger stirnrunzelnd musterte. Dann begann sie zu lächeln.

»Ach«, sagte sie, »keine Ursache. Sie sind Gast hier? Sie wohnen im Hotel?«

»Ja«, sagte Ben verdutzt, bis er sich dachte, dass sie ihn vielleicht für einen Angestellten, ein Mitglied der Direktion gehalten hatte. Was seine Anwesenheit gestern spätnachts im Flur hätte erklären können und weshalb er an ihre Tür gepocht hatte, wiewohl im Bademantel. »Mein Zimmer liegt den Flur runter.« Er warf einen Blick in die Richtung.

»Meine Suite ist hier.« Sie deutete hinter sich auf die schwere Eichentür, die ihm nur zu vertraut war. »Ich wollte gerade in den Spa.«

»Hatte eben mein Training unten am Meer«, sagte er, hob das Handtuch halb hoch und nahm interessiert zur Kenntnis, dass sie nicht gezwungen gewesen war, das Zimmer zu wechseln. »Ist sehr heiß draußen.«

»Sie scheinen gut in Form zu sein, von Natur aus.« Nun musterte sie ihn mit Interesse.

»Na, ich weiß nicht. Aber lange Spaziergänge liegen mir – wenn's vielleicht nicht ganz so heiß ist.«

»Da müssen sich manche mehr anstrengen. Deshalb gehe ich in den Spa.« Sie brachte diese abwegige Einschätzung mit einem hinreißenden Lächeln vor.

»Na dann, viel Vergnügen hoffentlich.«

Sie nickte. Wenngleich sie es nicht übermäßig eilig zu haben schien, zu ihren Anwendungen zu kommen. »Ich bin geschäftlich hier«, sagte sie. »Da findet man kaum die Zeit zu irgendeinem Vergnügen.«

»Gleichfalls.« Er lächelte. »Aber Sie sind nicht allein hier?«

»Vorläufig doch. Bis später dann.« Sie lief den Korridor hinunter. »Auf einen Cocktail?«, rief sie über ihre Schulter.

»Geht klar«, entgegnete er, wobei er sich nicht ganz sicher war, ob sie eine Frage oder eine Forderung gestellt hatte.

In seinem Zimmer ließ er Shorts und Handtuch fallen und sich rücklings aufs Bett plumpsen, nur um sich wieder hochzustemmen und nach Wasser zu suchen. Er war völlig dehydriert. Zum Glück fand er in der Minibar eine kalte Halbliterflasche, die er in einem Zug austrank, bevor er mit seinem Telefon und der Wanderkarte für die Umgebung zum Bett zurückkehrte.

Weder auf der auseinandergefalteten Karte noch auf Google Maps fand er einen weiteren Weg von der Bucht zum Hotel. Die Hauptstrecke war deutlich gekennzeichnet, allerdings nicht auf Google Maps. Dort tauchte nur der Küstenweg auf, der von Sóller nach Cala Deià führte. Zuweilen schmiegte er sich ans Ufer, an anderen Stellen verlief er landeinwärts. Des Weiteren konnte er eine Straße von Cala Deià hoch nach Deià ausmachen und außerdem die Piste vom Amagat zur Hauptstraße. Alles andere war auf beiden Karten durchgängig grün gefärbt.

Als er die App schloss, fiel ihm die Textnachricht wieder ein, die unbeantwortet geblieben war. *Mafia*. Er wusste nicht, wer sie ihm geschickt hatte. Aber er verstand. Er konnte sich auch denken, von wem sie kam. Außerdem musste er noch etwas auf Natalies *Regel* erwidern.

Hoffentlich geht's Dir wieder etwas besser, schrieb er. *Hast Du eine Paracetamol genommen? x.* Davon könnte er selber zwei gebrauchen, merkte er, als er sich vom Bett und unter die Dusche quälte. Er ließ das Wasser aus der eindrucksvollen Vorrichtung auf sein Gesicht prasseln. Es dauerte eine Weile, das Salz abzuwaschen, den Schweiß und das Gefühl von Fäulnis, das inzwischen an seiner Haut klebte wie billige Sonnenmilch.

Als er sauber und trocken war und in frischen Sachen steckte, ging er auf den Balkon, um nachzusehen, ob sich dort irgendwo seine Shorts aufhängen ließen. Da sich nichts anbot, breitete er sie sorgfältig auf einem der Außenstühle aus und hoffte, sie würden irgendwie von selbst sauber und trocken werden. Die Luft war allerdings schwüler denn je.

Es ging auf vier Uhr, und sein Magen grummelte. Er verließ schleunig sein Zimmer und bekam beim Betreten der Terrasse ein sicheres Gefühl, dass ein Wetterumschwung bevorstand.

12

Aus Richtung des Pools drangen das Planschen und Gelächter von Leuten, die das aufziehende Gewitter völlig ignorierten. Weiter entfernt konnte Ben dazu eine streunende Katze hören, die nach einem Gespielen rief.

Als er den hinteren Innenhof erreicht hatte, klebte ihm das saubere Hemd schon am Rücken, und es tropfte von seiner Stirn. Er hatte sein Zimmer so übereilt verlassen, dass er seinen Hut vergessen hatte, und musste seine Augen mit den Händen abschirmen, um überhaupt etwas erkennen zu können. Das Polizeiauto war fort, ebenso der dunkelblaue Kleinbus.

Nach wie vor schmorten der schnittige Manager-Mercedes und einer der staubigen weißen Lieferwagen in der Hitze.

Die Tür zur Küche stand offen, wenngleich ein Vorhang aus Metallperlen den Eingang wie ein mittelalterlicher Kettenpanzer versperrte. Ben verzichtete lieber darauf, ein Störenfried zu sein und in die Küche zu platzen. Die Köchin, der er zuvor begegnet war, hatte schon genug zu tun.

Er nahm den langen Weg zurück. Umrundete den Pool, wo die Heiterkeit inzwischen höchste Wellen schlug. Zu viel Gratiswein und nachmittägliche Krüge Sangria, wie es schien. Selbst in einem solchen Haus gab es immer Leute, die sich nicht zurückhalten konnten, wenn es etwas umsonst gab, wie beim Frühstücksbüfett. Er vermutete, dass Maggie und Ian das voll ausnutzten. Besonders Maggie, da sie so genervt gewirkt hatte.

Der Haupteingang war dunkel und kühl und Ben erleichtert, wieder in der Lobby zu sein. Und es überraschte ihn, Maria Moya noch immer hinter dem Tresen zu sehen. Sie war in diesem Augenblick allein, und Ben ging geradewegs auf sie zu.

»Hi«, sagte er.

»Schönen Nachmittag, Mr Slavitt. Kann ich etwas für Sie tun?«

Sie schaute ihm kurz in die Augen, wandte den Blick dann aber schnell wieder ab. Bonard war nicht der Einzige, der wusste, dass Ben ein Hideaway-Hotelinspektor war.

Normalerweise hätte er jetzt freudig das Kästchen auf dem Formular zu Höflichkeit und Kenntnisstand der Mitarbeiter angekreuzt. Angestellte waren gehalten, Gäste stets mit Namen und Titel anzusprechen. Sie besuchten entsprechende Weiterbildungen, und es gab standardisierte Verfahren, um sicherzustellen, dass dies schon bei der Ankunft eines Gastes geschah. Es mochte albern und übertrieben wirken, aber die Regeln schrieben vor, dass sich kein Gast jemals nicht willkommen oder nicht erkannt fühlen sollte.

»Ja«, sagte er, »Sie können mir tatsächlich bei etwas behilflich sein, danke. Vorhin war ein Polizeiauto hier, an der Rückseite des Gebäudes. Außerdem eine Art Krankenwagen.« Er wusste nicht, wie sie in Spanien hießen. In Großbritannien wurden sie *meat wagons*,

Fleischlaster, genannt. »Ich habe mich gefragt, was da vor sich ging. Ich meine, wo doch diese Leiche unten am Meer entdeckt wurde?«

Ihre Gesichtszüge entgleisten. Sie fuhr sich durch die Haare. Sie schien ihr Gesicht hinter den losen bernsteinfarbenen Strähnen wie hinter einer Art Vorhang verstecken zu wollen. So etwas hatte er noch nie jemanden tun sehen.

»Sie müssen doch Bescheid wissen«, drängte er.

»Nein. Davon weiß ich nichts. Am Meer, sagten Sie? Derzeit raten wir allen davon ab, in der Bucht zu baden. Da sind Quallen. Ein Schwarm wurde angetrieben.«

»Quallen?«, fragte er. »Gefährliche?«

»Sie können böse stechen.«

»Aber umbringen können sie einen nicht, oder?«

Sie schüttelte den Kopf und ihr Haar.

»Da unten ist jemand gestorben, letzte Nacht oder früh heute Morgen. Ich habe die Leiche mit eigenen Augen gesehen. Ich und zwei andere Gäste. Es war ein Mitglied der Belegschaft, einer der Barkeeper. Engin. Sie müssen doch Bescheid wissen.«

»Ich hatte frei. Heute arbeite ich eine Doppelschicht.« Sie schaute auf etwas rechts von ihr unter dem Empfangstresen – ein Monitor, ein Tablet?

Sie wusste Bescheid, aber was konnte er schon tun? Er wollte ihr nicht noch mehr Kummer zufügen, als sie vielleicht ohnehin schon hatte. Er fragte sich, was sie wohl auf dem Bildschirm sah.

»Eine Doppelschicht?«, sagte er. »Sie Ärmste, und das an einem so heißen Tag.« Dass die Mitarbeiter ausgebeutet wurden, war offenbar weit verbreitet.

»Drinnen ist es kühl, Gott sei Dank. Ist Ihnen Ihr Zimmer kühl genug?«

Ben wollte sich nicht ablenken lassen. »Der Direktor kam mit einem Security runter, um die Lage zu sondieren. Der Security blieb bei der Leiche. Wir gingen zurück. Eine Schottin, die auch unten bei der Badeplattform gewesen war, hat zuerst Alarm geschlagen.«

Die Empfangsdame schüttelte den Kopf. Hätte sie irgendetwas gewusst, wäre ihr natürlich auferlegt worden, kein Wort zu sagen. Er hatte Bonard versprochen, keinen Ärger zu machen. Im Augenblick war jedoch vom Hoteldirektor nichts zu sehen.

»Ein Gast ist heute erkrankt. Sprechen Sie vielleicht davon?«

»Nein – aber das habe ich auch schon gehört. Was ist los? Die Leute fallen um wie die Fliegen. Können Sie mir mehr sagen?«

»Ja.«

»Gut.« Ben war von ihrer prompten Antwort überrascht. War Maria Moya tatsächlich im Begriff, etwas preiszugeben?

»Eine alte Frau«, sagte sie. »Es ist sehr traurig. Sie ist verstorben.«

»Was? Hier, im Hotel?« Hatte Paul auch das gewusst? Er hatte gesagt, jemand sei erkrankt. War es eine überraschende Entwicklung? Oder nichts dergleichen, sondern eine unverfrorene Lüge?

»Ja, so habe ich es verstanden«, sagte Maria Moya etwas selbstbewusster.

Sie sah nicht aus wie eine Lügnerin. Ben kam ein weiterer Gedanke. Sie sprach doch wohl nicht etwa von Maggie, oder? Die Schotten hatten im Vereinigten Königreich den traurigen Ruf, mit der kürzesten Lebenserwartung von allen geschlagen zu sein. Allerdings hatte Ian ihn mit seiner im Meer zur Schau gestellten Kondition verblüfft. Und Maggie war wesentlich jünger.

»Dieser Gast, war sie mit jemandem zusammen hier?«, fragte er. »Ihrem Ehemann? Etwas älter als ich. Groß, rötliches Gesicht, schütteres graues Haar?«

Maria Moya schüttelte den Kopf.

»Was ist ihr zugestoßen? Hätte sie nicht ins Krankenhaus gebracht werden können, ehe sie starb, wenn sie so krank war?«

»Sie war eine alte Frau«, wiederholte Maria.

»Wo war sie, als sie starb?« Konnte sie ihm nicht einfach den Namen sagen? Nein, das wäre unprofessionell gewesen, weshalb er sie nicht dazu drängen wollte.

»In ihrem Zimmer, glaube ich. So was passiert dann und wann mal.«

Ben war sich dessen völlig bewusst – Gäste verstarben, während sie Urlaub machten oder auf Geschäftsreise waren, weit weg von zu Hause. Der Papierkram und mögliche Versicherungsansprüche, zusammen mit logistischen Fragen rund um die Überführung des Leichnams ins Herkunftsland, machten immer einen Haufen Arbeit. Engin war auch weit weg von zu Hause, bloß rechnete Ben nicht mit irgendwelchen Bemühungen, seinen Leichnam in ein kleines Dorf im Atlasgebirge zu überführen.

»Und jetzt«, fragte er, »wo ist sie, ihre Leiche?« Er hätte auch gern gewusst, wo Engins Leiche derzeit war.

»Ich glaube, der Gerichtsmediziner hat sie gerade

eben in die Leichenhalle von Palma mitgenommen. Die Ortspolizei war auch da, um darauf zu achten, dass alles vorschriftsmäßig abläuft. Sie müssen jedoch verstehen«, sie schenkte ihm einen reichlich strengen Blick, »dass wir unsere anderen Gäste nicht damit behelligen wollen. Solche Dinge erledigen wir gern professionell und diskret. Das hier ist ein Fünfsternehotel. Wir haben Vorgehensweisen, an die wir uns in solchen Fällen halten.«

Ben schaute hinter sich. Ein Gästepaar wandelte durch die Lobby, verweilte vor einem Schaukasten. Aberwitzig teure Bikinis und Schmuckstücke von einheimischen »Künstlern« waren darin ausgestellt.

Als er sich wieder umwandte, hatte Maria Moya zum Telefon gegriffen und sprach leise und schnell in den Hörer. So rasch und gedämpft, dass er kaum ein Wort verstand. Er sah sie an, als wolle er sagen: Wir sind noch nicht fertig, und ich finde, dass Sie gerade etwas unhöflich sind. Aber sie sprach weiter, auf Katalanisch, wie er bemerkte. Sie trug jedenfalls nicht zu einem guten Abschneiden des Hotels in Sachen Freundlichkeit und Aufmerksamkeit bei. Dennoch würde er sie nicht namentlich nennen. Es wusste doch keiner, welche Anweisungen sie zu befolgen hatte.

Hotels wurden selten aus der Gruppe ausgestoßen, und wenn, hatten sie vorher reichlich Zeit bekommen, besser zu werden. Es gehörte mehr als ein negativer Bericht dazu. Falls mal etwas völlig daneben war, konnte Ben die Abläufe beschleunigen. Hier ging es allerdings ums Eingemachte, mutmaßte Ben. Der Wert eines solchen Hotels wurde nicht nur von materiellen

Gütern bestimmt. Ebenso galt es, die Geschäftsführung, die Belegschaft und den Ruf des Hauses sorgfältig zu prüfen.

Unter lautem Ausatmen zog er sein Telefon aus der Tasche und sah, dass er einen weiteren Anruf von einer unbekannten Nummer versäumt hatte, hingegen war seine Mailbox leer geblieben. In einer Textnachricht bat Alex ihn baldmöglichst um Rückruf. Er wendete das Gerät in der Hand und sah, dass es stumm geschaltet war. Jetzt schien nicht der geeignete Augenblick, sie anzurufen, und er ließ das Handy lautlos.

Nahebei stand ein mit dicken Hochglanzmagazinen beladener Couchtisch, und er setzte sich in einen der weichen Sessel, die ringsherum gruppiert waren. Er wollte Maria Moya im Blick behalten.

Die Zeitschriften zeigten das luxuriöse Leben und allerlei entbehrliche Konsumartikel wie edle Weine, Zigarren, Mode und Immobilien. Nicht wenige drehten sich um Jachten und Segelboote – wenn Boot noch das richtige Wort war bei den avantgardistischen Schiffskeilen, die ihm von den Seiten entgegenschimmerten.

Er dachte an die Jacht zurück, die er am Morgen in der Bucht gesehen hatte. Schick genug schien sie gewesen zu sein, aber nicht so ausgefallen oder neuartig wie die in diesen Magazinen. Dann war da noch die Jacht, die Wim Jansen am Abend zuvor für zu viel Geld an den Russen abzustoßen versucht hatte.

Hoffman würde ihm vom Firmenserver keine sensiblen Informationen über die französischen Besitzer des Hotels oder den Direktor schicken. Er würde sie als SMS senden, wahrscheinlich von einem Prepaid-Handy. Mafia war allerdings ein weitläufiger Begriff. Er half ihm nicht viel weiter.

Maria Moya hatte aufgelegt, und Ben sprang auf. »War die Frau allein hier zu Gast? Die Verstorbene? Wer hat ihre Leiche entdeckt? Sie haben mir nicht gesagt, ob sie einen Mann hatte.« Sein Kopf war voll mit Fragen und seetüchtigen Schiffen.

»Alle nötigen Personen sind informiert. Bitte verstehen Sie, dass ich Ihnen nicht mehr sagen kann. Es ist für uns alle eine schwierige Situation. Wir möchten, dass Sie den Rest Ihres Urlaubs genießen.«

Sie war sichtlich nicht erfreut, weiter ausgefragt zu werden, und er konnte es ihr nicht verübeln. Für seine Hartnäckigkeit war er als Journalist immer gelobt worden.

»Das ist unter den Umständen nicht ganz einfach, nicht wahr? Zwei Todesfälle in weniger als vierundzwanzig Stunden?«

»Es tut mir leid«, sagte sie erneut, »darüber weiß ich nichts.«

»Nein, natürlich nicht.«

»Möchten Sie vielleicht den Direktor sprechen? Er kann bestimmt dafür sorgen, dass Ihr Gemüt zur Ruhe kommt.«

Das war mal eine merkwürdige Formulierung angesichts der Umstände. Er wollte sein Gemüt nicht eine Minute lang zur Ruhe bringen lassen.

»Ich mache hier leider keinen Urlaub«, sagte er.

Marias Augen weiteten sich. Er versuchte mit aller Macht, sich auf die Zunge zu beißen. Ja, sie wusste beträchtlich mehr, als sie vorgab.

»Ich bin zum Arbeiten hier«, sagte er. »Ich bin Schriftsteller. Ich beende gerade ein Buch.«

»Oh.« Sie sah überrascht aus. »Schriftsteller? Wie interessant. Ich lese furchtbar gern.«

»Nun ja, es hat seine Höhen und Tiefen.« Hatte er dem Gespräch eine unerwartete Wendung gegeben, auf die sie sich einlassen wollte oder musste?

»Was schreiben Sie so?«

»Das Ziel sind Romane, Kriminalromane.« Er lächelte, war zu keiner echten Lüge imstande. Lange genug daran geglaubt hatte er sicherlich und auch eine ganze Reihe Anfänge.

»Ja? Meine Lieblingsbücher. Montalbán, haben Sie von ihm gehört, Manuel Vázquez Montalbán? Er stammte aus Barcelona. Ich liebe alle seine Bücher. Detektiv Carvalho, das ist mein Held. Bitte erzählen Sie mir mehr darüber, was Sie schreiben. Kommt es im Fernsehen?«

Quid pro quo, war er versucht zu sagen. Ganz auf Anthony Hopkins gebürstet wollte er aber nicht rüberkommen. Stattdessen beließ er es bei: »Furchtbar gern. Wie wär's in Ihrer nächsten Pause?« Er spürte, dass hinter ihm jemand näher trat.

Maria lächelte warm. Sie hatte einen hübschen Mund. »Ich arbeite heute lang und habe morgen dann die erste Schicht«, sagte sie leise.

»Ach, da fällt mir ein, dass ich morgen gern spät auschecken würde. Mein Flug geht erst abends.«

»Sehr gern.«

»Kann ich mein Zimmer bis zum Nachmittag behalten?«

»Ich werde Rücksprache mit der Buchungsabteilung

halten und es Sie wissen lassen. Seien Sie versichert, dass wir tun, was wir können. Falls nicht, stehen Ihnen alle anderen Einrichtungen zur Verfügung. Es gibt sehr schöne Umkleideräume im Wellnessbereich. Und natürlich können wir Ihr Gepäck aufbewahren.«

Eine ihm unbekannte Frau neben ihm atmete schwer. Vielleicht einer der jüngeren Gäste des Hotels. Sie versuchte buchstäblich, ihn mit ihrem spitzen, gebräunten Ellbogen aus dem Weg zu bugsieren. Er war sich nicht sicher, ob die Bräune hundertprozentig echt war, und beschloss, seine Position noch etwas länger zu behaupten.

»Dann treffe ich Sie hoffentlich später noch«, sagte er, »oder morgen in Ihrer Mittagspause.«

»Ja. Ich habe heute um zweiundzwanzig Uhr Schluss, und meine Pause morgen ist um vierzehn Uhr.« Sie schenkte ihm ein weiteres warmes Lächeln, ehe sie sich dem anderen Gast zuwandte.

Sie musste erleichtert gewesen sein, dass die Unterhaltung beendet war und das auf erfreuliche Art. Sonderlich erhellend war sie aber nicht gewesen. Beide spielten sie ein Spiel, ohne es wirklich zu wollen – nicht miteinander. Ein Gespräch unter vier Augen mit Maria Moya über Kriminalgeschichten könnte sehr aufschlussreich sein. Ihm schauderte beim Gedanken, wie Bonard und seine Spießgesellen Kontrolle ausübten.

Im Geiste hatte er den Unterpunkt »Empfang« in seinem Bericht schon umgeschrieben: *sorgfältig, aufmerksam und zuvorkommend.*

13

Die Terrasse war eine flimmernde Luftspiegelung, eine palmengesäumte Oase. Der Infinitypool eine Wasserstelle für die gefährdetste aller Gattungen, zumindest für eine verwöhnte und anspruchsvolle. Während er sich den Sonnenbadenden näherte, fragte Ben sich, wieso sich die Leute freiwillig dieser blanken Hitze aussetzten.

»David?«, hörte er jemanden rufen, als er auf seinen Gebäudeflügel zueilte.

»David?«, wiederholte die Stimme.

Sie meinte ihn. Er blieb stehen, obwohl alles andere sich weigerte anzuhalten und weiterflimmerte. Mit einer Hand beschirmte er die Augen vor dem gleißenden Licht, und alles beruhigte sich. Es war keine Fata Morgana.

»David, ich bin's, Maggie.«

»Maggie! Sie sind ja gar nicht tot.« Sie steckte in einem roten Badeanzug. Der Rest ihres Körpers wirkte sehr rosig.

»Soweit ich weiß, nein.«

Er schüttelte den Kopf. »Nein, natürlich nicht.«

»Ian allerdings ist platt vom vielen Schwimmen und Laufen und der ganzen Aufregung.« Sie schüttelte den Kopf. »Er hält in unserem Zimmer ein Nickerchen.«

»Mir scheint er ziemlich fit zu sein«, sagte Ben. »Ich war sehr beeindruckt.«

»Außerdem hat er die Gastfreundschaft des Hotels genossen. Schön gehört? Es gibt alles umsonst an der Bar. Und dann diese köstlichen Häppchen.«

»Ich weiß.« Er bemerkte den freien Liegestuhl neben Maggie und setzte sich vorsichtig unten auf die Kante. »Teufel, ist das heiß. Ich dachte, ein Sturm zieht auf.«

»Sie sind nicht für diese Hitze angezogen. Haben Sie denn keine Shorts und Sandalen? Ein T-Shirt? Sie sehen aus, als wollten Sie einen Winterspaziergang durch die britische Landschaft machen.«

»Maggie, wem genau haben Sie von der Leiche erzählt, die Ian und ich gefunden haben?«

»Meinen Sie, als ich zurückgekommen bin, ganz allein? Ist ein verdammt steiler Weg. Die sollten eine Standseilbahn bauen. Aber ich versuche, es mit Ausspannen am Pool und einem guten alten Gin Tonic wieder wettzumachen. Ehrlich gesagt ist es ohne Ian viel erholsamer.«

Zwei leere Gläser standen auf der Schieferplatte des Teakholztischchens, das die beiden Liegestühle trennte. Nicht ein leeres Glas hätte es eigentlich geben dürfen. Vielleicht wurden die Kellner davon in Trab gehalten, kostenlose Speisen und Getränke zu verteilen und den Leuten nachzuschenken. Sie waren aber auch unterbesetzt, mindestens eine Person zu wenig. Ebenso ein Gast zu wenig, laut Maria Moya.

»Ja, als Sie wieder im Hotel eintrafen.«

»Dem Empfang.« Sie blickte verwirrt drein. »Dieser ziemlich gut aussehenden Frau. Mit den Haaren. Die immer da ist. Sie nahm es sehr ruhig auf, muss ich sagen. Sie rief den Hoteldirektor, der mich beiseitenahm und sich alles im Einzelnen erzählen ließ. Dann verschwand er mit der Empfangsdame, und jemand anderes setzte sich zu mir. Alle waren sehr nett und umsichtig. Haben mich nicht eine Sekunde lang aus den Augen gelassen. Während noch jemand Essen und Wasser für mich holen ging und zuletzt einen Gin Tonic.« Sie betrachtete die leeren Gläser. »Fünf Sterne würde ich denen geben.«

»Das Hotel hat fünf Sterne«, murmelte Ben. Wobei er nicht wusste, wie lange noch.

»Die dachten wohl, ich hätte einen Schock.«

»Haben Sie gesehen oder gehört, dass die Polizei gerufen wurde?«

»Haben sie bestimmt gemacht. Das wäre doch das Erste, was man tun würde, oder? Ich bin mir ziemlich sicher, jemanden gesehen zu haben, der in Uniform herumlief. Vielleicht in der Lobby. Sehr gehetzt wirkte er allerdings nicht. Die Hitze setzt ja wohl jedem zu. War nun auch zu spät für diesen armen Barkeeper. Laut Ian war er schon einige Stunden lang tot und fing an zu riechen. Wozu soll man sich da beeilen.«

»Das passiert uns allen eines Tages«, sinnierte Ben. »Asche zu Asche und so weiter.«

»Hoffentlich nicht mit eingeschlagenem Schädel. Meinte Ian jedenfalls, aber der übertreibt auch immer wegen seiner Vergangenheit als Strafverteidiger.« Maggie seufzte, betrachtete neuerlich die leeren Gläser. »Ach, welche Wohltat, hier in Ruhe und Frieden zu liegen.«

Allzu friedlich war es nicht, dachte Ben. Immer noch planschten Leute im Schwimmbecken herum, Leute, die es vielleicht besser wissen müssten. Kinder waren keine hier. Er nahm den Infinitypool genauer in den Blick. Es war ziemlich offensichtlich, dass er nicht unendlich war. Genau wie das Leben.

»Trinken Sie ein Glas mit?«, fragte Maggie.

»Ian hat recht«, sagte Ben. »Der Barkeeper wurde ermordet, und das wird gerade irgendwie vertuscht.«

»So schrecklich das sein mag«, sagte Maggie heiter, »wir können wenig dran ändern. Oder das Hotel, möchte ich meinen. Sie dürfen denen nicht verübeln, dass sie keinen Wirbel machen wollen. Hat ja nichts mit ihnen zu tun.«

»Es war aber ein Hotelangestellter«, erinnerte Ben sie.

»Bei so einer großen Belegschaft ist die Direktion nicht für jeden rund um die Uhr verantwortlich. Da unten kann er eh nicht im Dienst gewesen sein. Es ist ein öffentlicher Ort.«

»Das Meeresufer vielleicht. Der Weg dorthin nicht.«

»Aber er lag doch halb im Wasser, nicht wahr? Genug davon.« Sie legte den Kopf zurück. »Schauen Sie sich um, was für ein Paradies. Gönnen Sie Ihrem Kopf mal Ruhe – all diese düsteren Gedanken. Das ist wohl einer der Nachteile, wenn man Krimiautor ist.«

»Es gibt noch andere«, sagte Ben.

»Als ich jünger war, hab ich mir nicht viel aus Sonne und Hitze gemacht – meine blasse schottische Haut konnte beides nicht ab. Aber wenn man älter wird, braucht man mehr Vitamin D. Finden Sie nicht, David?«

Ehe er antworten konnte, fuhr sie fort: »Waren Sie schon mal im Februar in Edinburgh oder, eigentlich genauso gut, im Juni?«

War er. »Der Schein trügt.« Sein Blick schweifte zum

Hauptgebäude. »Es mag alles paradiesisch aussehen, aber wer weiß, wie es an solchen Orten hinter den Kulissen zugeht. Nicht groß anders als bei irgendwem zu Hause.«

»Wissen Sie was, ich möchte einfach Urlaub machen. Ian hat Schuld. Er war es, der zum Schwimmen ans Meer gehen wollte. Wer weiß, was da passiert ist, bevor wir kamen. Vielleicht haben diese Nudisten etwas damit zu tun. Aber das muss ja unsere Sorge nicht sein. Sollen sich die Behörden drum kümmern.«

»Waren die schon da, als Sie ankamen?«

»Ja. Lagen ziemlich dreist in der Gegend rum. Selber hatte ich nie viel mit Nacktheit am Hut.«

»Gleichfalls.« Ben lächelte. Den roten Badeanzug hielt er allerdings bei ihr farblich nicht für die beste Wahl.

»Verstehen Sie mich nicht falsch«, fuhr sie fort. »Es tut mir sehr leid für den armen Burschen und seine Familie, falls er eine hatte. Aber Ian und ich wollten uns hier wirklich mal was Gutes tun. Wir haben so was wie eine schwierige Zeit hinter uns.«

»Das tut mir leid.« Ben fragte sich, ob Ian den Tod von Engin nicht eher als willkommene Abwechslung empfunden hatte. Er schien keiner von der Sorte zu sein, die das Zeug hat, gut mit einer »schwierigen Zeit« umzugehen.

»Aber jetzt kümmere ich mich erst mal nur um mich«, sagte sie lächelnd und zeigte auf ihre Brust.

»Schön für Sie.« Er stand auf. »Das haben Sie sich verdient.«

»Dann trinken Sie kein Glas mit mir?« Maggie setzte sich im Liegestuhl auf.

»Nein, danke. Ich muss raus aus dieser Hitze.« Ihre Hautfarbe erinnerte ihn an Rhabarber. Er liebte Rhabarber, ob als Kompott, Streuselkuchen oder Konfitüre. Er fragte sich, ob Maggie öfter mal flirtete, wenn sie angetrunken war.

»Zurück an die Schreibmaschine?«

»Könnte man so sagen. Und es begab sich einst …«

»Manchmal frage ich mich, ob ich im falschen Zeitalter geboren wurde«, sagte Maggie.

»Ich weiß, was Sie meinen.« Er winkte zum Abschied und schlängelte sich durch den restlichen Poolbereich.

Auf dem Weg zur nächsten Tür zu seinem Flügel sah er Paul einen Beistelltisch abräumen.

»Hi«, sagte er und trat an den jungen Kellner heran. »Schöner Nachmittag so weit für Sie?«

»Alle scheinen sich sehr über die Gratisdrinks zu freuen.«

»Das glaube ich gern. Gibt's irgendwas Merkwürdiges zu berichten?«

Paul sah sich rasch um. »Ein Gast war erkrankt«, sagte er leise.

»Ja, das haben Sie mir schon erzählt.«

»Jetzt ist er tot.«

»Er?« Ben freute sich, dass Paul so rasch entschieden hatte, sich ihm zu öffnen. Das konnte nicht bloß an den zehn Euro gelegen haben.

»Ja, ein alter Mann«, sagte er. »Er ist gestorben, in seinem Zimmer.«

»Dann war er sehr krank?«

»Ein Herzanfall, glaube ich.«

»Ein Mann?«, fragte Ben. »Sind Sie sicher?«

»Ja, ein Mann.« Er nickte.

Ben schaute zu Boden, sah dort eine wimmelnde Ameisenstraße. »Es ist nur so, dass mir am Empfang gesagt wurde, eine Frau sei gestorben. Eine alte Frau. Deshalb haben wir alle Gratisgetränke bekommen.«

Der Hauch eines Schmunzelns huschte über Pauls Gesicht. »Nein, es war ein Mann. Etwas anderes weiß ich nicht. Es gab heute nur einen Todesfall.«

»Ja? Das ist schon was, schätze ich«, sagte Ben. Vielleicht war Engin Amok gelaufen, ehe er seinem eigenen Leben ein Ende gesetzt hatte. Es hätte Stoff für einen seiner Romane sein können. »Haben Sie ihn gesehen? Sein Gesicht?«, fragte Ben.

»Nicht von Nahem. Aber wie sie die Leiche auf der Trage aus dem Wellnessbereich rauskarrten und in einen dunklen Kleinbus im Hof hinten bei den Küchen luden.«

»Wann?«

»So vor einer Stunde vielleicht. Hätte ich wohl nicht sehen sollen.«

»Ist noch wer in den Bus eingestiegen?«

»Ein Fahrer und, ja, noch ein anderer Mann.«

»Ein Gast?«

»Nein. Der gehörte zur Belegschaft. Sie trugen grüne Uniformen. Ein Streifenwagen fuhr hinterher.«

»Entschuldigung«, sagte Ben, »aber warum glauben Sie, es war ein Mann?«

»Ich hörte einen der Männer mit dem anderen reden, als sie die Bahre aus dem Gebäude schoben. ›Sachte‹, sagte der eine, ›da kommt eine Stufe.‹ Der andere darauf: ›Warum? Aufwecken werden wir den nicht mehr.‹ Ist nicht schön, unter solchen Umständen zu lachen. Sie sprachen Mallorquinisch. Ein paar Wörter verstehe ich, es ist wie Katalanisch. Ich bin gut in Sprachen.«

»War der Hoteldirektor dabei?«

»Ja, er war im Hof, sprach mit dem Polizisten. Kennen Sie Mr Bonard?«

»Ich bin ihm begegnet.«

»Er ist viel beschäftigt. Ist ein großes Hotel mit vielen Angestellten.«

»Einer weniger als gestern«, stichelte Ben. »Ist er ein guter Arbeitgeber? Sind alle zufrieden mit ihm?«

Paul schaute rasch hinter sich. Niemand schlich sich an sie heran. »Nicht alle, die hier arbeiten, haben eine Arbeitserlaubnis. Ich freue mich, dass sie hier Arbeit kriegen, aber leicht ist es nicht für sie. Manche müssen ihre Familien in ihrer Heimat unterstützen.«

»Umso schlimmer wenn sie, einmal hier, wieder in Gefahr geraten.«

»Es wohnen viele reiche Leute im Hotel«, sagte Paul.

Hinter diesem unschuldigen Gesicht schienen Entschlossenheit, Realitätssinn und Reife zu liegen. Ben war beeindruckt. Aber in was für einer Welt wuchs er hier heran? Sofort kam ihm Natalie in den Sinn. Sie wurde so schnell groß und die meiste Zeit ohne ihn. Tat er genug, um sie zu beschützen? Sie tat jedenfalls mehr, um ihn vor dem Klimawandel zu beschützen, so viel war sicher. Er sollte wirklich Alex zurückrufen. »Reden Ihre Kollegen, die ohne Papiere, über diese Leute?«

Paul schüttelte den Kopf.

»Kennen die sie vielleicht von früher?«

»Das müssen Sie die selber fragen.«

»Könnte schwierig sein«, sagte Ben. Es schien, als habe Paul keinerlei Ahnung von Engins Tod. Noch würde er ihn nicht darüber aufklären.

14

Ein kleiner Knopf am Telefon neben seinem Bett blinkte. Es kam einem heutzutage schon eigenartig vor, einen Festnetzhörer abzuheben – wie schwer er sich anfühlte. Luxushotels klammerten sich mit Vorliebe an Geschichte und Traditionen. Althergebrachten Service. Vielleicht waren Ian und Maggie genau deshalb hier. Aber nicht jedes Hotel bekam es gut hin.

Maria Moyas Nachricht fing mit einer Entschuldigung an. Sie sagte, dass er morgen bis fünfzehn Uhr sein Zimmer geräumt haben müsse. Sie wiederholte, sämtliche übrigen Einrichtungen stünden ihm zur Verfügung, bis er zum Flughafen aufbräche. Das Hotel werde sein Wohlbefinden sicherstellen. Ob sie ihm ein Taxi bestellen solle? Am Ende sagte sie: »Frohes Schreiben. Meine Schicht endet um zweiundzwanzig Uhr.«

Daran musste er nicht erinnert werden. Über das Hoteltelefon rief er den Zimmerservice an. Es war nach sechzehn Uhr. Selbst für spanische Verhältnisse würde es ein spätes Mittagessen werden. Er bestellte ein blutiges Steak, einen handgepflückten Gartensalat und einen guten Rotwein. Er hoffte, nicht zu lange darauf warten zu müssen. Dann langte er nach seinem Handy und rief endlich Alex an.

Sie hob fast sofort ab. »Tut mir leid, Ben, aber Natalie ist gerade echt ein Albtraum.«

»Ich bin's, dem es leidtut«, sagte er.

»Weißt du, was sie getan hat?«

»Nee, keinen Schimmer.« Er hatte erst neulich gedacht, sie habe die Kurve gekriegt und sei so etwas wie eine einfühlsame junge Frau geworden.

»Eben, du bist ja mal wieder nicht hier. Du verfluchter Glückspilz. Wo denn diesmal? Timbuktu?«

»In der Tat ist es Deià. Mallorca. Wir haben hier mal ein paar schöne Tage verbracht, weißt du noch?«

Es trat kurzes Schweigen ein.

»Ja, das waren schöne Tage«, sagte sie leise.

»Hör mal, gibt es etwas Bestimmtes, Alex? Nur weil ich im Ausland bin. Dieser Anruf kostet mich Geld, und ich hab hier einen ziemlichen Albtraum an der Backe, um ehrlich zu sein. Seltsames Hotel, in dem seltsame Dinge vor sich gehen.«

»Sagen dir die Kissen nicht zu?«

Ben lachte. »Wenn's bloß das wäre. Was hat Natalie denn nun gemacht?«

»Es geht darum, was sie nicht gemacht hat«, erwiderte Alex nunmehr ruhiger. »Wie ihr Zimmer aufräumen. Ihre Hausaufgaben. Und länger als zehn Sekunden nicht auf Instagram sein. Sie kommt früher aus der Schule nach Hause, weil sie angeblich Regelschmerzen hat, und verbringt dann den restlichen Tag damit, allerhand Klamotten anzuprobieren, sich zu fotografieren und die Bilder in den sozialen Medien zu posten. Sie sollte lernen, lesen. Sich hinlegen, wenn es ihr nicht gut geht. Statt kichernd rumzuhüpfen.«

»Ich dachte, sie hätte mit alle dem aufgehört und eine Aufgabe gefunden.«

»Und ob sie eine Aufgabe gefunden hat – nämlich die, möglichst viel Ärger zu machen.«

»Ich rede mal mit ihr«, sagte er.

»Sie hört genauso wenig auf dich wie auf mich.«

»Na ja, zumindest hat sie noch zwei Jahre bis zu den wichtigen Prüfungen. Vielleicht sollten wir ihr eine Pause gönnen. Es sind doch schon fast Sommerferien.«

»Das mag ja für deinen Job gerade gelten, aber Pausemachen ist nicht bei allem die Lösung.«

»Offen gesagt, Alex, brauchst du vielleicht mal eine Pause. Ich würde Natalie gern auf eine meiner Augustreisen mitnehmen. Magst du nicht ein paar Termine umlegen? Vielleicht könnte auch noch eine Freundin von ihr mitkommen.«

»Na, viel Glück auch. Bin mir nicht sicher, ob du sie überhaupt noch in einen Flieger bekommst.«

»Schauen wir mal.«

»Ich muss Schluss machen. Da ist wer an der Tür. Bestimmt eine ihrer Freundinnen. Hoffentlich eine von den aufgeweckteren. Obwohl es noch unmöglicher ist, denen was zum Essen aufzutischen. Wir können das ja später zu Ende besprechen.«

»Natürlich. Schau, es tut mir leid, dass ich nicht da bin und helfe, Alex.«

»Das weiß ich doch. Ich musste bloß mal meinen Frust und Ärger mit jemandem teilen. Du schienst dich dafür am besten zu eignen.«

»Jederzeit.«

Sie legte auf.

Gott, wie sehr er sich wünschte, gerade jetzt in London zu sein. Stattdessen wandte er sich wieder seinem

Laptop und seiner Arbeit zu. Hoffman hatte also nachgehakt und mit einem Wort zusammengefasst, was es über die Besitzverhältnisse und Geschäftsführung des Hotels zu sagen gab. Ben war sich sicher, dass Hoffman ihm diese Textnachricht geschickt hatte. Warum aber hatte er das nicht eher gewusst? Es wirkte schon etwas daneben für den Sicherheitschef von Hideaway. Kein Wunder, dass er es nicht in einer offiziellen E-Mail schreiben und damit womöglich seine Unzulänglichkeiten offenlegen würde. Dennoch musste er und kein anderer ihn gewarnt haben. Hatte auch Wendy Spurling ihn zu alarmieren versucht? *Geben Sie auf sich acht.*

Erschöpft lehnte er sich zurück, angelte nach seinen Kopfhörern. Er öffnete den Ordner mit Musik auf seinem Laptop, blätterte seine Alben und Playlists durch, zumeist von Olly zusammengestellt. Gegenwärtig bestand Ollys Kniff darin, ihm Listen und Empfehlungen zu schicken, die sich um Reisen, Urlaub und ferne Länder drehten. Die Sache war nämlich die, dass Olly die Gabe besaß, alte wie neue Songs auszusuchen, die auch bei Ben großen Anklang fanden und ihn tief bewegten. Er mochte das meiste von Ollys Auswahl.

Als würde er seine Stimmungen kennen, seine Stärken und Schwächen, was er sich anhören musste, damit es ihm besser ging oder er entspannten konnte. Ollys jüngste Liste begann mit einem Titel, den Ben bei dessen Erscheinen hätte stärker würdigen sollen. Er stöpselte seine Kopfhörer ein, drückte die Play-Taste, und »The Tourist« von Radiohead erfüllte seine Sinne. Er war natürlich ein Tourist, ein ewiger Tourist, der nirgends hingehörte. Der Refrain »slow down«, so wunderschön von Thom Yorke gesungen, sagte alles. Weg vom Gas. Flucht war nicht immer die Lösung.

Während ihn die Musik überflutete, schloss er die Augen und beschwor im Kopf ein Gemälde von Yves Klein herauf, das einfarbige IKB 191. Es war, als könnte er in die Leinwand einziehen, in diesem vollkommenen Blau untertauchen. Es war eine Form von Meditation, die er sich selbst beigebracht hatte. Nur dass heute immer wieder Punkte auftauchten, als hätte sich Damien Hirst irgendwie beteiligt. Und die Punkte hatten auch keine hübschen, fröhlichen Farben. Sie waren blutrot und fingen an zu tropfen.

Drei Todesfälle. Nein, das war nicht möglich. Ein Tod ganz sicher, und ein gewaltsamer obendrein. Maria Moya war gezwungen worden zu lügen, aber er hatte das Gefühl, dass Paul ihm so etwas wie die Wahrheit gesagt hatte. Was er jedoch jetzt hörte, obwohl Radiohead aus seinen Kopfhörern rauschte, war jemand an seiner Tür, ein lautes Klopfen.

»Hallo?«, rief er und entfernte die Stöpsel.

»Zimmerservice«, kam die Antwort.

»Herein.« Das war ein Test. Er musste sorgsam darauf achten, wie gekonnt und geräuscharm sich der Zimmerservice darbot, bevor er die Qualität und Temperatur des Essens bewertete.

Ben glaubte, den Mann noch nie gesehen zu haben. Er war jung, dunkel, mager und trug eine Uniform, die zu groß für ihn war, und er hatte es offensichtlich eilig. Sein Körperbau war sportlich, sein Bewegungsablauf weniger.

»Wohin soll ich es stellen?« Er hielt mitten im Zimmer

mit dem Tablett inne. Viel Auswahl schien es nicht zu geben. Da waren der Schreibtisch und ein kleiner Tisch bei den Balkontüren, auf den Ben zeigte. »Dort bitte.«

Das Tablett wurde praktisch auf den Tisch fallen gelassen. Der Kellner ließ die silberne Glosche auf dem Teller, bot weder an, den Wein einzuschenken noch, die Flasche zu entkorken. Oje. Der Kellner gab sich außerdem größte Mühe, Ben nicht ins Gesicht zu schauen, während er das Zimmer rückwärts verließ.

»Warten Sie noch«, sagte Ben, kam vom Bett runter, fand seine Brieftasche und entnahm ihr einen druckfrischen Zehneuroschein. Reichte dem Kellner das Geld, ehe der davonrennen konnte.

Zögerlich zwar, nickte er zum Dank.

»Sind Sie nur für diese Saison hier?«, fragte Ben.

Der Mann schaute ihn verwirrt an.

»Haben Sie einen Saisonvertrag?«

Wieder bewegte der Kellner den Kopf, diesmal aber weder, um zu nicken, noch, um ihn zu schütteln. Es war ein Ausdruck blanker Verwirrung. Ein weiteres Belegschaftsmitglied auf Zeit, das entweder unter einem Schweigegebot stand oder zu verängstigt war, um die Wahrheit zu sagen.

»Engin, der Barkeeper, kennen Sie ihn?« Ben gebrauchte mit Absicht die Gegenwartsform. Dieselbe Miene begegnete ihm. Allerdings blieb der Kellner halbwegs auf der Stelle stehen, auch wenn er inzwischen die Tür zum Flur geöffnet hatte. »Augenblick mal«, sagte Ben.

Er ging wieder an seine Brieftasche und zog einen weiteren Zehneuroschein heraus. Reichte ihn weiter.

Der Kellner nahm ihn gern entgegen, lächelte sogar. Er hatte sehr gelbe Zähne.

»Engin, der in der Bar beschäftigt war?« Die Vergangenheitsform hatte sich eingeschlichen, bemerkte Ben. »Ich würde gern eine Nachricht an seine Freunde, seine Familie schicken. Wissen Sie, wo er wohnte?« Es musste in der Nähe eine Art Wohnheim für Saisonkräfte geben. »Wo wohnen Sie?«

»Ich bin heute Morgen gekommen«, sagte der Mann, »aus Palma. Das ist mein erster Tag.«

»Sie wohnen in Palma?«

Der Mann nickte.

»Wo haben Sie vorher gearbeitet? Wo haben Sie Ihre Ausbildung gemacht?«

Die verwirrte Miene kehrte zurück, dazu kamen Schritte auf dem Flur. Es war ein Mann in Uniform, die Uniform der Security. Er war jünger und sah kräftiger aus als der, dem Ben einmal zu oft über den Weg gelaufen war. Dieser Bursche schien weit besser für den Posten geeignet.

Der Kellner wich dem Security aus und huschte schneller davon, als Ben blinzeln konnte. Vielleicht ging doch eine gewisse Gewandtheit mit seinem sportlichen Körperbau einher. Der Security trat vor Ben auf die Türschwelle.

»Mr Slavitt?«, fragte er und schaute auf ein Klemmbrett.

»Ja?«

»Wir bitten alle Gäste, ihre Fenster und Türen zu schließen und im Haus zu bleiben. Es wurden Tornados in unserem Gebiet gemeldet.«

»Sie machen Witze«, sagte Ben. »Es ist verdammt schwül, aber Tornados?«

»Doch, sie bilden sich draußen auf dem Meer.«

»Ich habe gehört, dass man auf den Balearen mit Tornados rechnen muss, aber zu dieser Jahreszeit?«

»Die plötzliche Hitze trägt dazu bei«, sagte der Security ruhig. »Heute ist es sehr heiß gewesen. Wir weisen alle Gäste darauf hin. Ihr Schutz und ihre Sicherheit sind uns äußerst wichtig.«

»Das ist gut zu wissen«, sagte Ben. »Hoffentlich gilt dasselbe auch für die Angestellten.«

15

Als er die Balkontür öffnete und auf den schmalen Sims hinaustrat, bemerkte Ben sofort das Fehlen menschlicher Geräusche. Selbst den Zikaden schien die Puste ausgegangen zu sein. Vielleicht waren sie auch weggeweht worden. Ein starker Wind war aufgekommen. Salzgeschmack lag in der Luft.

Die einzigen Leute auf der Terrasse waren zwei Hotelangestellte, die hastig Sonnenschirme zuklappten und Regenplanen festzurrten. Die Mitteilung des Security schien ernst genommen worden zu sein. Das Ganze war lächerlich. Was versuchte Bonard jetzt wieder abzuziehen? Ben lehnte sich über die Brüstung, um möglichst jeden abgelegenen Winkel der Anlage in den Blick zu bekommen, und ihm wurde klar, dass er nicht mal zwei Minuten auf dem Bett hatte entspannen und Radiohead hören dürfen.

Er ging vom Balkon wieder hinein und zum Tablett auf dem kleinen Beistelltisch. Leckere Düfte entwichen der Haube. Zwei Stühle standen erwartungsvoll davor. Wie der Schreibtischstuhl sahen sie zu niedrig und bequem aus, um auf ihnen am Tisch eine Mahlzeit zu genießen. So häufig ging Schönheit vor Nutzen. Manchmal rätselte er, ob die Raumausstatter je in Hotels wie denen, für die sie arbeiteten, wohnten.

Er glaubte, keine Zeit zu haben, um das Essen angemessen zu würdigen, wollte nicht versäumen, was immer draußen vor sich ging. Kaum hatte er jedoch die silberne Glosche über dem Hauptgang gelüftet und ein wunderbar angebratenes Steak aufgedeckt, musste er sich hinsetzen. Ja, der Stuhl war zu niedrig, das Steak aber perfekt zubereitet und herrlich saftig. Den Salat in einer offenen Schale krönten essbare Blütenblätter. Er war ein Tumult von Farbe und Frische. War er wirklich soeben von Hand gepflückt worden? Gab es einen geheimen Gemüsegarten auf dem Grundstück? Die Anlage überraschte ständig aufs Neue und nicht nur auf gute Weise.

Er schenkte sich ein Glas Rotwein ein. Es war ein biologisch angebauter Coteaux d'Ancenis eines kleinen Winzers. So sehr er sich auf allen Reisen an einheimische Speisen und Weine zu halten versuchte, brauchte ein Steak einfach einen französischen Rotwein. Dieser war so lebhaft wie der Salat farbenfroh. Das Steak war nicht ganz so heiß, wie es sein sollte. Das war weder bei einem blutigen Steak noch im Zimmerservice einfach hinzubekommen. Bislang hatte er nichts an der Küche auszusetzen. Der Service stand auf einem anderen Blatt. Er sollte das alles aufschreiben.

Zwei weitere Gläser waren nötig, um das Essen hinunterzuspülen, ehe Ben sich den Mund mit der Serviette abwischte, die Füße wieder in seine Ersatzschuhe schob und sein Zimmer verließ.

Draußen auf der Terrasse fiel er bei den Stufen zum Garten beinahe über eine niedrige Mauer, bevor er über einen Liegestuhl stolperte. Er hatte überhaupt keinen Blick für seine unmittelbare Umgebung. Aus dem

Wind war nun fast ein Sturm geworden, und alles lag im Schatten. Am Ende der Terrasse öffnete sich ihm mit einem Mal die Sicht aufs offene Meer. Wohl mochte es mit Lüge und Vertuschung den ganzen Tag lang knüppeldick gekommen sein, doch was er jetzt sah, ließ sich nicht verschleiern.

Vor ihm hatte sich ein großes Himmelsrechteck in violette Wolken verwandelt, die an einer Stelle mit dem Meer verschmolzen. Gelegentlich könnte ein Blitz gezuckt haben, oder vielleicht fand ein einzelner Sonnenstrahl seinen Weg durch die Wolken und wurde von einem Mast reflektiert. Einige Boote, darunter eine Segeljacht, pflügten zügig durch die Bucht. Das Meer hatte die Farbe von Quecksilber, und mittendrin war eine Wasserhose zu bestaunen. Nein, ein Tornado.

Ein dünner, düsterer Wirbel aus Wasser und Wolkendunst war vom Himmel herabgekommen oder ragte vom Meer auf. Er schien sich zu bewegen, landeinwärts, geradewegs auf das Hotel zu. Hinter Ben brachte die Belegschaft immer noch fieberhaft Sonnenschirme, Baldachine und die Außenbestuhlung in Sicherheit. Er hatte unrecht gehabt mit seiner Skepsis.

Wie angewurzelt beobachtete er nun dieses ungeheuer fesselnde Naturereignis. So etwas hatte er noch nie gesehen – weder in diesem Teil der Welt noch sonst wo. Er zog sein Telefon aus der Tasche und knipste drauflos, dachte sich, das wäre mal etwas, um es Natalie zu schicken. Zweifelsohne würde sie irgendeinen Kommentar machen, wie der Klimawandel solche Naturereignisse begünstigte.

Er schwenkte herum, um das Hotel aufzunehmen, wie

es sich für den Sturm wappnete. Er schoss eine Reihe Fotos: einige von den gehetzten Angestellten und eines von einem Mann im Anzug, der auf der Terrasse beim Haupteingang stand und hinaus aufs Meer blickte. Es war Bonard.

Ben drehte sich rasch wieder zum Tornado um, der sich in den letzten Sekunden verbreitert zu haben schien. Die Boote draußen in der Bucht waren mittlerweile außer Gefahr, stellte Ben erleichtert fest. Das ließ sich über das Hotel nicht sagen.

Der Wind blies jetzt durch Bens Hemd und Hose und toste ihm um den Kopf. Regentropfen trafen seine Wangen. Er war nicht sicher, ob er sich je so lebendig gefühlt hatte. Verflogen waren alle seine Leiden und Schmerzen. Es war elektrisierend.

Der Tornado wuchs immer noch. Es trennten ihn keine hundert Meter mehr vom Land. Vielleicht dreihundert Meter Vogelfluglinie, oder eher Tornadofluglinie, bis zum Hotel. Und dann sah er zu, wie der Sturm sich aus dem Wasser hob, die Säule beim Aufsteigen noch dicker wurde. Binnen Sekunden war sie zu einem großen Schmierfleck aus Wolkennebel und Gischt zusammengestürzt, auf den langsam reine Luft folgte. Hinter dem Wolkenvorhang konnte Ben bereits blauen Himmel sehen.

»Bei solchen Launen der Natur kann man gar nicht vorsichtig genug sein«, sagte Bonard. Der Direktor hatte sich lautlos genähert und stand nun neben Ben. »Der Schutz und die Sicherheit meiner Gäste haben bei mir immer höchste Priorität.«

Ben sah ihn an und zog unbewusst die Augenbrauen

hoch. »Das habe ich schon gehört. Die Angestellten sind es, über die ich mir gerade größere Sorgen machen.«

»Sie tun ihre Arbeit«, fügte der Direktor hinzu.

»Was ist mit der Leiche des Barkeepers passiert?«, fragte Ben mit Blick zum sich weiter aufklarenden Himmel.

»Sie werden doch nicht zum Störenfried, oder, Mr Martin? Das haben Sie mir versprochen.«

»O nein. Ich stehe zu meinem Wort.« Ben kreuzte seine Finger hinter dem Rücken. »Ich heiße David Slavitt, solange ich hier bin, wenn Sie gestatten. Aber wo wir gerade außer Hörweite von Gästen oder Mitarbeitern sind, sagen Sie mir bitte: Wie läuft die Untersuchung? Ich habe ein Recht zu erfahren, wie Sie mit solchen Situationen umgehen.«

Bonard lachte. »Das haben Sie nicht. Aber lassen Sie mich etwas erläutern. Betriebe wie dieser ziehen allerhand Aufmerksamkeit auf sich. Erwünschte und weniger erwünschte. Wo wir können, helfen wir, aber diskret. Solches Fingerspitzengefühl wird von hochvermögenden Personen erwartet.«

»Engins Leichnam, wo ist der jetzt?«

»In Palma, nehme ich an. In der Leichenhalle. Doch wir wollen uns nicht über Gebühr mit diesem tragischen Unfall beschäftigen.«

»Wie ist er da hingekommen?«

»Es gibt viele Pfade zur Bucht, einige gefährlicher als andere, weshalb wir nicht darauf hinweisen. Zwei starke Männer brachten ihn auf dem schnellsten Weg herauf.«

»Ich habe einen Polizeiwagen gesehen, immerhin. Aber es hat keine ordentliche Untersuchung gegeben, nicht wahr? Es ist kein Tatort in der Bucht abgesteckt worden, kein Flatterband, keine Forensiker. Ihr Security ist verschwunden.«

»Ich muss Ihren Einsatz loben, aber Sie haben recht. Es gibt keinen Tatort und keine entsprechende Ermittlung, weil es keine Straftat gegeben hat. Unfälle kommen vor, Selbstmorde ebenso. Ich weiß nicht genau, ob die Papiere dieses Mannes in Ordnung waren oder was sich in seinem Kopf abspielte. Wir stellen nach bestem Gewissen sicher, dass die Vorschriften eingehalten werden und die Leute sind, wer sie zu sein behaupten. Die Polizei begrüßt unsere Vorgehensweise und unterstützt unsere Zielsetzung, erstklassigen Service zu leisten und zugleich die heimische Wirtschaft zu stärken.«

Bonard starrte Ben unverwandt in die Augen. Ben sah nicht weg. »Zu dieser Jahreszeit gute Mitarbeiter zu bekommen ist nicht immer einfach«, fuhr er fort. »Es gibt viele ausgezeichnete Hotels auf Mallorca. Die Konkurrenz ist groß. Ich gestatte Ihnen zu bleiben, damit Sie Ihren verdammten Bericht schreiben und Ihre Arbeit tun können. Lassen Sie mich meine tun, unter diesen schwierigen Umständen.«

»Das ist das Ende vom Lied?«

»Ja, Mr Martin.«

»Slavitt«, warf Ben ein.

»Das ist das Ende vom Lied.« Bonard verwandelte Bens Frage in mehr als eine Feststellung – in eine Drohung. Dann entspannten sich seine Haltung und sein Tonfall. »Meinen Sie wirklich, die Familie dieses Mannes, seine Kollegen, dieses Hotel, die Gäste hätten die Störung begrüßt, die eine polizeiliche Ermittlung mit sich gebracht hätte? Sie scheinen mir jemand zu sein, der sich etwas aus den weniger Privilegierten macht, die es nicht immer leicht hatten.«

Da lag Bonard richtig. Ben nickte.

»Ich glaube, dass ich mit meinen Beziehungen allen einen Gefallen getan habe.«

Ben schaute geradeaus auf den sich zügig lichtenden Himmel und das schimmernde, sich wieder mittelmeerblau färbende Wasser. Der Tornado war also harmlos vorbeigezogen. Er dachte an Yves Klein, Radiohead, Augenblicke der Ruhe.

»Was zahlen Sie denen so«, fragte Ben, »den hiesigen Behörden?«

»Sie geben wohl nie auf, oder? Im Luxustourismus wissen die Behörden, wann sie sich einzumischen und wann rauszuhalten haben. Sie vertrauen mir, ich vertraue ihnen, und alles greift hübsch ineinander, vielen Dank auch. Ich werde Sie nicht noch mal warnen. Ein Deal ist ein Deal.« Damit trat er den Rückweg zum Haupteingang an.

Offenbar hatte der Franzose die Fremdsprache und ihre Floskeln gut gelernt, womöglich aber wenig über den englischen Stoizismus.

»Nicht alles lässt sich unter den Teppich kehren. Wollen Sie mir von dem anderen Todesfall erzählen, oder soll ich eher Todesfälle sagen?«, rief Ben diesmal laut und eilte ihm hinterher.

Bonard blieb wie angewurzelt stehen. Weiter vorn traten schon erste Gäste aus der Sicherheit ihrer Luxuszimmer ins Freie. Hotelbedienstete hatten begonnen, die Sonnenschirme und Baldachine aufzuspannen und

Tische, Stühle und Liegen auf ihre vorgesehenen Plätze zurückzustellen. Die Ordnung wurde schnellstmöglich wiederhergestellt, da sich das Wetter nun wieder von seiner besten Seite zeigte.

»Die alte Frau?«, fragte Bonard. »Ach ja, ein trauriger Vorfall. Sie kam schon seit Jahren regelmäßig her.« Er schüttelte den Kopf, kein einziges graues Haar war zu sehen. »Sie starb friedlich im Schlaf. Vielleicht ein passendes Ende für ein erfülltes Leben. Wo könnten die letzten Stunden besser verstreichen als hier?« Er schenkte Ben einen weiteren seiner Blicke, dann zwinkerte er.

»Nicht jeder meint, dass es eine Frau war.«

»Nein? Sie wäre äußerst beleidigt gewesen, wenn man sie für einen Mann gehalten hätte. Sie war Belgierin. Eine üppige Dame, gewiss, aber dennoch eine Dame, die zugegebenermaßen viel Geld in Facelifting investiert hat. Ich habe persönlich die Abholung der Leiche in die Wege geleitet, gemeinsam mit dem örtlichen Polizeichef. Er kommt in solchen Fällen immer her. Wir verstehen uns sehr gut.«

»Reiste sie mit Freunden, einem Partner?«

»Nein, Sie reiste stets allein. Ich glaube, sie hatte alle überlebt. Sie war hochbetagt. Jetzt muss ich aber wirklich in mein Büro zurück. Es ist sehr viel los, wie Sie sich vorstellen können.«

»Möchte ich meinen. Zwei Todesfällen am selben Tag.«

»O nein. Keineswegs am selben Tag. Aber es gibt Geschichten, die man der Belegschaft erzählen muss und den Gästen, um sie bei Laune zu halten. Unser Geschäft ist es, die perfekte Auszeit zu bieten. Das hat seinen Preis.«

»Und die Wahrheit, können Sie die auch bieten?«, fragte Ben, ohne mit einer Antwort zu rechnen.

Er bekam aber eine. »Wahrheit ist billig«, sagte Bonard über seine Schulter hinweg.

16

Ben sah sich noch einmal die Fotos an. Der Tornado kam nicht allzu gut rüber. Er sah kein bisschen beeindruckend oder bedrohlich aus. Nur wie ein Geschmier aus Gischt und Dunst und trübem Licht. Er würde sie Natalie trotzdem schicken.

Während er seinen Teller leer aß und alles säuberlich auf dem Tablett des Zimmerservice stapelte, fand er es doch enttäuschend, dass nicht schon abgeräumt worden war. Gäste stellten ihre Tabletts häufig raus in den Flur, doch Ben würde das nie tun. Warum den Standard für alle runterschrauben?

Er widmete sich wieder den Bildern auf seinem Telefon. Spielte damit, zoomte ran und wieder raus. Oh, da war etwas Überraschendes. Er vergrößerte das Foto. Es zeigte die Vorderseite des Hotels mit Bonard, der eben zur Tür herausgetreten war. Hinter Bonard, in der dunklen Tiefe des historischen Eingangs, verharrte eine Frau mit beeindruckender Figur. Sie trug eine helle Stola und eine riesige Sonnenbrille. In ihrer linken Armbeuge klemmte die Hermès-Tasche.

Als Ben sie das letzte Mal gesehen hatte, in denselben Sachen, war sie auf dem Weg in den Spa gewesen – hatte sie jedenfalls gesagt. Es gab viele verschiedene Arten zu entspannen und Sport zu treiben. Dieses Foto würde Ben nicht an Natalie mailen.

Es regte ihn jedoch dazu an, sich seinen Laptop zu schnappen und nach alten Journalistenkollegen zu suchen, solchen, die über das Dienstleistungs- und Freizeitgewerbe und dazu das international organisierte Verbrechen berichtet hatten. Schnell stellte sich heraus, dass wenige seiner früheren Kontakte noch als Journalisten arbeiteten. Viele Blätter waren eingestellt worden, und die meisten spezialisierten Nachrichtenseiten im Netz hatten Paywalls.

Nach rund zwanzig Minuten stieß er auf Doug Sager. Anscheinend war Doug in seine Heimat Kanada zurückgekehrt und arbeitete für einen Finanzkanal in Toronto. Unter den Kollegen war er der gründlichste und emsigste gewesen und schien nun vorwiegend über Freizeitindustrieaktien zu berichten. Es käme auf einen Versuch an.

Einige Minuten später fand er Helen Jones. Sie hatte sich in Monaco niedergelassen. Das war schon erfolgversprechender. Keine Journalistin mehr, schien sie nun in einer noblen Maklerfirma für Superjachten zu arbeiten. Sie schrieb die Texte, und zwar mit Kopfzeile – als würde das einen Hauch kritische Überprüfung und Unabhängigkeit beisteuern. Nichts als Schall und Rauch. Trotzdem dürfte es Spaß gemacht haben, um diese außerordentlichen Schiffe zu schleichen und ihre Darstellung noch phantastischer klingen zu lassen.

Interessant war an dieser Website im Gegensatz zu den Hochglanzmagazinen am Empfang, dass Kauf- oder Mietpreise danebenstanden. Er scrollte sich durch einige Seiten und Fotos von unerhört feudalen Decks und Kabinen. Vielleicht machte einen ja der ganze Flitter wahnsinnig, zumal wenn man nie kritisch sein durfte. Arme Helen Jones, dachte er allmählich. Sein Posten erlaubte ihm wenigstens zu schreiben, was er sah und erlebte.

Normalerweise.

Er schickte sowohl Helen wie Doug eine E-Mail, dass er an einem Sondervorhaben arbeite, gewissermaßen verdeckt, und sie bitte, ihm zurückzuschreiben, falls irgend möglich. Er benutzte seine private E-Mail-Adresse, nicht sein Hideaway-Konto. Sonst hätten sie erfahren, dass auch er Konzernknete machte.

Postwendend ging eine Nachricht ein. Keine E-Mail, sondern eine WhatsApp. Sie war nicht von Helen oder Doug. Sie kam von Natalie. *Mum hat mir das Telefon weggenommen, aber ich hatte eh Ersatz*. Es folgten eine Menge alberne Emojis und ihre neue Nummer. WhatsApp hatte er ganz vergessen, Natalie hatte es bei ihrem letzten Treffen auf seinem Handy installiert. Alex' Geduld musste auf eine weitere Probe gestellt worden sein. Es schien ihm nicht so, als sollte er sich da von fern einmischen.

Während er auf die Beine kam, war Ben uneins mit sich, ob er stolz auf die Findigkeit seiner Tochter sein oder sich deshalb Sorgen machen sollte. Wenigstens hatte sie sich sofort gemeldet. Wo hatte sie ein Ersatztelefon her? Er schickte ihr, was er für seinen besten Tornado-Schnappschuss hielt, und hängte die Nachricht an: *Schau mal, was ich gerade gesehen habe. Einen Tornado im Mittelmeer!! x*

Draußen auf dem Balkon fiel es schwer zu glauben, was er erst vor Kurzem beobachtet hatte. Während die

Luft merklich frischer war, breitete sich der Abend auf wohltuendste Weise vom Ufer her über das Land. Die Terrasse füllte sich mit denen, die auf der Suche nach einem Aperitif waren, und solchen, die mit ihrer besten Abendgarderobe samt Beiwerk prunken wollten. Der Schmuck funkelte wie tausend Glühwürmchen.

Vorgebeugt konnte er die Kante von Juliet de Vries' Balkon sehen. Dort war sie nicht. Sie saß nämlich unten auf der Terrasse, wo er sie ganz allein an einem Tisch ausmachte. Ob sie schon auf ihn wartete?

Sie trug noch immer die Sonnenbrille, hatte aber ihre gelbe Stola gegen ein kleines Schwarzes eingetauscht. Sie war niemand, die einfach nur irgendwo herumsaß.

Sein Telefon machte Ping. Eine Nachricht von Natalie. *Cool*, hatte sie geschrieben.

Das war alles. Kein Wort von der Klimakatastrophe. Vielleicht war es nur eine Phase gewesen und schon wieder vorbei. Er hoffte es nicht.

Er sah wieder hinunter auf die Terrasse, auf Juliet de Vries, und dachte seinerseits: ja, *cool.*

17

Hotelabende kamen, und sie gingen. Da waren Vermerke zu machen, Details zu überprüfen, Speisen und Getränke zu verkosten. Formulare auszufüllen. Einsamkeit zu bekämpfen.

Als er seinerzeit in Frankfurt geschult wurde – er konnte kaum glauben, dass man tatsächlich für so einen Job ausgebildet werden konnte –, hatte man ihm nahegelegt, ein Hotel so weit als möglich durch unbedarfte Fragen auf die Probe zu stellen und sogar dadurch, vermeintlich versehentlich etwas umzustoßen.

»Sie müssen eine komplette Nervensäge werden«, forderte sein Ausbilder, ein älterer Mann namens Hans. Ein Inspektor alter Schule, der von der Geschäftsführung kleiner Hotels herübergewechselt war. Er trug immer eine Krawatte. »Wie gut ein Angestellter, ein Hotel mit schwierigen Situationen zurechtkommt, das wollen wir herausfinden. Das ist die Messlatte für ein Haus von Rang. Sie können an mir üben.«

In einem großen Kellerraum im Hauptsitz von Hideaway ging Ben zahlreiche Fallbeispiele durch, wobei er seine Beschwerden und Erwiderungen zumeist dem nachempfand, was er in etlichen Hotelzimmern und bei journalistischen Redaktionskonferenzen erlebt hatte. Der Raum war mit einer gewerblichen Küche und einer Bar-Attrappe ausgestattet, dazwischen standen verstreut Tische und Stühle. Wurde er nicht gerade für die Ausbildung genutzt, erfüllte er seinen Zweck als Besucherlounge. Tatsächlich bewirtete Hideaway hier echte Hoteldirektoren.

»Sie sind voller Wut und kennen viele Arten, sich über ein und dasselbe Problem zu beschweren, das ist gut«, sagte Hans dann. »Sie können echt schwierig sein. Gefällt mir.« Hans schlüpfte mit Begeisterung in die Rollen eines Kellners, Empfangschefs oder Zimmermädchens, um die jeweils beste und schlechteste Gepflogenheit vorzuführen und wie man sich als Dienstleister zu verhalten hatte. Nichts davon war sonderlich überraschend, aber Ben hatte viel Spaß mit Hans und verbreitete im Keller ordentlich Chaos.

In der Realität neigte Ben immer weniger dazu, eine Nervensäge abzugeben, wollte niemandem Ärger oder Schwierigkeiten machen, vor allem nicht den Angestellten mit untergeordneten Aufgaben. Es mochte einen schlechteren Inspektor aus ihm gemacht haben, aber einen besseren Menschen, wie er fand. Außerdem räumte es ihm Gelegenheiten ein, bei einem Aperitif oder einer Mahlzeit zu entspannen, losgelöst von seiner Arbeit den Gedanken freien Lauf zu lassen, sich vielleicht gar seinem Roman zuzuwenden.

Nichts dergleichen traf jetzt zu. Juliet de Vries und ihr knapp bekleideter Körper waren äußerst fesselnd. Vielleicht brachte er es deshalb fertig, sein Getränk gänzlich ohne Absicht zu verschütten. Zum Glück nicht über Juliet, aber über den Tisch, wo der Inhalt eine Pfütze bildete und ihm alsbald aufs rechte Bein lief. Der Mojito – Juliets Vorschlag – war zwar nicht der süßeste Cocktail seines Lebens, aber süß genug. Er konnte buchstäblich fühlen, wie der Zucker auf dem marineblauen Stoff kristallisierte.

Juliet konnte sich das Lachen kaum verkneifen. »Ihr Engländer – immer so tollpatschig.«

»Weiß ich jetzt gar nicht.« Ben errötete und tupfte sich hilflos das Hosenbein mit einem Papieruntersetzer ab. Servietten waren nirgends in Sicht. »Beim Sport waren wir dieses Jahr ziemlich erfolgreich.«

»Meinen Sie Rugby? Ist auch das Einzige, wo ihr gut drin seid, nicht? Ein hässliches Spiel. Da spritzt ziemlich viel Dreck.«

»Kricket?«, warf Ben ein. Beim Schulkricket war er ein hoffnungsloser Fall gewesen. Nie erwischte er den Ball. Wo er nun darüber nachdachte, war er sich gar nicht sicher, ob England beim Kricket überhaupt noch gut abschnitt. Vielleicht hatte er ja Rudern sagen wollen. Die Sportarten, die den Engländern am meisten lagen, hatten alle mit sitzenden Wettkämpfern zu tun: Springreiten, Radrennen, Motorsport. Juliet de Vries mochte nicht ganz unrecht haben. Er sah hoch, gerade als Paul die Bühne betrat.

»Gestatten Sie, Sir.« Paul breitete eine dicke weiße Serviette über dem nassen Tisch aus, schob das zerbrochene Glas zusammen und beäugte Bens Hosenbein, das aussah wie vollgepinkelt. »Darf es ein neuer für Sie sein?«

Juliet de Vries zündete sich demonstrativ eine Zigarette an. »Möchten Sie noch einen Cocktail?«, fragte Ben. Sie hatte ihr Getränk kaum angerührt.

»Klar«, sagte sie und blies ihm eine dicke Rauchwolke geradewegs ins Gesicht.

»Dann bitte einen Mojito, Paul«, sagte Ben zu Paul, »und ich bekomme ein Glas Cava.«

Paul wischte zügig den Tisch sauber – Hans wäre beeindruckt gewesen –, nickte dann Ben zu und trat zurück.

»Geht das noch aufs Haus?«, fragte Ben.

»Den verschütteten Drink ersetzen wir natürlich«, sagte Paul.

Juliet warf Ben einen Blick zu – sie hatte endlich ihre Sonnenbrille abgenommen –, als wäre er ebenso geizig wie tollpatschig.

»Schon gehört«, sagte Ben, »dass sie den ganzen Nachmittag lang Gratisgetränke ausgeschenkt haben?«

Der Kellner suchte eilig das Weite. Juliet sah nicht so aus, als kümmerte es sie übermäßig, was das Hotel hatte springen lassen. Ihr Gesicht war sonnengebräunt, aber ihre Miene eisig.

Ihm war schleierhaft, warum sie sich mit ihm auf einen Cocktail hatte treffen wollen, dagesessen und auf ihn gewartet hatte. Sie schien nicht an einer Unterhaltung interessiert zu sein.

»Der eben, das ist ein guter Kellner.«

»Sind Sie immer so freundlich zu den Angestellten?«, fragte Juliet.

»Ich bin immer freundlich zu allen«, entgegnete Ben, lächelte und bedauerte es auf der Stelle. Er kam sich vor wie ein Teenager bei einem missglückten Date.

»Dieses Hotel – hier trau ich nicht allen«, sagte sie und blies wieder Rauch aus.

»Tatsache?« Als müsste Ben daran erinnert werden. »Sie haben Ärger im Amagat gehabt?« Wie würde es sich in seinem Bericht niederschlagen, wenn ein Gast ihn auf ein Problem hinwies? Das Dumme war, dass ihm nichts mehr an seinem verdammten Bericht lag. Doch ihm war sehr daran gelegen, was sie noch zu der Sache zu sagen hatte. »Erzählen Sie.«

Juliet lehnte sich verschwörerisch zu ihm herüber, ihr Seidenkleid spannte sich über ihre Brüste.

»Ein paar von den Leuten hier, die wären besser nicht da. Sie machen Ärger.«

»Was für Ärger?«

»Im Einzelnen müssen Sie das nicht wissen.«

»Wobei ich nichts dagegen hätte.«

Sie schüttelte den Kopf.

»Haben Sie sich beschwert? Haben Sie mit Michel Bonard, dem Hoteldirektor, darüber gesprochen?«

Ein kurzes Lachen blieb ihr im Hals stecken. »Er weiß, wie ich darüber denke.«

»Aber Sie sind immer noch hier, genießen den Spa und den Pool, die Cocktails und die Sonne. Weil Sie beruflich zu tun haben?«

Sie nickte und zündete sich eine neue Zigarette an.

Ben hatte nicht mitbekommen, dass sie die letzte ausgedrückt hätte. »In welchem Bereich arbeiten Sie, wenn ich fragen darf?«

»Verkauf«, sagte sie kühl.

»In welcher Branche?«

»Augenblicklich? Da werden Sie meinen Partner fragen müssen, aber der ist nicht da.«

Ben wusste nicht recht, wie er sich höflich ausdrücken sollte oder warum auch. »Der große Mann, mit dem Sie gestern zusammen waren? Der Holländer mit den großen Händen?« Ihm war immer noch nicht klar, ob Juliet ihn als den Mann von letzter Nacht wiedererkannt hatte.

»Er hat heute geschäftlich anderswo auf der Insel zu tun. Hat er zumindest behauptet.« Sie stieß eine weitere lange Rauchwolke aus. »Und Sie, was ist Ihre Branche?«

»Ich bin Schriftsteller«, hob Ben zu sagen an, wurde aber von Pauls Rückkehr gerettet, der so wenig Zeit wie möglich damit verbrachte, die frischen Getränke zusammen mit zwei Schälchen Oliven und Edelchips aufzutischen. Ben hatte eine Schwäche für Chips, besonders die von Hand in Olivenöl gerösteten – die Bäckervariante vom Mittelmeer. Zu Hause gab er sich mit den Salz-und-Essig-Chips zufrieden.

Ehe sie ihren Cocktail überhaupt angerührt hatte, schaute sie auf ihre Armbanduhr und sagte unvermittelt: »Ich muss mich um ein paar Dinge kümmern, dann werde ich runter ans Meer eine Runde schwimmen gehen, solange es noch hell ist. Möchten Sie mich begleiten? Ich gehe nicht gern allein.«

»Anscheinend gibt es da Quallen.«

Sie schmunzelte und setzte ihre Sonnenbrille auf. »Vor Quallen habe ich keine Angst.« Sie stand auf. »In einer Stunde? Am Fußweg bei den Tennisplätzen.«

Es war keine Frage. »Geht klar«, sagte er. Auf solche Weise war Ben nicht mehr angemacht worden, seit er ein Jugendlicher gewesen war. Er sah zu, wie Juliet ihre Sachen einsammelte und über die Terrasse nicht in Richtung ihres Zimmers, sondern zum Haupteingang des Hotels ging.

Er trank seinen Sekt, aß die Chips auf und nahm dann einen Schluck von ihrem unangerührten Mojito. Auf der Stelle wollte er ihn wieder ausspucken. Unglaublich, dass so ein übersüßtes Gebräu irgendjemandem schmeckte.

Er winkte Paul zu, der drüben an der Kellnerinsel stand, machte das internationale Handzeichen für die Rechnung. Er kam auf die Beine und war alles andere als sicher, einen weiteren Marsch hinunter ans Meer, den dritten an diesem Tag, körperlich zu verkraften. Aber seine Neugier würde siegen. Er hatte keine Ahnung, was Juliet de Vries im Sinn hatte, aber er musste es herausfinden.

»Ach, Paul«, sagte er, während er dem Kellner auf halbem Weg über die Terrasse entgegenkam, »sind noch irgendwelche anderen Leichen aus dem Hotel abgeholt worden?«

»Ich habe mich geirrt«, sagte Paul. »Es war kein Mann, sondern eine Frau. Tut mir leid.« Er reichte ihm die Rechnung zum Unterschreiben. »Meine Sprachen sind nicht perfekt. Man verhört sich leicht.«

»Wer hat Ihnen aufgetragen, das zu sagen? Der Hoteldirektor?« Von Suggestivfragen riet die Prüfaufsicht bei Hideaway ausdrücklich ab. Ben hingegen hatte seine gesamte journalistische Laufbahn über darauf gebaut.

»Das ist die Wahrheit. Es war eine Frau. Sie war regelmäßig zu Gast. Alle kannten sie.«

»Paul, Sie müssen mich nicht anlügen. Ich weiß, was Sie sagen sollen. Wir wissen beide, wer wirklich letzte Nacht gestorben ist.« Ben zeichnete den Beleg ab im Bemühen, ihr Gespräch so unverfänglich wie möglich aussehen zu lassen. »Ich möchte bloß herausfinden, wie er gestorben ist und wer genau verantwortlich war.«

Paul wirkte wie versteinert. Schließlich nahm er den Zettel von Ben entgegen. »Er hat in unserer Dienstunterkunft in Sóller gewohnt, wie ich«, flüsterte er.

»Hatte er Familie?«

»Nicht auf der Insel.«

»Wer hat ihn getötet?«

»Ich weiß es nicht. Er mochte die Gäste nicht alle. Manchmal ließen sie ihn die ganze Nacht durcharbeiten.«

»Irgendwelche bestimmten Gäste? Jemand, den Sie wiedererkennen würden?«

»Sie steigen nicht immer hier ab. Manche kommen von den Jachten. Viele legen in der Bucht an. Das Restaurant ist sehr beliebt.«

»Was hat Engin letzte Nacht unten in der Bucht gemacht?«

»Ich weiß es nicht. Einmal erzählte er, er hätte Essen und Getränke hinbringen müssen. Vielleicht war er deshalb da.«

»Den ganzen Weg?«

»Dafür gibt's viel Trinkgeld. Mr Bonard wird es wissen. Er ist der Direktor.«

Ben atmete aus, als hätte er einen Zug von Juliets Zigaretten genommen. Es war lange her, dass er geraucht hatte. »Eindrucksvoller Tornado gewesen, was?«

»Hab ich schon öfter gesehen. Ist verpufft. Das hier ist nicht Amerika.«

»Der Klimawandel wird keine Hilfe sein.« Keiner wusste, was Natalie und übrigens auch Paul bevorstand, wenn sie erst in seinem Alter wären.

18

Ben sah auf die Uhr. Juliet war spät dran. Er kam sich ein bisschen dumm vor, bei den Tennisplätzen auf sie zu warten. Er schaute auf sein Telefon. Nichts Neues. Doug Sager und Helen Jones hatten ihm noch nicht geantwortet. Vielleicht war es auch naiv gewesen, sich an Helen zu wenden. Sie hatten eine kurze Affäre gehabt, bevor er Alex kennengelernt hatte. Er konnte sich nicht mehr recht erinnern, weshalb es auseinandergegangen war.

Es wurde immer dunkler. Eigentlich hätte er beim Abendessen sitzen müssen, die Hideaway-Restaurantprüfliste samt Formular zur Hand und alle Sinne darauf geschärft, zu beobachten und zu bewerten. Er vernachlässigte seine Pflichten. Leben und Tod waren dazwischengekommen.

Es raschelte zu seiner Linken, und etwas bewegte sich am anderen Ende der Tennisplätze. Schatten und Blattwerk behinderten die Sicht. Was da drüben auch sein mochte, es war diesmal größer als eine streunende Katze. Keine Frage. Ein Wildschwein? Würden die sich so nah an Menschen heranwagen, an ihre Behausungen? Warum nicht, wenn sie leichte Beute machen konnten: Abfalltonnen zum Bersten gefüllt mit Essen aus dem Sterne-Restaurant.

»Hallo«, sagte eine sanfte weibliche Stimme hinter ihm.

Ben wirbelte herum. Juliet hatte sich angeschlichen und stand nun eine Armlänge hinter ihm.

»Hi«, prustete er. »Bin richtig hochgeschnellt Ihretwegen.« Sie kam weiter auf ihn zu, bis er ihr Parfüm riechen konnte. Hätte er raten sollen, hätte er auf Chanel Coco Noir getippt. Früher hatte er Alex Parfüm zum Geburtstag geschenkt. Er war nicht sicher, ob Gabby das auch tat.

»Wegen mir schnellen Sie hoch? Ja?«

»Als Redewendung, wenn jemand einen überrascht. Nicht wortwörtlich.«

»Ich überrasche Sie?« Sie berührte seinen Arm und kicherte.

»Kann man so sagen.«

»Sie haben kein Handtuch«, sagte sie. »Oder eine Badehose.« Ihr Tonfall hatte sich geändert. Sie war nicht länger die Eiskönigin, sondern warm und sexy, duftete erlesen und teuer. Außerdem trug sie eine Art Strandbeutel. Keine Hermès-Tasche.

»Meine Kleidung ist sehr anpassungsfähig«, sagte er. »Wir gehen da lang, ja?« Er zeigte zum dunklen Pfad und fragte sich immer noch, was das Geräusch am anderen Ende der Tennisplätze verursacht hatte. Unbewaffnet mitten in einem dichten Pinienwald ein Wildschwein überraschen war keine gute Idee.

»Sie sind schon an der Bucht gewesen?«, fragte sie.

»Ja, heute schon zwei Mal.« Er war mit sich recht zufrieden. Besser als alles, was der Fitnessraum bieten konnte.

»Ich bin auch schon viele Male an der Bucht gewesen. Das ist meine Lieblingsbadestelle im ganzen Mittelmeer.

Auf dieser Reise war ich aber noch nicht da. Da gibt es Quallen, sagen Sie?«

»Sagt das Hotel. Ich habe keine gesehen, als ich heute Mittag schwimmen war.«

»Das ist gut.«

»Aber Ihnen machen sie ja eh nichts aus.«

»Nein. Es gibt Schlimmeres.« Sie hatte die Stimme gesenkt.

»Vor zwei Monaten wurde ein Weißer Hai vor Mallorca gesichtet«, sagte Ben gut gelaunt. »Hier hat der sich wohl nicht rumgetrieben, sonst hätten wir davon gehört.«

Dazu sagte sie nichts.

»Oh, und ich habe heute Morgen eine Leiche gefunden«, fügte er hinzu. »Am Ufer. Es war einer der Kellner. Armer Kerl. Aber das wissen Sie ja wohl alles selbst.«

Da sie weiter schwieg, fuhr er fort. »Seine Leiche war unversehrt. Keine Spur davon, dass ein Hai ihn angeknabbert hätte.« Aus seiner Kehle kam ein kurzes kratziges Auflachen. »Aber er hatte eine Kopfwunde. Jemand hat ihm eine gebrettert. Haben Sie eine Idee, wer?«

»Ich werde Ihnen sagen, was ich weiß, wenn wir dort sind«, sagte Juliet de Vries, plötzlich ernst und sachlich. Den Rest des Wegs blieb sie stumm, während beide bergab trabten.

Es ging auf neun Uhr zu und wurde mit jedem Schritt düsterer. Beinahe fröstelte ihn, als er sich darüber klar wurde, den ganzen Weg hinunter auf ein plötzliches, lautes Rascheln gelauscht zu haben – das irre Grunzen eines aufgebrachten Wildschweins.

In der Ferne konnte er Musik hören, Getrommel.

Vielleicht gab jemand in einer der opulenten Villen von Deià eine Party. Es klang allerdings eher nach Hippiefestival als nach Rave. Deià zog allerlei Vergnügungssüchtige an. Ben tastete in seiner Tasche nach seinem Telefon, obwohl er wusste, dass es hier unten kaum bis gar keinen Empfang gab.

Bald erreichten sie die Badeplattform. Die Sonne war schon hinter dem Horizont verschwunden, und nur ein haarfeiner Streifen Licht verblieb. Unterdessen waren die Zikaden mit voller Kraft zum Leben erwacht. Er schaute nach dem Weg, der um die Bucht herum und dorthin führte, wo er Engins Leichnam gefunden hatte, als könnte der Barkeeper wundersamerweise wieder auftauchen.

Juliet de Vries legte ihren Strandbeutel auf den Boden und suchte das Wasser ab, um rasch eine Jacht in den Blick zu fassen, unweit der Stelle, wo jene am Morgen vor Anker gelegen hatte. Wenig mehr als ihre Umrisse traten hervor.

Wieder brannte kein Licht auf dem Boot, und nichts deutete auf irgendwen hin, der sich an dem Ort oder dem Abend erfreute. Ein intimes Abendessen auf dem Achterdeck, zubereitet von einem diskreten Kombüsenchef – das Leben auf den Weltmeeren. Dazu ein paar regionale Köstlichkeiten, die das Hotel heruntergeschickt hat, zusammen mit jemandem, der sie auftischte. Ben glaubte nicht, dass das Hotel solche Dienste anbot. Die Boote waren nicht zum Spaß hier. Engin musste aus einem anderen Grund hergekommen sein.

»Warum liegt diese Jacht hier und sieht aus, als wäre sie verlassen?«, fragte Ben.

»Sie wird auf Wim warten«, sagte Juliet.

»Wim?«, rief Ben aus.

»Mein Partner«, fuhr sie fort. »Er ist nicht ins Hotel zurückgekehrt. Er ist spät dran. Er war den ganzen Tag über weg. Und jetzt glaube ich, dass er nicht wiederkommt. Das ist alles, was ich weiß.« Auf einmal klang sie sehr wehmütig.

»Warum nicht?«

»Sie fragten nach dem Barkeeper? Wim kann Ihnen erzählen, was mit ihm geschehen ist. Wim war letzte Nacht am Meer, mit seinen Kunden.«

»Um sich dieses Boot anzuschauen?«

»Ein anderes Boot. Es gibt viele. Sie kommen andauernd, wenn er auf der Insel ist. Sie sind alle gestohlen. Sie warten auf neue Besitzer, auf Leute, die bar zahlen oder in Kryptowährung oder mit anderen Gütern, Menschen oder Dienstleistungen handeln. Es ist ein Riesengeschäft. Mein Partner fädelt diese Deals ein. Er hat ein großes Netzwerk. Wenn jemand nicht zahlt oder ihnen in die Quere kommt – wenn jemand versucht, sie zu erpressen, oder Sachen sieht, die sie im Verborgenen halten wollen –, ja, dann wenden sie Gewalt an. Natürlich.«

»Wollen Sie damit sagen, dass Wim verantwortlich für das ist, was sich gestern Nacht zugetragen hat, dass er den Barkeeper totgeschlagen hat? Weil der etwas gesehen hat, das er nicht sehen sollte?«

»Wim und seine Freunde, die sind für viele abscheuliche Dinge verantwortlich. Es ist nicht gut, sich da einzumischen. Sehen Sie.« Sie zeigte auf den dräuenden Schatten der Jacht.

»Wofür werden denn diese Boote gebraucht?« Ben

sah ein, dass es dauern würde, eine klare Antwort aus ihr herauszubekommen.

»Für Leute, die den regulären Preis nicht zahlen können – ja, es gibt immer welche, die mehr haben wollen, als sie verdienen, um damit zu prahlen.« Sie zuckte mit ihren schmalen Schultern. »Andere gehen zu Schmugglern und Schleusern. Drogen lassen sich leichter befördern als Menschen, solche auf der irrsinnigen Reise von Libyen, Ägypten, Marokko. Manchmal tauchen diese Leute wieder auf – es gibt so viele davon – und sind wütend, weil nicht jeder durchgekommen ist.«

»Der Barkeeper wollte Rache, wollen Sie das sagen?«

»Ich will lieber nichts Genaues wissen, wenn Leute sterben. Es ist zu hässlich.«

»Aber Sie arbeiten im Verkauf, sagten Sie. Sie sind Teil davon?«

»Ich werde mitgenommen. Ich hatte keine Wahl. Ich will kein Teil mehr davon sein.«

»Warum nicht?«

»Was diese Organisationen tun, ist falsch«, sagte sie. »Die Bosse werden gierig. Sie werden respektlos und leichtsinnig.«

»Wim? Er verliert den Überblick, oder?«

»Er meint, es wäre zu groß geworden. Ich hab erst heute Nachmittag von dem Todesfall erfahren. Das ist der letzte Tropfen – so heißt es doch, oder?«

Ben nickte.

»Jetzt ist Wim verschwunden und hat andere dagelassen, um hinter ihm aufzuräumen. Das ist ungerecht – für alle. Mir reicht es.«

Trotz eines leichten Bebens in ihrer Stimme glaubte

Ben nicht, dass sie anfangen würde zu weinen. »Warum ist das hier passiert?« Er streckte die Hand nach der makellos schönen, abgeschiedenen Mittelmeerbucht aus, in der vor gar nicht langer Zeit Engin seine letzten Atemzüge getan hatte.

»Nicht nur hier, überall am Mittelmeer«, sagte Juliet. »Wobei Wim dieser Ort gefiel, seine Lage zwischen Nordafrika und Spanien. Die Bucht ist weit abgelegen, abseits aller wichtigen Schiffshäfen und Liegeplätze. Spanische Zollbeamte gibt es nicht so viele.«

»Ist das Hotel darin verwickelt? Der Direktor Michel Bonard?«

Juliet seufzte und schüttelte den Kopf. »Diesen Dingen ist nicht so leicht zu entkommen. Aber ich versuche es jetzt.«

»Es gibt andere Hotels in der Nähe«, sagte Ben. Allein in Deià waren ihm drei Fünf-Sterne-Schuppen bekannt. Ein weiteres wunderschönes Hotel ein paar Kilometer die Küste rauf.

»Dieses Hotel hat den besten Blick, den besten Zugang. Und dazu bemüht sich Mr Bonard mehr als die meisten um die Privatsphäre seiner Gäste, selbst die der lauten. Das hat Wim gefallen, wie Sie sich denken können.«

Hatte sie ihm zugezwinkert? »Vorhin sagten Sie, dass Sie nicht allen trauen, die hier arbeiten.«

»So ist es – den Mitarbeitern nicht und den Gästen und Urlaubern auch nicht.«

»Gestern habe ich Sie beim Abendessen mit zwei Russen gesehen. Was machten die hier? Wurden sie von Ihnen bespaßt?«

Sie sah Ben an, als sei sie im Begriff, ihn zu ohrfeigen.

»Es waren Kunden von Wim. Ich hatte ein schickes Kleid an. Ich tat so, als würde ich mich amüsieren. Mehr nicht. Dieses Leben, diese Gewalt, das ist nichts für mich.«

»Ist es dafür nicht ein bisschen zu spät? Nach allem, woran Sie beteiligt gewesen sein, was Sie gesehen haben müssen?«

»Ich bin letzte Nacht nicht mit zur Bucht gegangen. Ich war auf meinem Zimmer, und dann kam Wim zurück, und wir haben uns gestritten. Ich bin bei nichts und niemandem Komplizin. Das müssen Sie mir glauben. Beziehungen sind nicht einfach. Das Leben ist nie einfach. Wir alle tun Dinge, die wir nicht tun wollen. Es ist schwer, die Kraft zu finden, um sich zu ändern.«

Dagegen wusste Ben nichts einzuwenden. »Dann wartet diese Jacht also darauf, dass Wim mit einem anderen möglichen Kunden aufkreuzt, der sie davonfahren wird. Richtig?«

»Ja, aber ich weiß nicht, wo Wim gerade ist. Oder wie lange das Boot hier sein wird. Irgendwann werden sie aufgeben.« Sie hielt inne, ihr Blick ging hinaus auf das Meer, die rasch einbrechende Nacht.

»Sie haben mich hier heruntergebracht, warum?«

»Damit Sie mir glauben. Sie sehen so ehrlich aus, so englisch. So einsam. Irgendwer muss mir helfen. Ich bin ganz allein.«

Ben bezweifelte das. »Was ist mit Bonard? Warum kann der Ihnen nicht helfen? Sie kennen ihn doch recht gut, oder?«

»Er hat viel zu tun. Er muss ein Hotel führen, Gäste bewirten, Todesfälle abwickeln. Hätten Sie jetzt Lust zu schwimmen?« Ihr Tonfall milderte sich auf einmal.

»Nicht besonders.« Wer zum Teufel war diese Frau? »Vor wem genau läuft Wim davon?« Er hatte eine Ahnung.

»Habe ich gesagt, dass er davonläuft?« Sie schlüpfte aus ihrem Kleid, um im schwindenden Zwielicht dunkle Unterwäsche zu enthüllen, die geschmackvoll genug war, um unaufdringlich erotisch zu bleiben.

»Sie gehen ins Wasser?« Er konnte es nicht glauben. Wohin sollte das führen? Er fühlte sein Herz klopfen. »Wenn er jetzt aufkreuzt?« Er rief sich die letzte Nacht, das blutige Rinnsal an ihrem Schenkel in Erinnerung. Was in aller Welt war danach noch zwischen beiden gesagt, vereinbart worden?

»Sie werden mich beschützen.«

Das war keine Frage. Zu einer Antwort sah er sich nicht genötigt.

Sie legte ihren BH ab, stieg aus ihrem Höschen und machte sofort einen Kopfsprung ins Meer. Ein paar lange Sekunden später tauchte sie viele Meter von der Steinplattform entfernt auf und rief: »Kommen Sie?«

Ben sah auf ihre lässig abgestreiften Klamotten am Boden, den Strandbeutel. Er hatte keine Ahnung, warum sie sich die Mühe gemacht hatte, den mitzuschleppen, oder was sich darin befinden konnte, das noch schicker oder passender wäre. Er war sich keinesfalls schlüssig, ob er auf der Badeplattform oder im Meer am sichersten aufgehoben war.

»Klar«, sagte er und zerrte an den robusten Knöpfen seiner Hose. Im Meer offensichtlich. Er war dankbar für die Dunkelheit, dass kein einziges Licht brannte. Dass überdies die gestohlene Jacht unbeleuchtet blieb, anscheinend unbemannt war.

»Ist nicht sehr kalt«, rief sie und trat Wasser.

»Sie werden nicht mit allem davonkommen«, sagte er, wollte nicht, dass sie verschwand, oder ihr falsche Hoffnungen machen. Er streifte seine Armbanduhr ab, legte sie sorgfältig zuoberst auf seinen Kleiderhaufen. »Sie müssen mit den Behörden reden. Vielleicht können Sie etwas aushandeln. Aber ein Mord lässt sich nicht vertuschen. Dafür werde ich Sorge tragen. Sie haben den Falschen gebeten, Sie zu beschützen.«

»Nein, habe ich nicht«, sagte sie, ehe ihr Kopf unter Wasser tauchte.

Ben versank zum zweiten Mal an diesem Tag im Mittelmeer.

19

Juliet de Vries tauchte rechtzeitig wieder auf. Dann stellte sie unter Beweis, wie gut sie langsam im Kreis schwimmen konnte.

Ben konnte sich nicht erinnern, wann er zum letzten Mal nackt baden gewesen war. Es dürfte um die drei Jahrzehnte zurückliegen. In der Nordsee nach einer Strandparty wahrscheinlich. Er hatte ganz vergessen, wie befreiend es sich anfühlte, und einen Augenblick lang war er neidisch auf die Hippie-Nudisten, die er am Morgen gesehen hatte. Was musste das für ein Gefühl sein, so von Kleidern befreit, im Wasser und an Land.

Juliet war einige Meter entfernt, als er einen lauten Knall hörte. Das Geräusch hallte eindrucksvoll längs der steilen, bogenförmigen Hügelflanke wider und schien dann aufs Meer hinauszupurzeln. Kurz darauf fiel ein zweiter Schuss, und Ben war überrascht, dass weder er noch Juliet getroffen worden waren und es auch kein Aufklatschen der Kugel nahebei im Wasser gegeben hatte. Es war unmöglich zu sagen, worauf der Schuss abgezielt hatte oder woher er gekommen war. Er wusste auch nicht, ob es eine Schrotflinte oder ein Gewehr gewesen war. Vielleicht eine Pistole.

»Was zum Henker war das?«, sagte er überflüssigerweise und wurde gewahr, wie ein heller werdender Mond die Dunkelheit in Schach hielt. Ob Juliet gewusst hatte, dass Vollmond bevorstünde? Jetzt kam er sich allerdings sehr exponiert vor.

»Ein Schuss«, sagte sie fast beiläufig, ehe sie erneut untertauchte.

Ben versuchte, mit den Augen das Ufer und nahe Gehölz abzugrasen, aber das Licht reichte nicht aus. Irgendwer könnte mit einer Schusswaffe hinter einem Fels oder Baum Stellung bezogen haben. Es gab unzählige Verstecke. Er rätselte, ob er besser im Meer bleiben oder die Badeplattform ansteuern sollte, trat daher Wasser und wartete, dass Juliet wieder auftauchte. Endlich tat sie es und war schon fast an der Plattform. Ihr Körper schimmerte, als sie hochkletterte. Ben eilte ihr hinterher, rief sich das richtige Atmen beim Kraulen ins Gedächtnis.

»Wer schießt denn bloß um diese Nachtzeit?«, prustete er, als er kurz darauf die Plattform erreichte. Er hatte den Geschmack von Salz und seiner eigenen Angst auf der Zunge.

Jetzt sah er, weshalb sie den Strandbeutel mitgebracht hatte. Heraus zog sie ein großes weißes Handtuch – zweifellos aus ihrem Badezimmer. Sie schien es allerdings nicht sehr eilig zu haben, sich abzutrocknen.

»Jäger«, sagte sie, schüttelte sich Wasser aus einem Ohr und hielt dabei das Handtuch weit weg von ihrem Körper, »nehme ich an.«

»Die was jagen, zu dieser Nachtzeit?« Er stieg heraus und versuchte erfolglos, seine Geschlechtsteile zu verbergen.

»Quallen?« Sie zuckte mit den nackten Schultern.

»Genau.«

Sie lachte. »Ich dachte, ihr Engländer hättet Sinn für Humor. Es werden Wildschweine sein, schätz ich mal.«

»Gibt's dafür nicht eine Saison?« Falls ja, dann vermutlich nicht den Sommer über, wenn Frischlinge ihr Muttertier brauchen.

»Wilderer? Die scheren sich nicht um die Jagdsaison. Ein ganzes Schwein ist eine Menge wert. Ich habe schon öfters Schüsse in den Wäldern gehört, viele Male.«

Ben glaubte ihr. »Möchte ich wetten.«

»Die Mallorquiner lieben die Jagd. Wer tut das nicht?« Sie schaute ihn an, lächelte.

Es schien ihm unangebracht, Juliet um ihr Handtuch zu bitten, also streifte Ben seine Sachen über. Der dicke Stoff klebte an seiner nassen Haut. Er bückte sich, um seine Schnürsenkel zuzubinden. »Dann geh ich mal davon aus, dass sie haben, was sie wollten.« Er richtete sich auf. Es hatte keine weiteren Schüsse gegeben.

»Mit Glück, ja«, sagte sie. »Wäre nicht gut, hätte eine verirrte Kugel das falsche Ziel getroffen.«

»Dürfte auch 'ne mächtige Kugel sein, um ein Wildschwein umzuhauen«, sagte Ben.

»Wilderer sind sehr geschickt, das müssen sie sein. Um Längen besser als Laienschützen, die mit so was spielen. Schusswaffen sollten nur die in die Hand bekommen, die wissen, was sie tun.«

Sie schenkte ihm einen weiteren ihrer sexy Blicke, zweifellos über viele Jahre perfektioniert, während der sie die richtige Sorte Aufmerksamkeit von der falschen Sorte Mensch auf sich zu ziehen versucht hatte. Zu welcher Kategorie gehörte er dann? Er war nicht hier, um ihr zu helfen, musste er sich ins Gedächtnis rufen, sondern um irgendwie die Verbrechen zu ahnden, die ihr Gefährte begangen hatte, und zwar oft mit ihrem vollen Wissen. Die Chancen standen schlecht, zu dieser späten Stunde die zuständigen Behörden zu erreichen.

»Das Boot ist noch da«, sagte er. »Heißt das, Wim wird erwartet?«

»Nein. Es fährt weg.«

Sie hatte recht, der dunkle Schatten glitt davon. »Er wird vielleicht nicht zurückkommen. Wenn er bei Verstand ist.«

»Können Sie ihn nicht anrufen?«

»Ich rede nie wieder ein Wort mit ihm. Habe ich mich klar ausgedrückt?« Rasch verstaute sie ihr Handtuch und schulterte ihren Beutel. »Ich gehe jetzt zurück zum Hotel.« Sie brach auf, und es schien sie nicht zu kümmern, ob er ihr folgen würde oder nicht. Sie sah sich nicht mal über die Schulter um.

Ben schaute über seine, suchte nach dem schwindenden Umriss der Jacht. Würde je wieder eine andere erscheinen? Was waren die Auswirkungen geplatzter Treffen und Verkäufe? Wer bezahlte?

Unweigerlich folgte Bens Blick dem Bogen der Bucht im schwachen Mondlicht bei noch schwächerem Seewind. Er schaute hinaus aufs Meer. Riesig war das Mittelmeer, unendlich waren seine Gefahren. Juliet de Vries hatte noch viele Fragen zu beantworten. Ein Opfer in ihr zu sehen würde ebenso schwerfallen, wie ihr ein Verbrechen anzulasten. Irgendeinem von ihnen, überlegte er; nicht dass es seine Aufgabe wäre. Es konnte unmöglich leicht sein, der Gerechtigkeit in einer ungerechten Welt nachzuhelfen. Was nicht heißen sollte, es wäre den Versuch nicht wert. Er eilte ihr hinterher, konnte aber nicht Schritt halten. Für einen Tag hatte er schon viel zu viel Bewegung gehabt.

20

Auf dem Rückweg durch die Gartenanlage hatte Ben freien Blick auf den Gebäudeflügel, in dem sein Zimmer lag, auf den ersten Stock, und sah das Licht in Juliet de Vries' Suite brennen. Auch das Hauptgebäude und die Terrasse waren hell erleuchtet, und Ben fühlte sich dorthin gezogen. Obwohl er hungrig war und erschöpft, galt sein vorherrschender Gedanke einem der Suaz-Brandys, von denen ihm Engin am vergangenen Abend eingeschenkt hatte.

Maria Moyas Schicht endete um zweiundzwanzig Uhr, hatte sie gesagt. Er fragte sich, ob sie noch im Dienst war. Er sah auf seine Armbanduhr oder vielmehr dorthin, wo seine Uhr hätte sein sollen. *Nein!* Sie war nicht da. Er durchsuchte seine Taschen, stieß aber bloß auf sein Telefon, seine Brieftasche und die Schlüsselkarte. Wie, wo könnte er seine geliebte Uhr verloren haben? Auf der Badeplattform? Aber er hatte sie zuoberst auf seine Kleider gelegt. Sie wäre ihm aufgefallen, als er sich hastig anzuziehen bemühte.

Er war in zu großer Eile, von Juliet de Vries' Verhalten und den Schüssen abgelenkt und verunsichert gewesen. Es war nicht zu glauben.

Seinem Handy zufolge war es Viertel vor elf. Viel zu dunkel, um jetzt zurückzugehen – wenn er die Kraft dazu hätte. Zu dieser Nachtzeit dürfte wenigstens niemand sonst über die Uhr stolpern. Nicht mal Schmuggler. Er stapfte den restlichen Weg zum Hotel hoch, war stinksauer auf sich und wandelte wie benommen am Empfang vorbei. Nur der Nachtschichtleiter Jordi Garcia saß am Tresen. Ben nickte ihm zu und ging weiter durch die Lobby in die Bar.

Zwei Frauen waren zu sehen. Eine stand in Uniform hinter der Bar und polierte ein Glas. Die andere war eine schlanke Frau mittleren Alters, gekleidet in eng anliegendes, schickes Grün-Weiß. Die nackten Beine übereinandergeschlagen, saß sie allein an einem Cocktailtisch. Sie starrte auf den leuchtenden Bildschirm ihres Telefons, eine perlende Champagnerflöte vor sich, daneben eine unangerührte Schale Oliven. Das konnte aber nicht, oder etwa …? Sie blickte auf, spürte vielleicht seine Gegenwart. Doch.

Einen Augenblick lang dachte er, sie hätte ihn nicht erkannt, aber sie lächelte breit, als er näher kam.

»Hallo, Ben«, sagte sie, »welche Freude, Sie hier zu sehen.«

»Hallo, Emily. Das ist aber wirklich eine Überraschung.« Die Vorstandsvorsitzende von Hideaway war mit Sicherheit im Bilde, mutmaßlich dank Wendy und Marc. Die hätten ihn auch warnen können, diese Idioten.

»Setzen Sie sich zu mir?«

»Natürlich.« Ben nahm Platz, war sich plötzlich seines Aufzugs und seines nassen Haars peinlich bewusst. »Tut mir leid, dass ich etwas zerzaust aussehe. Ich war gerade kurz unten im Meer schwimmen.«

»Ach, das Meer. Ja, wie ich höre, hat sich da Unliebsames ereignet.«

»So könnte man sagen. Wie lange sind Sie schon hier?«

»Höchstens eine Stunde. Ich war in Barcelona und dachte mir, hol's der Teufel, ich komme für eine Nacht rüber. Das Hotel im Krisenmodus testen.«

»Kaum möglich«, sagte Ben. »Hier tun sie nach Kräften so, als wäre nichts passiert.«

»Wie das halt läuft in unserem Geschäft. Muss schon sagen, der Service ist bislang ziemlich gut gewesen. Der Champagner ist eiskalt und sprudelt lebhaft, die Oliven sind köstlich und zehn Zentimeter rechts von meinem Glas platziert. Was ist Ihre Einschätzung?«

»Rein technisch gäb's wohl eine Acht.« Er schmunzelte.

Emily lachte. »Marc ist außer sich. Er deckt alle möglichen Unregelmäßigkeiten auf. Zu unserem Glück gibt es noch zwei weitere Objekte in der Nähe, die ich mir ansehen wollte. Hoffentlich müssen wir keine neuen Allianzen bilden, wobei das immer eine Option ist. Ich wollte den Hoteldirektor heute Abend erwischen, weil ich morgen einen sehr vollen Terminkalender habe, aber er steht derzeit nicht zur Verfügung. Dass mein Flug rund eine Stunde verspätet war, hat es nicht besser gemacht. Anscheinend vereinzelte Unwetter. Sie könnten mich aber auch angeschwindelt haben. Ich bin so froh, dass Sie aufgetaucht sind.«

»Es gab heute einige Tornados in der Gegend, ob Sie's glauben oder nicht. Hat sich aber alles rasch gelegt. Schön, Sie zu sehen.« Ben schaute zur Seite, leicht peinlich berührt. »Wo bleibt die Kellnerin?« Sie nahm seinen Blick wahr und kam sofort herüber. Er fragte Emily, ob sie ein weiteres Glas Champagner wünsche.

Sie lehnte ab und zeigte auf ihr kaum angerührtes Glas. Er bestellte den Brandy. Knabbereien würden warten müssen. Die Vorstandsvorsitzende sollte nicht denken, er hätte an diesem Abend das Restaurant nicht getestet.

»Wie schätzen Sie das Hotel insgesamt ein? Was für ein glücklicher Umstand, dass ausgerechnet Sie momentan hier sind und nicht einer der anderen Inspektoren. Egal was geschieht, wir brauchen einen ausführlichen Bericht. Das alles könnte schnell zu einem juristischen Albtraum werden.«

»Die Lage, die Grünanlagen, die Gebäude und der Wellnessbereich sind allesamt erstklassig«, sagte Ben. »Die Speisen sind tadellos, die Weinkarte ist angemessen umfangreich, aber auch erfreulich bodenständig. Der Service ist jedoch durchwachsen, fürchte ich, und die Geschäftsführung steht auf einem ganz anderen Blatt.«

»Es war ein Barkeeper, ist das richtig?«

»Ja. Vergangenen Abend hat er noch hier gearbeitet.«

»Jetzt wirkt alles ruhig.«

»Michel Bonard tut sein Bestes, um den Deckel draufzuhalten, wie ich schon sagte.«

»Wie zu erwarten. Könnte er in irgendwas verwickelt sein?«

»Schwer zu sagen. Jedenfalls geht in der Bucht eine Menge ungewöhnliches Treiben vor sich. Und es hat den Anschein, als habe Bonard ein paar fragwürdige Freunde. Ich mag seine Art nicht und traue ihm nicht über den Weg.«

»Marc riet mir fernzubleiben«, sagte sie leise und beugte sich zu ihm vor. »War ziemlich unverblümt. Er kann grässlich rechthaberisch sein.«

»Ich denke, ich kenne seinen Kurs«, sagte Ben, doch das Wort Mafia würde er nicht erwähnen.

Irgendwann mussten sowohl Marc Hoffman als auch Emily Muller den Franchisevertrag abgesegnet haben, der das Hotel in die Hideaway-Gruppe aufnahm. Die genaue Prüfung lag in ihrer Verantwortung, nicht in seiner.

»Die Sache ist nur, wenn mir gesagt wird, ich soll was lassen, kann ich nicht anders, als es zu tun. Darum bin ich hier, wie kurz auch immer. Außerdem ist es mein Unternehmen.«

»Ich sorge dafür, dass Sie den richtigen Bericht bekommen. Ich werde versuchen, nichts auszulassen.«

»Das weiß ich doch. Aber passen Sie auf. Ich will nicht, dass Sie sich unseretwegen in Gefahr begeben.«

»Keine Sorge. Ganz und gar meine freie Entscheidung. Wie bei Ihnen auch, Emily, hat es keinen Sinn, mir von irgendwas abzuraten. Im Leben geht es doch darum, Risiken einzugehen und seinen Überzeugungen und Instinkten zu folgen, oder?«

Sie trug einen limettengrünen Rock und die dazu passende Jacke, darunter ein weißes T-Shirt. Ihre Beine waren leicht gebräunt. Ihre Schuhe, eine Art Espadrilles mit Plateausohlen, waren ebenfalls grün. Eine gewisse Menge weißgoldener Schmuck und mindestens ein Smaragd funkelten vor sich hin. Sie sah so lässig wie schick aus und stand in völligem Einklang mit dem hochmodischen Dekor der Bar.

»Sehr richtig«, sagte sie. »Wobei wir wohl heute Abend nicht mehr viel tun können, um die Welt zu retten.«

»Nein. Ich denke, wir sind verpflichtet zu genießen,

was da ist.« Während Ben ihre Augen betrachtete und ausknobelte, welchen Braunton sie hatten, traf sein Brandy ein.

»Sie sehen müde aus«, sagte sie.

Er hätte sie nicht so eindringlich ansehen sollen. Doch es fiel schwer, das nicht zu tun. »Heute war viel los.« Er nahm einen Schluck, ließ sich den außerordentlichen Geschmack auf der Zunge zergehen. »Der wird helfen. Ein sehr guter Tropfen, von hier.«

»Wie geht's Ihrer Tochter?«, fragte Emily daraufhin heiter.

Ben seufzte.

»Oje. Falsches Thema.«

»Nein, falsch ist das Thema nie. Die alltäglichen Probleme mit Heranwachsenden. Ihre Mutter und ich dachten, wir hätten das Schlimmste hinter uns, aber es sieht nicht so aus.« Jetzt lächelte er. »Aber nichts Ernstes.«

»Sie ist jetzt vierzehn, hab ich recht?«

»Sie haben ein gutes Gedächtnis.«

»Ich fühle mit Ihnen. Selber muss ich ein Albtraum gewesen sein in dem Alter und hatte bald sehr großes Interesse am anderen Geschlecht.« Ihre Augen ließen nicht von ihm ab.

»Ihre Interessen scheinen zwischen freizügiger Billigmode und der Rettung des Planeten zu schwanken«, sagte er.

»Schöne Zwickmühle.«

»Wie steht's mit Ihren Jungs?«

»Die grunzen eher, als zu sprechen.« Sie lächelte wieder.

Ihre Augen waren topasfarben, entschied er.

»Sie sind zurzeit bei ihrem Vater«, sagte sie. »Ist schon schräg, weil ich mich immer auf diese Reisen freue; ein paar Tage ohne häusliche Pflichten. Und kaum bin ich weg, vermisse ich sie wahnsinnig. Sie müssen doch öfter auf Reisen sein als ich. Wie werden Sie damit fertig?«

»Ich versuche so gut es geht, den Kontakt zu Natalie zu halten, und sonst lenke ich mich ab. Wenn ich nicht arbeite, lese oder schreibe ich, höre Musik, unterhalte mich mit Gästen. Einfache Freuden. Ich bin genügsam.«

»Nicht zu genügsam, hoffentlich. Dafür bezahlen wir Sie nicht.«

»Was dagegen, wenn ich mir eine Ihrer Oliven nehme?« Er hörte seinen Magen grummeln.

Sie plauderten rund eine Stunde weiter. Er trank noch einen Brandy, Emily einen Kräutertee. Niemand sonst kam in die Bar. Schließlich einigten sie sich auf das Du und darauf, es für heute gut sein zu lassen, weil der kommende Tag für beide Stress versprach. Ben wusste nicht, wie spät es war, da es ihm unhöflich erschien, sein Telefon hervorzuholen.

»Magst du mich zu meinem Zimmer bringen?«, fragte sie, schon im Stehen, nachdem die Rechnung abgezeichnet war. »Ich hätte gern, dass du es dir ansiehst. Es macht was her.«

»Ja«, sagte Ben und hoffte, dass ihn seine Beine nicht im Stich ließen. »Kann ich mir vorstellen.«

21

Er schreckte aus dem Schlaf. Setzte sich auf, tastete umher, lauschte angestrengt. Hören konnte er einzig seine Atemzüge, sein heftig pochendes Herz und das leise Summen der Klimaanlage. Er war eindeutig allein. Dann brauchte er eine Weile, um zu realisieren, dass er in seiner Juniorsuite war, und zu begreifen, dass er nicht geträumt hatte.

Emily Muller hatte ihm ihr Zimmer gezeigt, eine wunderschön eingerichtete Grand Suite, dann hatten sie sich an der Tür kurz und eher ungelenk umarmt. Sie hatte ihn auf die Wange geküsst und seine Hand gedrückt. Er war gegangen in der Annahme, das Richtige zu tun.

Er schaute auf sein Handy. Es war fast halb vier. Um diese Zeit lag er häufig wach. Er langte nach seinem Laptop, ging im Kopf die Formulare durch, die er noch ausfüllen, die Stichproben, die er noch machen musste – all das möglichst sorgfältig und ohne dabei Michel Bonard gegen ihn aufzubringen. So viel hatte er Emily versprochen.

Als er einsah, dass ihm die Matratze nicht die Stütze war, die er gern gehabt hätte, kletterte er mitsamt dem Laptop aus dem Bett, streckte sich und ging hinüber zum Beistelltisch. Der Schlaf würde jetzt einige Zeit auf sich warten lassen, das wusste er. Ehe er die Berichte auch nur überflogen hatte, deren Lücken noch – nun mit frischem Eifer – zu füllen waren, las er seine E-Mails. Er war viel zu müde dafür gewesen, als er schließlich auf sein Zimmer gegangen war.

Eine Antwort von Helen Jones stach heraus und bereitete ihm ein eigenartiges Schuldgefühl.

Ben, Du Mann voll dunkler Geheimnisse, wie reizend, von Dir zu hören. Was zum Teufel hast Du Dir jetzt wieder eingebrockt? Sozusagen undercover? Du warst mal ein verdammt guter Wirtschaftsjournalist, aber immer mit offenem Visier unterwegs, oder nicht? (Außer bei mir, könnte ich anfügen!) In was für verrückten Welten sind wir bloß gelandet. Wobei kann ich Dir helfen? Für wen genau arbeitest Du? Wie läuft das Romanschreiben? Hab hoffentlich keine Veröffentlichung verpasst. Bin z. Zt. in Australien, Bootsmesse in Sydney!

Sie schloss die E-Mail mit drei Küssen: wenigstens einer mehr, als er zu verdienen glaubte. Hatte er Schluss gemacht? Es fiel ihm wieder ein, langsam und etwas schmerzlich. In Gedanken bei seiner Antwort – ebenso beim Umstand, dass sie unschwer herausfinden könnte, für wen er wirklich arbeitete und dass er noch keinen Bestseller veröffentlicht hatte, zumindest nicht unter eigenem Namen – ging er zurück ins Bett, zog das Laken ab und zu seiner Überraschung auch einen dicken Matratzenschoner. Er knetete eine Ecke, der Hersteller sagte ihm nichts. Nirgends ein Hinweis auf das Ursprungsland. Auch Kunstfaser war verarbeitet. Zwei Nächte brauchte man mindestens, um ein Bett zu prüfen. Dieses würde nicht überragend abschneiden, und so ein Schoner war ein dicker Minuspunkt. Ein billiges Mittel, um ein essenzielles Ausstattungsmerkmal instand zu halten, das ohnehin regelmäßig ausgetauscht werden sollte.

Zurück am Laptop tippte er munter drauflos.

Mit dem Roman dauert es länger als erwartet.

Er hätte »Jahre« einfügen können.

Danke, dass du mich daran erinnerst. Aber jetzt bin ich vielleicht endlich auf eine gute Idee gekommen. Er ließ zwei Ausrufezeichen folgen. *Zurück in die Wirklichkeit – ich schreibe eine Sonderreportage für eine Privatfirma.* Das stimmte gewissermaßen. *Was weißt Du über das Geschäft mit gestohlenen Jachten und den Weiterverkauf heißer Boote insbesondere im Mittelmeerraum? Irgendeine Ahnung, wer da die Strippen ziehen könnte? Hast Du je von einem Niederländer namens Wim Jansen gehört?* Wüsste er doch nur den Nachnamen des Russen. *Und lässt sich auf irgendeine einfache Weise feststellen, ob eine Jacht gestohlen ist? Gibt es eine Liste, eine Website? Freue mich über jeden Hinweis. Danke, Helen. Hab viel Spaß in Sydney.*

Ben war seit Jahren nicht mehr da gewesen. Hideaway musste ihn erst noch hinschicken.

Er fügte seinem Namen einen Kuss hinzu. Einer reichte. Er mochte ja dringend Hilfe erbeten haben, doch weiter wollte er auf nichts hindeuten. Es war verkehrt, anderen ohne Not etwas vorzumachen. Abgesehen davon hatte sich sein Schwerpunkt auf dem Gebiet mit einem Mal, ganz überraschend, woandershin verlagert.

Doug Sager hatte nicht geantwortet. Ben hatte auch keine Meldung bekommen, dass seine E-Mail nicht zugestellt werden konnte. Er nahm an, hoffte, dass der Kanadier noch lebte. Auf Facebook war er unauffindbar. In diesem Augenblick fühlte Ben sich irrsinnig lebendig. Er fragte sich, ob er diese Nacht überhaupt noch einmal einschlafen würde.

Er ging hinaus auf den Balkon, sog die Nachtluft ein. Hinausgelehnt konnte er Juliet de Vries' Balkon sehen. Er lag im Dunkeln wie alle Balkone und Fenster, die in Sichtweite waren. Der Hoteltrakt, in dem Emilys Zimmer lag, ließ sich von dort, wo er stand, nicht einsehen. Alle schliefen, außer wahrscheinlich dem Nachtschichtleiter und einer Notbesatzung in der Küche für Bestellungen rund um die Uhr, wovon er eine in Kürze selber aufgeben würde. Schließlich arbeitete er.

Er suchte die Speisekarte und erinnerte sich, tags zuvor nur ein paar Oliven, ein Steak und etwas Grünzeug gegessen zu haben – das Frühstück nicht eingerechnet. Pasta um vier Uhr früh sagte ihm nicht zu, auch wenn sie mit weißer Trüffelsoße gereicht wurde. Für Trüffel war es die falsche Jahreszeit. Wildschwein stand nicht auf der Karte, fiel ihm auf. Dafür aber Gambas aus Sóller und Apfelsinensalat.

Am Empfang wurde nahezu sofort abgehoben, eine Männerstimme, viel zu kurz angebunden. Er wusste, aus welchem Zimmer der Anruf kam. Es könnte

Jordi Garcia sein. Small Talk am frühen Morgen lag ihm nicht, Ben wurde ohne Umschweife in die Küche durchgestellt.

Eine Frau war in der Leitung, höflicher, klang aber fast ohnmächtig vor Erschöpfung. Wenn Ben sich nicht täuschte, war es die Köchin, mit der er sich am Nachmittag zuvor kurz unterhalten hatte. Die Frau mit dem freundlichen Gesicht. Noch eine deutsche Angestellte. Nach seiner Erfahrung gaben Deutsche die bei Weitem besten Hotelangestellten ab. Engländer die schlechtesten – entweder waren sie übertrieben pingelig oder bemerkenswert liederlich –, dicht gefolgt von Franzosen, die einem gern zu verstehen gaben, wie überlegen sie waren. Amerikaner waren zu sehr damit beschäftigt, allen einen *nice day* zu wünschen, ohne sich etwas daraus zu machen, ob die Gäste wirklich einen schönen Tag hatten.

»Sie sind hoffentlich nicht immer noch im Dienst«, sagte Ben, nachdem er seine Gambas bestellt hatte und dazu noch Schokoeis mit *harina de sal* und einen Kaffee Cortado. Er hatte einen unüblichen Heißhunger auf Süßes. Sein müder Körper brauchte Zucker.

»Wir machen die Sommersaison lang Überstunden«, sagte sie.

Hatte ihm nicht schon ein anderes Belegschaftsmitglied dasselbe gesagt? »Na ja, ich schätze, so spät nachts haben Sie nie sehr viel zu tun.«

»Gewöhnlich nicht. Aber heute Nacht sind alle hungrig. Ich bin allein in der Küche.«

War Emily wie er halb verhungert aufgewacht? Würde Juliet endlich mal was essen? War Wim zurückgekehrt und verlangte nach Steak und Fritten? Es klang, als wäre die Küche auf einmal der Schlüssel zu allem.

»Darf ich runterkommen und helfen?«, fragte er. »Ich koche liebend gern, besonders für andere. Nicht dass ich dazu viel Gelegenheit hätte. Ich bin dauernd auf Reisen.«

»Das ist nicht gestattet«, sagte sie streng. »Die Küche …«

»Es ist zu gefährlich mit all den heißen Pfannen und scharfen Messern. Ja, haben Sie mir schon gesagt.«

»Ihr Essen wird in Kürze bei Ihnen sein.«

»Danke.«

»Ich weiß, wer Sie sind«, hängte sie rasch an und senkte die Stimme. »Sie sind der Mann, der allen Fragen stellt. Bitte sprechen Sie mit dem Hoteldirektor. Er kennt die Antworten auf alles. Ich wünsche Ihnen eine gute Nacht.«

Es klickte, als ob ein altmodischer Hörer in eine Bakelitgabel gehängt wurde. Tatsächlich fühlte es sich an, als sei ihm ein Hinweis gegeben worden, wie in einem klassischen Detektivroman. *Er kennt die Antworten auf alles*. Ben stand auf und sah auf seinem linken Handgelenk nach der Zeit. Ihm wurde schwer ums Herz, als er erneut das Fehlen der Armbanduhr bemerkte. Nach so vielen Jahrzehnten zweifelte er daran, die Gewohnheit wieder aufgeben zu können. Musste er auch nicht. Er würde seine Uhr wiederfinden, wenn es hell war. Sie war unersetzlich. Abgesehen davon machte es keine Freude, auf einem Bildschirm nach der Zeit zu sehen. Dieser Generation gehört er nicht an – und war stolz darauf.

Er streifte seine Hose über, ein Hemd und seine Schuhe, griff nach der Schlüsselkarte und verließ sein Zimmer. Es würde mindestens zehn Minuten dauern, bis der Zimmerservice erschien, selbst wenn sich sein Essen schnell zubereiten ließ. Trotzdem fühlte er sich schlecht, der Köchin noch mehr Arbeit aufgebürdet zu haben.

Der Flur war still und schwach beleuchtet. Das Hauslicht musste eine Nachtschaltung haben. Er hatte aus der letzten Nacht keine Erinnerung daran, nahm es aber als angenehm wahr. Ohnehin gab es keine Überwachungskameras.

Rasch verließ er das Gebäude, umrundete die Terrasse und folgte einem schmalen Pfad durch die vordere Gartenanlage. Die Bucht lag in völliger Dunkelheit, ein schwarzes Nichts, das Diebesgut und bekümmerte Seelen aufsog. Er hatte keinen Schimmer, ob die letzte Jacht noch vor Anker lag oder wann Wim Jansen zurückkehren könnte, um einen anderen Deal abzuschließen und seine Beziehung zu kitten. Der Mann sollte sich lieber beeilen, dachte Ben, sonst könnte ihm noch ein anderer das Revier streitig machen.

Als er die Vorderseite des Hauptgebäudes emporblickte, kam ihm nicht *Romeo und Julia* in den Sinn, sondern *Othello*: eine Welt zerfressen von Rivalität und Eifersucht. Das Licht in Emilys Zimmer war eindeutig aus. Der Zimmerservice war also nicht in ihre Richtung unterwegs.

Während er etwas langsamer um das restliche Gebäude ging, glaubte er erneut, fernes Trommeln zu hören. Vielleicht das Stampfen eines House-Beats. Doch so modisch Mallorca und insbesondere Deià sein mochten, das hier war nicht Ibiza. Er war sich keinerlei Clubs in der Nähe bewusst. Es mussten die Hippies sein, die die Nacht durchmachten, um ein Lagerfeuer versammelt, und einen Haufen Spaß hatten. Fast war er ein bisschen neidisch.

Es brannte Licht im ebenerdigen Bürotrakt, wo der Hoteldirektor residierte. Es konnte kein Dienstflur sein, denn der befand sich gegenüber auf der Innenhofseite des Gebäudes. Als Ben näher schlich, wurde ihm klar, dass es sich tatsächlich um Bonards Büro handelte. Die Jalousien waren herabgelassen, doch nicht gänzlich blickdicht geschlossen. Ben war nur einen Meter entfernt und sah durch die Ritzen, dass Bonard an seinem Schreibtisch vor dem Computer saß. Jedenfalls war der Computer eingeschaltet. Da er mit dem Rücken zum Fenster saß, war sich Ben nicht sicher, was genau Bonard gerade tat. Er schien ein Tuch in der Hand zu haben und etwas abzuwischen. Die Tastatur?

Jenseits des Schreibtischs konnte Ben die Ecke des Waffenschranks ausmachen. Nein, nicht die Ecke, sondern dessen Tür. Der Schrank stand offen. Doch aus seiner Perspektive schirmte die Tür das Innere ab. War Bonard auf der Jagd gewesen und reinigte nun seine Ausrüstung? Das war fraglich. Er trug noch immer einen Anzug.

Sonst schien niemand im Zimmer zu sein. Ben wurde klar, dass er keine Ahnung hatte, wo Bonard wohnte. Ob in eigenen Räumlichkeiten im Hotel oder in einer Villa irgendwo in der Nähe. Hatte er eine Familie, neben den Angehörigen seines Betriebs? Hoteldirektoren waren häufig alleinstehend und gaben den Arbeitszeiten und den vielen Umzügen die Schuld daran. Im Übrigen gab es immer reichlich kurzfristige Ablenkung. Womöglich galt das für alle, die im Gastgewerbe arbeiteten. Emily hatte ihm erzählt, dass sie ihren Mann verlassen hatte, weil der ihre Berufstätigkeit ablehnte.

Da der Zimmerservice nun jederzeit eintreffen würde und er die erschöpfte, überarbeitete Köchin nicht enttäuschen wollte, machte Ben kehrt und ging durch den verwaisten Garten zu seinem Zimmer zurück. Nicht auszudenken, wie frustriert die Köchin wäre, wenn die vollen Teller wieder in der Küche länden.

Er war noch rund zwanzig Meter vom Eingang zu seinem Flügel entfernt, als ein Mann aus dem Gebäude trat. Ben duckte sich hinter einen großen Terrakottatopf mit blühendem Rittersporn. Der Mann sah nicht in seine Richtung, sondern steuerte schnurstracks die Rückseite des Hotels an.

Ben eilte ihm nach, duckte sich hinter weitere Töpfe und Pfeiler und einmal hinter einen Tisch. Er gelangte rechtzeitig hinter das Gebäude, um ihn in einen großen dunklen Mercedes steigen zu sehen, der an derselben Stelle wie zuvor der Hummer geparkt war. Ben nahm Notiz von seinem mallorquinischen Nummernschild, als der Mann zurücksetzte. Nichts wies darauf hin, ob es ein Mietwagen war oder nicht.

Als sein Blick zum Innenhof und Bürotrakt zurückwanderte, sah Ben den Hoteldirektor in der Tür stehen. Bonard winkte nicht. Er hielt ein Gewehr. Vielleicht ahnend, dass er beobachtet wurde, duckte Bonard sich rasch ins Innere weg und schloss die Tür.

Ben kehrte zu seinem Flügel zurück, stieg die Stufen zu seinem Flur hoch und stellte an seiner Tür fest, dass der Zimmerservice schneller gewesen war.

»Hi«, sagte Ben und erschreckte den Kellner – einen schrumpligen alten Mann, den Ben noch nicht gesehen hatte. »Ich glaube, das ist für mich.« Der Mann schien Schwierigkeiten zu haben, Bens Zimmernummer ausfindig zu machen, und war zu früh stehen geblieben. »Noch ein paar Türen weiter.«

Ben überholte ihn, ging voraus und steckte seine Schlüsselkarte in die Tür, um zu zeigen, dass es sein Zimmer war. Der Kellner folgte ihm schwer atmend hinein.

»Sie hatten viel zu tun heute Nacht, wie ich höre.«

»Ja, Sir.« Der Mann stellte das Tablett auf den Beistelltisch und lupfte die Hauben mit einer gewissen Gekonntheit, wenn auch keiner ruhigen Hand. »Benötigen Sie sonst noch irgendetwas, Sir?«, fügte er mit kräftigem einheimischen Zungenschlag hinzu. Er musste ein Veteran sein. Ein ganzes Arbeitsleben in der Hotelbranche.

Ben gab ihm einen Zehneuroschein. »Ist wohl nicht leicht, wenn man so unterbesetzt ist.«

»Nein, Sir. Danke, Sir.«

»Mindestens einer zu wenig, nicht wahr?«

Der Mann schüttelte den Kopf, schaute verdutzt drein und sagte dann mit einem zornigen Blitzen in den Augen: »Wir arbeiten hart, um unsere Jobs zu behalten. Es ist nicht richtig, wenn andere, die nicht von hier sind, sie uns wegnehmen wollen. Es ist gut, dass sie verschwinden.«

Seine Aussprache und Gefühle waren deutlich genug, wenn auch nicht sonderlich angenehm. Ben wollte seine zehn Euro zurückverlangen. Doch da war der Mann schon verschwunden, weit schneller, als er gekommen war. Ben ging durchs Zimmer auf den Balkon. Hinausgelehnt konnte er sehen, dass nun Licht in Juliets Zimmer brannte. Neben seinen waren es die einzigen erleuchteten Fenster. Da trat sie heraus auf ihren Balkon, und er duckte sich zurück in sein Zimmer.

Keine Spur von Wim Jansen.

Essen würde Ben beim Denken helfen. Erfreut stellte er fest, dass die Köchin trotz ihrer entsetzlichen Überstunden einen wahrlich erlesenen Salat aus Garnelen angerichtet und sogar *pan con tomate* und noch zwei Waffeln für seine Eiscreme beigelegt hatte. Die Schale Eiscreme war umsichtig in eine weitere, mit Eiswürfeln gefüllte Schüssel gedrückt worden. Der alte Knabe musste hergerannt sein, so wenig war geschmolzen.

Ebenfalls auf dem Tablett lag ein Umschlag mit dem aufgeprägten Logo des Hotels. Der Kellner hatte ihn nichts unterschreiben lassen, fiel Ben ein. Ziemlich vergesslich für so einen alten Hasen. Während er die außerordentlich süßen und zarten Garnelen genoss, zog er die Rechnung heraus und fragte sich, ob die Sonderleistungen aufgeführt worden waren. Es ließ sich nicht sagen, denn der Umschlag enthielt keine Rechnung. Es war eine Nachricht, von schwungvoller Hand mit Füllfederhalter geschrieben. Bestimmt das übliche Gesäusel von der Direktion höchstselbst. Aber nein, die Nachricht war kurz und ohne das übliches Gesäusel.

Es wurde sich um alles gekümmert. Auto gebucht. B

Wo war das *Wir hoffen, Sie bald wieder begrüßen zu dürfen, Mr Slavitt*? Oder das *Vielen Dank, dass Sie Ihre kostbare Zeit im …* Mit den Jahren hatte er die zehennägelkräuselndsten, stiefelleckerischsten Abschiedsphrasen von Hoteldirektoren zu Gesicht bekommen – eine Floskel nach der anderen. Er musste sich fragen, welche Lesegewohnheiten und Ausbildung sie eigentlich hatten. Wahrscheinlich waren sie nie Hans' Anweisungen ausgesetzt gewesen. Der hätte ihnen den Mist ausgetrieben.

Heutzutage hatten Hoteldirektoren eher Betriebswirtschaft studiert oder waren von der mittleren Führungsebene in einer anderen Branche herübergewechselt. Selten arbeiteten sie sich noch hoch. Jeder konnte mit einem Montblanc einen Vordruck unterzeichnen. Aber eine Nachricht schreiben, die wenigstens einen Hauch persönlich und aufrichtig war?

Seufzend sah er sich noch einmal den Umschlag an. Er war nicht an ihn adressiert. Er war an niemanden adressiert. Auch das war eigenartig. Maria Moya hatte angeboten, den Transfer zum Flughafen zu regeln, Ben hatte aber weder bestätigt, dass er dies wünsche, noch eine bestimmte Zeit angegeben. Sie hatte keine Ahnung, wann sein Flug ging, außer sie und das Hotel waren noch besser informiert, als Ben es sich vorstellen konnte. *Auto gebucht?* Dann hoffte B also, ihn loszuwerden. Wann? Stand er im Begriff, aus seiner Juniorsuite eskortiert zu werden?

Die Nachricht war gar nicht für ihn, entschied er, und wandte sich wieder seinen Garnelen zu. *Es wurde sich um alles gekümmert.* Wirklich?

Er schritt durch den Raum, öffnete die Tür zum Flur und spähte abermals in die matt beleuchtete Leere. Die Nachricht war für Juliet de Vries. Sie war auf dem Balkon und wartete auf sie oder sonst ein Zeichen in der Art. Der Kellner, im Flur erschreckt und dann von Bens Fragerei verunsichert, hatte vergessen, die Nachricht – Bonards Nachricht – de Vries zu überbringen.

Das bedeutete wahrscheinlich, dass der alte Knabe so etwas wie Bonards rechte Hand war. Der Direktor sollte seine Belegschaft besser kennen. Vor allem, wer sich leicht aus der Fassung bringen ließ. Vielleicht waren ja so wenige Angestellte übrig, dass er nur noch auf eine begrenzte Auswahl zurückgreifen konnte. Bens Gedanken wanderten zu seinem Bericht und der Notwendigkeit, alles genau niederzulegen für den Fall, dass rechtliche Schritte eingeleitet werden.

Man sollte gar nicht alle Formulare schon vor Ende des Aufenthalts vollständig ausfüllen – der ganze Vorgang des Auscheckens verlangte eine sorgfältige Prüfung. Trotzdem beschloss er, am Morgen auf alle Fälle an Hideaway zu mailen, was er bislang bewerkstelligt hatte. Vielleicht würde er auch noch den jüngsten Entwurf seines Romans an Natalie schicken. Es wäre zur Dateisicherung, sagte er sich. Sollte seiner Ausrüstung etwas zustoßen – oder ihm.

Er schloss die Tür und ging sicher, dass sie verriegelt war. Er würde Bonards Nachricht nicht an Juliet de Vries weitergeben. Aber er würde sie auch nicht ignorieren. Worum hatte Bonard sich gekümmert?

Die Garnelen aus Sóller waren noch immer verlockend, wie auch das gesalzene Schokoeis – er sollte es genießen, ehe es schmolz. Das schuldete er der Köchin, die sich ihre Clogs die ganze Nacht lang platt lief für Gäste, die zu umständlich oder verwöhnt waren, um zu üblichen Zeiten zu speisen. Vermutlich wäre Hans richtig stolz auf ihn. Schließlich war er Brite, und Briten konnten in der Tat verdammt schwierig sein.

Ihm war schleierhaft, weshalb er Emily Muller gesagt hatte, er sei genügsam.

22

Es ging auf neun Uhr zu, und Ben war verblüfft, wie viel auf der Terrasse los war. Aber auch darüber, wie alt die meisten Gäste waren. Sie eilten emsig zum Frühstücksbüfett, nur um wenige Minuten später erneut darüber herzufallen. Es gab etwas Zank um eine Platte mit Chorizo. War eine Rentnergruppe eingetroffen? Gesprächsfetzen verrieten, dass es wohl Norweger waren.

Schließlich entdeckte er einen Tisch für zwei, aber keine Spur von Emily Muller. Von einem gemeinsamen Frühstück war nie die Rede gewesen, und irgendwie schwante ihm, dass sie sich nichts aus Büfetts machte.

Er ging hinüber und besetzte den Tisch mit seinem Laptop, Notizblock und dem Roman *Blaue Nacht* von Simone Buchholz, der mit seinem dunklen, nur von dem Titel in Neonlicht aufgehellten Umschlag etwas fehl am Platz wirkte. Da er keinen Kellner sah, bei dem er einen Kaffee bestellen konnte, suchte er den Innenraum auf, um das dort Dargebotene in Augenschein zu nehmen. Und das Gedränge um die mit einer außerordentlichen Auswahl an Aufschnitt, Käse, Obst, Brot, Kuchen, Marmelade und Fruchtsäften beladenen Tische. Es roch nach Parfüm, teuren Hautcremes und, zu seinem Unbehagen, altersschwachem Zahnfleisch. Der Duft nach frisch gebackenen Croissants und Filterkaffee kämpfte um die Lufthoheit.

Er konnte kaum glauben, wie viele Leute auf den Beinen waren und ihre Teller mit Essensbergen beluden, war doch der Zimmerservice letzte Nacht anscheinend so beliebt gewesen. Warum schlief niemand aus? Weil alte Leute immer früh aufstanden. Schlaf war die Domäne der Jungen und der Sorglosen.

Es gab weder eine Spur von Juliet de Vries oder Wim Jansen noch von einem Kellner. Er brauchte furchtbar dringend einen Kaffee. Und außerdem ein richtiges Frühstück. Seine nächtlichen Garnelen und die Eiscreme schienen ihn heute Morgen sogar noch hungriger gemacht zu haben. Vielleicht erklärte das den gegenwärtigen Ansturm. Je mehr man aß, gleich zu welcher Stunde, umso mehr brauchte man ein Völlegefühl. Je älter man überdies wurde, umso größere Bedeutung erlangte das Essen. Vielleicht der einzige Genuss, der einem blieb. Vorausgesetzt, die Zähne waren noch nicht alle ausgefallen.

Ben schüttelte den Kopf – alles in seinem Mund schien noch hinreichend gefestigt zu sein. Erkennbar weniger gefestigt waren zwei Gestalten am nächsten Büfetttisch, die ihre Teller beluden.

»Morgen«, sagte Ben gut gelaunt. »Wie geht es Ihnen beiden?«

»Maggie ist etwas mitgenommen«, sagte Ian schmunzelnd. »Hat einen Brummschädel.« Wie zur Betonung tippte er sich an den eigenen Kopf. »Hat den Gratisdrinks zugesprochen wie eine gute Schottin, die sie ist, es zu tun pflegt.«

»Im Gegensatz zu dir, du karierter Mistkerl«, sagte Maggie und knuffte Ian mit dem Ellbogen in die Flanke, mit mehr Bestimmtheit, als Ben von so einer eleganten Lady erwartet hätte.

»He, pass auf mein Essen auf.« Schützend hob Ian seinen Teller wie einen Säugling an die Brust.

Ben konnte sich nicht erklären, weshalb der Berg Essen nicht auf den Boden fiel. Ian hatte einem dicken Tortillastück allerlei Scheiben Käse und Schinken hinzugefügt. Zwei hart gekochte Eier schaukelten gemeinsam mit einer einzelnen Feige gefährlich dicht am Rand.

»Ich sag nur, verdirb dir nicht den Magen«, hängte Maggie an.

»Hat irgendwer von der Geschäftsführung noch etwas zu Ihnen über die Leiche gesagt?«, fragte Ben mit leiser Stimme, bevor Maggie und Ian in einen lautstarken Streit ausbrechen konnten, der sich anzubahnen schien. »Ich hab Sie gestern den ganzen Nachmittag lang nicht gesehen.« Das war an Ian gerichtet.

»Ich habe strenge Anweisung, den Rest unseres Urlaubs zu genießen«, sagte Ian. Als Maggie ihre Aufmerksamkeit wieder dem Büfetttisch zuwandte, beugte sich Ian näher heran. »Keiner hat offiziell ein Sterbenswörtchen gesagt, mein Freund. Außer über diese Sache mit dem abgekratzten Gast. Ich habe drüber nachgedacht. Wenn dieser Barkeeper nun beschlossen hat, auf Raubzug zu gehen? Ist ein Kinderspiel, Kram aus einem Hotelzimmer mitgehen zu lassen, wenn einer den Generalschlüssel hat und weiß, wie sich Überwachungsvideos löschen lassen.«

»Darüber muss sich hier keiner Sorgen machen«, murmelte Ben.

»Aber wenn er von, sagen wir, einer alten Schachtel

überrascht wird«, fuhr Ian fort, »die ihn dabei erwischt. Da bleibt ihm keine Wahl, als sie zu erwürgen. Bald darauf kriegt er ein schlechtes Gewissen, also trabt er runter ans Meer und murkst sich ab. Einsamkeit und Heimweh reichen ihm eh schon.«

»Haben Sie je darüber nachgedacht, Romane zu schreiben?«, fragte Ben. »Es ist bloß so, dass niemand so was unter Verschluss halten könnte. Was hier vor sich geht, ist eine Art Vertuschung. Anscheinend könnte das Hotel in andere Hände übergehen. Da geht's um viel Geld und die Reputation. Außerdem habe ich Grund zu der Annahme, dass ein paar ziemlich große Verbrecherbanden ihr Unwesen in der Gegend treiben.«

»Wow – machen Sie Witze? Das wird ja richtig aufregend.« Ein hart gekochtes Ei fiel nun doch von seinem Teller. Ian schien es jedoch nicht bemerkt zu haben.

Maggie schon. »Ian, was hab ich gerade gesagt?« Wieder knuffte sie ihm in die Rippen, diesmal stärker. »Pass auf dein Essen auf. Heb das Ei auf, ehe noch jemand drauftritt.«

»Sorry«, sagte Ben. »Meine Schuld. Ich hätte Sie nicht ablenken dürfen.«

»Unsinn«, sagte Ian. »Mit solchen Neuigkeiten. Wollen Sie uns nicht auf einen Spaziergang begleiten heute Morgen?« Er ignorierte das Ei auf dem Fußboden. »Wir hatten an den Küstenpfad nach Deià gedacht.«

»Danke der Nachfrage, aber nein«, sagte er. »Ich muss noch einiges schreiben und nachher pünktlich am Flughafen sein.«

»Also doch keine Mörderjagd?«, fragte Ian.

»Nur in der Literatur.«

»Das glaube ich Ihnen nicht.« Ian schlurfte davon und schirmte dabei sorgsam seinen Teller ab.

Maggie sah Ben an und rollte mit den Augen. »Ich weiß nicht, wie er auf diese Idee kommt. Er sollte ein verflixtes Buch schreiben bei seiner blühenden Phantasie. Nicht dass er sich auf irgendwas länger als fünf Minuten konzentrieren könnte. Jedenfalls hoffe ich, dass es mit Ihrer Arbeit vorangeht.«

»Ich wünsche Ihnen einen schönen Spaziergang«, erwiderte Ben und sah ihr nach, als sie ihrem Mann folgte. Er fand nicht, dass Ian eine blühende Phantasie, sondern vielmehr ein gutes Auge hatte. Später würde er versuchen, ihn allein abzufangen. Er hatte das Gefühl, dass Maggie so etwas wie Urlaub vom Urlaub brauchte. Vielleicht ohne Ian.

Er legte ein paar Minicroissants auf seinen Teller, klatschte einen Klecks hausgemachte Marmelade dazu und ging wieder hinaus an seinen Tisch. Zum Glück waren Maggie und Ian etwa so weit entfernt wie nur möglich. Er wünschte ihnen einen guten Appetit. Es gab Zeiten, schätzte Ben, da er mehr als froh war, Single zu sein.

Der Tisch stand größtenteils im Schatten, doch als er sich die Budapester von den Füßen streifte und die Beine ausstreckte, konnte er seine Zehen in die Sonne tauchen. Ein herrliches Gefühl. Jetzt fehlte nur noch ein Kaffee Cortado. Und Emily Muller. Er klappte seinen Laptop auf und fegte ungewollt den Roman vom Tisch. Er hatte noch nicht mal richtig angefangen zu lesen.

Paul eilte herbei.

»Mein Fehler«, sagte Ben, der sich danach bückte.

»Aber wo Sie schon hier sind, kann ich bitte einen Kaffee Cortado bestellen?«

»Machen Sie zwei draus«, sagte Emily Muller zu Paul, während sie sich auf den Stuhl gegenüber setzte.

»Ich habe eben noch an dich gedacht«, sagte Ben. »Und da bist du nun an diesem hinreißenden Morgen. Wie reizend.«

»Was liest du?«

»Ach, zufällig eine deutsche Autorin. Habe ich mir am Flughafen geholt. Simone Buchholz, kommt aus Hamburg. Ein Krimi. Macht Spaß.«

Emily trug eine kurzärmelige Bluse, eine enge Hose mit abgeschnittenen Beinen, beides cremefarben, und Turnschuhe. Sie sah ausgeschlafen aus. Sie holte ihr Telefon aus ihrer Handtasche und stellte sie neben ihren Füßen ab. »Muss ich mir notieren. Ich bin immer auf der Suche nach guter Lektüre.« Sie setzte die Sonnenbrille ab und fotografierte das Buchcover. Dann machte sie ein Bild von Ben. »Sorry«, sagte sie, »ich konnte nicht widerstehen. Ist für unser Mitarbeiterbrett.«

Der Kaffee kam bemerkenswert schnell. Ben vermutete, dass die Angestellten von der Anwesenheit der Hideaway-Chefin unterrichtet worden waren. Er wusste nicht, wie viele Leute jetzt auch darüber im Bilde waren, dass ein Prüfer im Haus war.

»Ich hatte eben ein kurzes Treffen mit Michel Bonard«, sagte Emily und lehnte sich zurück. »Was für eine schleimige Kröte. Ich konnte nicht eine klare Antwort aus dem rausholen. Der hat von nichts anderem geredet als davon, wie schwer gutes Personal zu bekommen ist und wie sehr er von einigen höchst anspruchsvollen

Gästen auf Trab gehalten wurde. Ach, und von dir hält er nicht viel. Sieht nicht ein, weshalb Hideaway seinen Mitgliedern hinterherschnüffeln sollte.«

»So kann man es auch sehen.« Ben trank einen Schluck Kaffee. Er war perfekt. »Er hätte nicht erfahren dürfen, dass ich als Inspektor hier bin. Er hätte seinen Gästen nicht hinterherschnüffeln dürfen.«

»Wir müssen an der Anonymität von euch Prüfern arbeiten. Das wird immer schwerer.«

»Marc Hoffman sagt dasselbe.«

»Er hat recht. Michel Bonard bedauert, dass das Amagat zur Gruppe gehört. Er war sogar frech genug vorzuschlagen, wir sollten uns einen anderen Namen für unser Unternehmen überlegen, weil es dem Namen Hideaway nicht gerecht werde. Worauf ich deutlich machte, dass unsere Grundsätze und Maßnahmen zur Qualitätssicherung von vornherein sehr klar kommuniziert wurden.«

»Wie ist das Amagat Mitglied geworden?«

»Wir wollten unbedingt in diesem Teil der Welt vertreten sein. Marc Hoffman war neu im Unternehmen. Ich wage zu sagen, dass wir unsere Hausaufgaben nicht gründlich genug gemacht haben. Jetzt spielen wir Fangen in alle möglichen Richtungen zugleich. Aber im Grunde ist es meine Schuld.« Ihre Züge erschlafften etwas.

»Wir wissen noch nicht alles«, sagte Ben. »Bonard hat recht, dass es hier ein paar höchst anspruchsvolle Gäste gibt.«

»Damit ist zu rechnen.«

»Organisiertes Verbrechen, möchte ich meinen.«

»Daher Marc Hoffmans Warnung?«

Ben nickte. »Aber die Verbindungen zu Bonard und seiner Truppe sind noch unklar. Ich tue, was ich kann, um dem auf den Grund zu gehen – bevor noch jemand zu Schaden kommt.«

Sie betrachtete ihn sichtlich mit Sorge.

»Keine Angst«, fügte er rasch hinzu, »ich kann wirklich auf mich aufpassen.«

Sie lächelte, nickte. »Das Hotel ist außerdem deutlich mit seinen Mitgliedszahlungen und Zusatzbeiträgen im Rückstand.«

»Marc Hoffman hatte seine Zweifel an noch ein paar anderen Gepflogenheiten im Accouting und meinte – es tut mir leid, das sagen zu müssen –, dass Sachen verschwinden.«

»Eigentum von Gästen?«

»Ich glaube wohl.«

»Davon hat er mir nichts gesagt.«

»Wahrscheinlich wollte er sichergehen, ehe er dich und den Vorstand unterrichtet.«

»Du vertraust Marc, oder?«

»Mit seiner Abteilung habe ich gewöhnlich nicht viel zu tun. Meine Kommunikation mit ihm lief bisher reibungslos.«

Emily trank ihren Kaffee in einem Zug und ließ den Blick kurz über die Terrasse schweifen.

»Magst du gar nichts essen?« Ben war froh, vor keinem riesigen Frühstücksteller zu sitzen.

»Nein, ich hatte was auf dem Zimmer. Aber nur zu.« Dann sah sie auf ihre Armbanduhr.

Wenn er sich nicht irrte, war es eine Jaeger-LeCoultre

Reverso aus Weißgold und mit passendem Armband. Sie war wunderschön. Interessanterweise hatte sie die Uhr am Abend nicht getragen.

»Würde ich glatt tun, wenn du erlaubst«, sagte er. Sie trug auch mehr Ringe. Am Ringfinger einen, der ein aufwendiger Verlobungsring sein könnte.

»Natürlich. Aber du wirst allein essen müssen. Mich holt in zehn Minuten ein Wagen ab.« Noch etwas schien sie abzulenken. »Schau her«, sagte sie, »ich weiß, du hast schon genug zu tun.«

Ben hatte sich zurückgelehnt und erfreute sich der Aussicht. Gleich nach dem Frühstück würde er sich auf die Suche nach seiner Armbanduhr machen. »Mehr oder weniger«, sagte er. Sollte ihm ein Hotelgast zuvorkommen, würde der sie gewiss am Empfang abgeben. So ein Hotel war es doch – oder nicht? Dann machte er sich plötzlich Sorgen wegen der Hippies.

»Sollte dir Marc etwas sagen oder mailen, das dir seltsam vorkommt, egal was, lass es mich bitte wissen. Sicher wird nichts dran sein, und verstehe mich bitte nicht falsch, aber er sitzt an jeder Menge Informationsquellen. Wie du weißt, ist Wissen Macht im Luxussegment. Wir haben mit allerlei schrägen Vögeln zu tun, und mit so manchen schwerreichen und berühmten Gästen. Ich muss ständig unsere Integrität im Blick haben.«

»Ja, versteht sich.«

»Schön, jetzt lass ich's aber gut sein.« Sie erhob sich. »Ich bin froh, dass du da bist, im Namen von Hideaway. Eine Sorge weniger für mich. Ich werde den Morgen über in der Nähe bleiben, sollte also etwas Dringendes sein … nicht dass ich in nächster Zeit groß was von diesem verflixten Hoteldirektor erwarte. Wir werden Maßnahmen ergreifen, denke ich. Du kannst mich immer per E-Mail erreichen. Lass uns ansonsten bald wieder persönlich treffen.«

Er stand auch auf, aber diesmal deutete nichts auf einen Abschiedskuss hin. Sie ging mit dem entschlossenen Schwung einer Entscheidungsträgerin davon. Juliet de Vries könnte noch das eine oder andere von Emily Muller lernen, so viel stand fest. Als er sich wieder auf seinen Stuhl niederließ, erschien Paul ein weiteres Mal.

»Ein warmes Frühstück? Eier?«, fragte der Kellner.

Ben sorgte sich um die berufliche Zukunft des Burschen. »Ja bitte. Ich hätte gern zwei Eier. Pochiert.« Ein perfekt pochiertes Ei war die reinste Wonne.

»Da ist noch was anderes«, sagte Paul eilig. »Ein Russe kommt oft zum Hotel. Er ist ein Freund von Mr Bonard. Sie gehen zusammen jagen.«

Vielleicht konnte er Paul helfen, anderswo eine Stellung zu finden. Mal sehen, was seine Kollegen bei Hideaway tun konnten. Ben hoffte, dass es auch der Köchin gut erging. Und Maria Moya. Vielen aus der Belegschaft, wenngleich keinesfalls allen.

23

Nach dem Frühstück entschied Ben, auf den Hierbas am Pool zu verzichten.

Das Wasser war glatt und leer wie ein Mühlenteich. Es sah auch ungefähr so einladend aus. Die spiegelnde Oberfläche schien unbekannte Gefahren zu bergen. Wer hineintauchte, verfing sich bestimmt in Schlingpflanzen und wurde in die Tiefe gezogen. Keine Juliet de Vries schwamm träge ihre Bahnen, als hätte sie alle Zeit der Welt, ihr bösartiger Blick hinter einer Sonnenbrille verborgen. Es führten sich auch keine Alten auf, als bliebe ihnen alle Zeit der Welt. Die meisten langten immer noch am Büfett zu. Ein paar mussten vielleicht erst noch aufstehen.

Auf dem Rückweg zu seinem Zimmer war der Flur totenstill. Die dicken Bauernhaustüren leisteten ganze Arbeit, etwaiges Leben hinter ihnen zu verbergen. Ganz gewiss trat niemand um sich oder schrie herum. Er wollte auf seine Armbanduhr schauen, um für sich bestätigt zu wissen, wie gierig oder faul hier tatsächlich alle waren, doch beim Anblick seines blanken Handgelenks wurde ihm nur wieder ganz flau im Magen.

Die Eier waren vorbildlich pochiert gewesen und zusammen mit ein paar weichen Scheiben Sobrassada und selbst gebackenem Brot serviert worden, einem Glas frisch gepresstem Saft aus eigenen Orangen und zum Schluss drei Kaffee Cortado, beinahe ein perfektes Frühstück. Ben freute sich auch, seine Chefin getroffen zu haben. Doch das alles brachte ihm seine verlorene Uhr nicht zurück.

Beim Betreten seines Zimmers kam ihm ein eiskalter Schwall Klimaanlagenluft entgegen. Ben war überrascht, dass die Zimmermädchen da gewesen waren und sein Bett gemacht hatten. Er würde später abreisen. Es war daher so unüblich wie unnötig. Seine Kleidung war sorgfältig gefaltet und sein Durcheinander an Unterlagen zu einem säuberlichen Papierstoß auf dem Schreibtisch aufgeschichtet worden. Selbst seine Toilettensachen waren eingepackt worden. Hier stimmte was nicht.

Er setzte sich auf eine Ecke des Betts, ließ seinen Blick abermals durch das Zimmer schweifen und grübelte darüber, was sie wohl gesucht haben mochten. Seinen Laptop mit dem unfertigen Bericht und dem angefangenen Manuskript hatte er bei sich gehabt. Jeder musste inzwischen wissen, wer er war. Er hatte keinerlei Beweise, nichts Belastendes außer dem, was er und Ian gesehen hatten, und ein paar Fotos. Viele seiner Daten schwebten natürlich in der Cloud.

Sie waren für andere unzugänglich. Nur er kannte das Passwort. Mit einem Mal war er sich seiner Sterblichkeit bewusst und beschloss, er müsse jemandem seine Passwörter, seine Geheimnisse, seinen Nachlass anvertrauen. Natalie war die naheliegende Wahl. Aber war sie nicht zu jung? Sollte ihm etwas zustoßen, musste sich jemand an seiner statt um ihre Belange kümmern. Jemand anderes als Alex. Wendy Spurling kam ihm in den Sinn. Sie könnte die Rolle der Großmutter väterlicherseits spielen, da seine Mutter vor ein paar Jahren gestorben war. Er hatte jede Menge Leute zu treffen, wenn er das nächste Mal in Frankfurt war.

Er schaute hinüber zur Balkontür in die unglaubliche Helligkeit. Zum ersten Mal seit sehr langer Zeit hatte er Heimweh nach den nassen Windböen Nordeuropas. Dorthin würde er heute Nachmittag aufbrechen – falls er hier lebend herauskam.

Der unheilvollen Verlockung freier Natur trotzend stand er auf und eilte hinüber zum Schreibtisch. Er hatte doch etwas Belastendes, eine Nachricht von Bonard an Juliet de Vries, wie er glaubte.

Es wurde sich um alles gekümmert. Auto gebucht. B

Er hatte sie zwischen seinem Papierkram liegen lassen. Tatsächlich hatte er sie unter einen Vordruck gesteckt, da ihm etwas gesagt hatte, es sei nicht klug, sie allzu augenfällig zurückzulassen. Damit nicht, sagen wir, ein Zimmermädchen sie für eine alte Nachricht hielt und in den Papierkorb beförderte. Zweimal ging er alles durch, was sich auf seinem Schreibtisch befand. Doch die Nachricht war nirgends zu sehen.

Er würde keine weitere Zeit damit vergeuden, sie zu suchen. Schon wieder ein verzweifelter Versuch, einen Fehler zu vertuschen und seine Ermittlungen zu behindern.

Das Zimmer wurde ihm schnell zu eng, befleckt trotz seiner Sauberkeit. Er ging mit seinem Laptop auf den Balkon. Als er den Bildschirm von der Sonne wegdrehte und sich zu Outlook durchklickte, sah er, dass nicht jeder versuchte, seine Arbeit zu behindern oder ihn zu täuschen. Helen Jones hatte ausführlich geantwortet. Er scrollte runter, dann wieder rauf. Sie hatte immer gern und viel geredet, erinnerte er sich.

Gestohlene Jachten sind ein dickes Geschäft im Mittelmeerraum! Bei so vielen stillen Winkeln ist es leicht, eine Jacht verschwinden und unter anderem Namen und anderer Flagge, mit geänderter Schiffsnummer und falschen Papieren wieder auftauchen zu lassen. Viel leichter, als heutzutage ein Auto zu stehlen. Die meisten Jachten haben keine Wegfahrsperre!! Es lässt sich nicht einfach erkennen, ob eine Jacht heiße Ware ist oder nicht, solange man nicht alle Seriennummern überprüfen kann. Merkwürdiges Verhalten bietet noch den besten Anhaltspunkt.

Aha, dachte Ben. Da haben wir's.

Weiterhin neigen Diebe zu weit verbreiteten Booten, die in großen Werften vorwiegend in Großbritannien und Italien gebaut werden. Nicht zu den Superjachten – die stechen zu sehr heraus. Schön, diese Prunkpötte mögen teuer aussehen und für die meisten Geldbeutel unerreichbar scheinen, aber es gibt verdammt viele davon. Die meisten Besitzer verlieren recht schnell das Interesse. Manche verschulden sich, weil sie sich die Liegegebühren und Unterhaltskosten nicht leisten können, und melden nur zu gern einen Versicherungsschaden an.

Es würde mich nicht überraschen, wenn die Diebe solcher Boote gemeinsame Sache mit den Jachthäfen und Küstenkäffern machen. Das Mittelmeer ist groß.

Beim Weiterlesen dachte Ben, dass Helen sich ihre Gabe, Geschichten zu erzählen, bewahrt hatte. Er überflog einen Abschnitt, der darauf einging, welche Mittelmeerländer als korrupt galten und welche die zerklüftetsten Küsten hatten – es schien da eine Übereinstimmung zu geben. Dann wurde ihre Geschichte konkreter.

Die Jachten werden unweigerlich an Schmalspurganoven verkauft, die nie den vollen Preis für etwas bezahlen und billig, aber protzig Urlaub machen wollen. Oder an Drogenschmuggler. Schleuser steigen auch zusehends ein, es wirft aber weniger ab und ist mit höheren Risiken verbunden.

Das hätte ich dir auch sagen können, dachte Ben.

Von dem Niederländer habe ich noch nicht gehört. Bin noch am Graben. Macht richtig Spaß – als wäre man wieder eine echte Journalistin.

Vielleicht hatten er und Helen es zu einfach gehabt in ihren zweiten Karrieren im Unternehmensbereich. Das Gefühl war unvergleichlich, wenn eine echte Recherche ins Laufen kam.

Ach, fast hätte ich's vergessen: Ein paar russische Verbrecherorganisationen mischen in diesem Spiel mit. Aber wo gibt es die nicht!!!

Ben stand auf, schüttelte sich die Falten aus der Hose. Setzte sich wieder. Helen hatte ihren Einsatz von Ausrufezeichen hochgefahren. Vielleicht lag es daran, dass sie außer Übung war und keine fähigen Korrektoren mehr hatte. Anschließend nannte sie einige Websites, auf denen Eigentümer und Bootswerften gestohlene Jachten auflisteten, merkte aber auch an, dass sie wenig genutzt wurden, außer von Versicherungsgesellschaften, die sich großenteils damit abfanden, wie hoffnungslos der Versuch einer Ortung der gestohlenen Fahrzeuge war. Größeren Nutzen brächte das Darknet, glaubte sie, doch so weit wollte sie nicht gehen. Ben derzeit auch nicht.

Sie schloss ihre E-Mail nicht mit einem, sondern mit vier Küssen.

Lass uns mal irgendwann in Europa Versäumtes nachholen. Bist du manchmal in Monaco? xxxx

Das könnte er einrichten. Wenn er nicht mehr ganz so viel am Hals hatte und es ihn nicht so sehr nach Frankfurt zog. Wobei ihn Emily Mullers Schmuck heute Morgen immer noch irritierte.

Er schaute hoch, nahm die Gartenanlage in sich auf, das Meer, das Tramuntana-Gebirge in der Ferne, die ganze atemberaubende Schönheit. Außerdem sah er Maggie und Ian über den Rasen auf die Tennisplätze und den Fußweg zugehen. Beide hatten kleine Rucksäcke geschultert. Ihnen stand eine ordentliche Wanderung bevor, wenn sie es heute zu Fuß bis nach Deià schaffen wollten. Er bewunderte ihre Entschlossenheit, den gestrigen Tag zu vergessen und das Beste aus dem Rest ihres gemeinsamen Urlaubs zu machen. Maggie schien sehr nachsichtig zu sein, Ian konnte sich glücklich schätzen.

Ben wandte sich wieder seinem Bildschirm zu, der Kette von Küssen. Vielleicht hatte er sich ja emotional viel zu lange zurückgenommen. Ehe er sich's versähe, wäre Natalie erwachsen und fort, an der Uni – hoffentlich. Er schuldete es nicht nur ihr, sondern sich selbst, das Leben voll auszuschöpfen – solange er noch körperlich und geistig in der Lage dazu war.

Innerlich erfrischt begann er seine Antwort.

Tausend Dank, Helen. Das gibt meiner Nachforschung mehr Gewicht und Gehalt. Wow – ich hatte keine Ahnung, dass es so ein großes Ding ist. Haben die Russengangs Namen? Und ja, ich könnte einen Abstecher nach Monaco einrichten. Bin zurzeit sehr viel auf Reisen. Würde dich furchtbar gern treffen. Bx

Helen antwortete nahezu sofort.

Glaubst Du etwa, diese Russen verwenden jemals ihre richtigen Namen? xxxxx

Er sah in die obere rechte Ecke seines Bildschirms und versuchte auszurechnen, wie spät es bei Helen am anderen Ende der Welt war. War sie wie er allein in einem noblen Hotelzimmer? Vielleicht machte sie sich gerade bettfertig, ging mal früh schlafen.

Ich war dafür bekannt, unter einem Pseudonym zu arbeiten, schrieb er zurück. *Wir bleiben in Kontakt. Bxx.*

Diesmal zwei Küsse. Wiewohl er gleich darauf Schuldgefühle beim Gedanken an Emily Muller bekam.

Umgehend trudelte eine weitere E-Mail ein. Nicht von Helen, sondern von Marc Hoffman.

Als Sicherheitschef ist es meine Pflicht, Ihnen zu raten, das Amagat umgehend zu verlassen. Dies ist eine dienstliche Mitteilung. Bericht gestrichen. Danke.

Danke! Das war merkwürdig und widersprach sehr dem, was ihrer beider Chefin ihm noch wenige Minuten zuvor nahegelegt hatte. Er ging hinein und holte sein Telefon. Die Hideaway-Zentrale antwortete nach dem zweiten Klingeln. Beim Gang zurück auf den Balkon bat er darum, mit Hoffman verbunden zu werden, da er seine Durchwahl nicht kannte – die der Sicherheitschef ärgerlicherweise nicht bereitwillig verriet. Der Anruf ging prompt an die Mailbox.

Er wählte erneut die Hauptnummer von Hideaway und wurde mit einer anderen Telefonistin verbunden. »Kann ich bitte Marc Hoffman sprechen? Hier Ben Martin, ich bin Inspektor bei Hideaway. Es ist dringend.«

»Tut mir leid, seine Leitung ist besetzt, Mr Martin.«

»Können Sie mich bitte zu seinem Büro durchstellen?«

»Ich versuche es über seine Assistentin.«

»Danke.«

Nach einer halben Ewigkeit erfuhr er, dass auch bei der Assistentin besetzt sei. »Ich bleibe dran.«

»Wie Sie wünschen, Mr Martin.«

Musik füllte die Wartezeit aus. Es war die Sorte luftige

Instrumentalmusik randvoll mit süßlichem Panflötengedudel, das einen im Spa entspannen sollte, während man durchgewalkt wurde oder im Whirlpool saß. Auf Ben hatte sie die gegenteilige Wirkung. Langsam kochte er vor Wut. Beinahe hätte er mit bloßem Fuß auf die heißen Terrakottafliesen gestampft. Wieder braute sich draußen eine Bullenhitze zusammen. Immerhin wirkte der Horizont klarer und heller als gestern, und die Luft war weniger feucht. Er schätzte die Wahrscheinlichkeit eines Tornados auf null, aber das hätte er auch am Morgen zuvor getan. Ein neues Boot lag in der Bucht.

»Guten Morgen, Mr Martin«, meldete sich dann eine angenehme Frauenstimme.

»Hi«, sagte Ben, »ich muss bitte Mr Marc Hoffman sprechen.«

»Es tut mir leid, er ist derzeit nicht erreichbar. Er ist in einer Besprechung.«

»Er hat mir gerade erst eine Mail geschrieben, auf die ich Bezug nehmen möchte. Es ist dringend. Können Sie ihn bitte benachrichtigen und aus der Besprechung holen? Ich muss ihn jetzt sofort sprechen. Danke.«

»Das wird nicht möglich sein. Er hat die Personalleiter und Firmenanwälte bei sich. Wir sind nicht befugt, solche Sitzungen zu unterbrechen.«

»Nicht mal im Notfall?«

»Um was für einen Notfall handelt es sich?«

Das war eine gute Frage. Es war kein Notfall an sich, nahm er an. Aber auf jeden Fall Frust und Verwirrung. Hatte sich auch Hoffman heute früh mit Emily Muller ausgetauscht? Hatte sie das hier gerade abgenickt? Er bezweifelte es. Sie hätte ihm gewiss Bescheid gesagt.

»Richten Sie ihm aus, ich leiste der Bitte Folge«, seufzte er und wusste es besser. Vielleicht war er nicht länger ein Mann, der zu seinem Wort stand. Gut und schön für einen Journalisten, aber jetzt gehörte er zur Geschäftswelt, wo der Grat zwischen Rechtmäßigkeit und Strafbarkeit schon immer sehr schmal gewesen war. Außerdem musste er sein verlorenes Eigentum suchen, ehe er die Anlage verließ.

24

Der Schatten kam ihm sehr gelegen, ebenso der stille Friede des himmlisch duftenden Pinienwalds an diesem strahlenden Frühsommertag. Vielleicht wurde Ben ja im Laufe des Tages fitter. Auf jeden Fall kam er heute Morgen gut voran. Es war eine Wohltat, kein schweres Hotelbadetuch dabeizuhaben oder einen heuchlerischen Gauner.

Vögel kreischten, während die Zikaden einen stetigen, einlullenden Rhythmus beibehielten. Es raschelte nahebei und weiter weg, und ab und an erlaubte der Wald einen flüchtigen Blick auf das funkelnde Mittelmeer. Ein paar Stunden lang ausgestreckt auf der Badeplattform in der Sonne zu liegen, würde gar kein so übler Abschluss seines Aufenthalts sein. Trotzdem blieb er fest entschlossen. Es war keine Zeit zu verlieren.

Er tastete in seiner Tasche nach dem Telefon, um sich seiner Verbindung zur Außenwelt zu vergewissern, soweit er Empfang hatte, und beschleunigte seine Schritte. Sollte das Boot immer noch da sein, würde er jede Einzelheit festhalten und dann sehen, ob sich ein Zusammenhang mit Juliet de Vries, Wim Jansen und seinen russischen Freunden herstellen ließe. Vielleicht waren sie zurück, jetzt, da Bonard den kleinen Todesfall bereinigt hatte und Ben von seinem Sicherheitschef dringend gewarnt worden war. Dreist genug schienen sie zu sein.

Entsprechend vernetzt ebenfalls. Vielleicht war ein fetter Deal im Schwange. Freibeuter auf der Lauer.

Zuerst würde er allerdings gründlich Ausschau nach seiner Armbanduhr halten. Ben hielt sich nicht für sentimental, auch wenn er seinen Großvater mütterlicherseits mehr als seinen treulosen Vater geliebt hatte. Die Eltern seiner Mutter hatten ihn über lange Strecken seiner Kindheit unter ihre Fittiche genommen, während seine Mutter ihre Last mit einer Scheidung und anschließenden Beziehungsproblemen gehabt hatte.

Ben blieb jäh stehen. Er hörte Stimmen, die sich auf ihn zubewegten. Vorsichtig ging er ein paar Schritte weiter und nahm eine scharfe, von Bäumen und Felsen gesäumte Biegung. Er schmiegte sich im vergeblichen Bemühen, unsichtbar zu werden, an den Rand des Pfads. Noch konnte er niemanden erblicken, aber eine Gabelung sehen, wo der schmale Weg zur oberen Route nach Deià abzweigen musste. Das Geräusch kam aus der Richtung, in die sich jener Pfad verlor. Er hörte, dass Englisch gesprochen wurde, aber mit Akzent – einem Akzent, den er wiedererkannte.

Beruhigt trat er in die Mitte des Wegs, eben als Ian erschien, dicht gefolgt von Maggie. Sie waren rot im Gesicht, verschwitzt und sehr aufgeregt.

»Ist das nicht die falsche Richtung?«, fragte Ben heiter. »Haben Sie schon genug gesehen?«

»Die Scheiße werden Sie nicht glauben«, sagte Ian, »aber da ist noch 'ne Leiche.«

»Im Eimer«, sagte Maggie und schüttelte heftig den Kopf. »Unser verdammter Urlaub ist ganz und gar im Eimer.«

»Ein großer fetter Mann, den hat's voll in die Brust erwischt. Wenn ich raten sollte, aus 'nem großkalibrigen Gewehr und auf keine hunderttausend Meilen Abstand.« Ian holte Luft und wischte sich die Stirn.

»Ein großkalibriges Gewehr? Woher wissen Sie das?«

»Hab früher Rotwild geschossen. Ich würde so weit gehen, dass es ein Kaliber .270 oder .308 war. Die haben richtig Wumms. Auf kurze Entfernung können sie eine scheußliche Sauerei anrichten.«

»Herrje, wo ist er?«

»Er liegt gleich neben dem Pfad ein paar Hundert Meter von hier. Wir hätten ihn glatt übersehen, hätte Maggie nicht pinkeln müssen. Sie hätten ihren Schrei hören müssen.«

»Ich habe nichts gehört«, murmelte Ben. Arme Maggie. Was für ein Schock, und dann auch noch mit heruntergelassenem Höschen.

»Wir haben ewig für den Rückweg gebraucht«, fuhr Ian fort, »weil Maggie sich unbedingt durchs Gebüsch schlagen wollte für den Fall, dass der Schütze noch irgendwo hier draußen ist. Jede Menge Fliegen schwirrten über der Leiche, aber lange lag er dort noch nicht. Würde sagen, er war so frisch wie der andere, den wir gefunden haben. Bin ich froh, Sie zu sehen, alter Junge.«

Im ersten Augenblick dachte Ben, gleich würde Ian ihn umarmen. Stattdessen klopfte er Ben auf die Schulter. »Können Sie mich zur Leiche bringen?«, fragte Ben.

Ian sah sich nach dem zweiten schmalen Pfad um. Dann versuchte er, ein paar Blätter und Schmutz von seinem klatschnassen Polohemd zu wischen. Er war wirklich schmutzig. Maggie ging bereits den Hauptweg zum Hotel hinauf, ihr Nacken und ihre Beine dreckig und leuchtend rot.

»Maggie«, rief er, »jetzt warte mal.« Dann schaute er Ben an. »Ich kann sie unmöglich allein zurückgehen lassen, diesmal nicht. Dieser Wald macht mir ja selbst Angst.«

»Nein, natürlich nicht«, sagte Ben. »Achten Sie nur darauf, wenn Sie eintreffen, dass die Sache bitte ordentlich zur Anzeige kommt, ja?«

»Ich würde die Cops sofort selber anrufen«, sagte Ian, »wenn ich bloß Netz hätte.« Er wedelte sein Telefon durch die Luft.

»Ich weiß«, sagte Ben, »da kommt man ins Grübeln. Aus den Augen, aus dem Netz und so weiter.«

»Diesmal werde ich drauf bestehen, selber mit der Polizei zu sprechen«, sagte Ian. »Ich lass nicht mehr mit mir spaßen. Die können nicht leugnen, dass dieser Kerl erschossen wurde. Von der Waffe fehlt jede Spur, das macht es eindeutig zu einem Mord. Die werden mich sowieso brauchen, damit ich ihnen sage, wo die Leiche ist, nicht wahr.«

»Es sei denn, sie wissen es schon«, sagte Ben.

»Die Polizei?« Ian atmete laut aus, runzelte die Stirn. »Das wollen wir lieber nicht hoffen, mein Freund. Ich weiß, das hier ist eine wilde und unberührte Ecke am Mittelmeer, aber es sind nicht alle Behörden korrupt. Das kann nicht sein.«

»Nein, natürlich nicht.« Ben betrachtete seine staubigen Budapester, denn leider wusste er sehr genau, dass es überall Korruption gab und insbesondere dort, wo extremer Reichtum zum Tragen kam. Für extreme Armut galt das übrigens auch. Es gehörte zum Leben. »Wo genau muss ich langgehen?«

»Diesen Pfad runter, weiß nicht, so an die fünfhundert Meter weit. Sie kommen an einen felsigen Meeresarm. Der Pfad klebt an der Klippe, und unten schäumt das Meer. Etwas mulmig kann einem da schon werden, ehrlich gesagt. Da gehen Sie rum. Der Weg steigt ein Stück weit steil an, und wenn das Gelände wieder eben wird und der Pfad sich verbreitert, ist er im spärlichen Gebüsch gleich voraus zu Ihrer Rechten. Die Stelle ist für eine Pinkelpause ideal, wenn Sie wissen, was ich meine. Überall liegen benutzte Taschentücher rum.«

»Schön«, sagte Ben. »Sie haben nichts angefasst oder verändert.«

»Nein – ganz sicher nicht. Was denken Sie von mir? Wir sind so schnell wie möglich abgehauen. Eine blutige Sudelei war das. Grauenhaft. Werd ich so bald nicht vergessen.«

»Eine Sache noch. Haben Sie ihn erkannt? War er vom Hotel? In Uniform?«

»Seine Brust ist zerfetzt worden. Da hat man kaum auf was anderes geachtet.«

»Ja«, sagte Maggie leise. Sie hatte etwa zehn Meter entfernt innegehalten. »Ich habe ihn im Hotel gesehen. Da bin ich mir sicher.«

»Ein Angestellter?« Bens Herz klopfte schneller. War noch jemand auf eines der todbringenden Geschäfte Wim Jansens gestoßen? Oder einem Kapitän wiederbegegnet, der vielleicht ein gestohlenes Boot mit verzweifelten Migranten hatte vollstopfen lassen?

»Nein, kein Angestellter, er war Gast«, sagte Maggie bestimmter. »Komm jetzt, Ian, ich will hier weg und nach Hause. Von diesem fürchterlichen Ort und verfluchten Hotels habe ich bis an mein Lebensende genug.«

Hoffentlich nicht, dachte Ben und sah zu, wie Ian zu Maggie aufschloss. Er blieb an der Weggabelung stehen, bis sie außer Sicht waren, und war sich völlig im Klaren, welche Richtung er dann einschlagen musste. Als er loszog, dachte er an Natalie und überlegte, wie er sie auf einer Hideaway-Reise bei Laune halten konnte, sollte Wendy Spurling es möglich machen können. Es wäre ein erstes Mal für ihn und Nat. Da durfte er sich keinen Patzer leisten.

Er mutmaßte, hoffte, dass Natalie an diesem Morgen pünktlich zur Schule gegangen war, statt zu Hause vor dem Spiegel Klamotten anzuprobieren oder Schilder für die nächste Demo zu basteln. Kunst war nicht ihr stärkstes Fach. Ein weiterer prüfender Blick auf sein Telefon zeigte ihm, dass sie über keine App von sich hatte hören lassen. Obwohl er doch tatsächlich von zwei Signalbalken überrascht wurde.

Während er auf den Bildschirm starrte und rätselte, wen in aller Welt er über die neue Lage aufklären sollte, wurde das Gerät auf einmal munter und fing an zu klingeln. Die Nummer des Anrufers war unbekannt.

»Ja?«, sagte er und merkte, dass er außer Atem war und Herzklopfen hatte.

»Ben? Marc hier, Marc Hoffman.«

»Ich dachte, Sie hätten eine hochrangige Besprechung und könnten nicht ans Telefon.«

»Pinkelpause. Ich muss mich kurzfassen.«

»Ich war nicht gerade froh über Ihre E-Mail«, sagte Ben. »Ich bin keiner, der schnell aufgibt. Das liegt mir nicht.«

»Was muss, das muss. Die finanziellen Unregelmäßigkeiten im Amagat kommen schon seit einer Weile vor. Ich habe etwas tiefer gegraben. Ich sage nicht, dass wir ganz unschuldig sind. Solche Dinge hätten uns eher auffallen müssen.«

»Ich habe mit Emily Muller gesprochen«, sagte Ben. »Sie war hier.«

»Ich weiß. Ich wollte, sie wäre es nicht gewesen. Sie ist zu höflich, zu nachsichtig. Den Leuten, die diesen Laden führen, kann man überhaupt nicht trauen. Sie sind sogar verdammt gefährlich.«

Ben konnte ihn kaum verstehen. Die Verbindung schien gleich abzureißen. »Sie hat wohl nicht viel aus denen rausgeholt«, sagte er trotzdem, trat zwei Schritte vor, sah dann nach dem Signalbalken auf seinem Bildschirm und betete, dass noch ein paar mehr erscheinen mögen. Es half nichts, auch nicht, als er ein paar Schritte zurückging. »Der Empfang ist beschissen. Machen Sie bitte schnell.«

»Die Eigentümer haben Anwesen auf Korsika, in Marseille, Guadeloupe und Moskau. Hideaway vertritt keines davon, aber das wissen Sie wahrscheinlich.«

»Und der springende Punkt?«

»Der Direktor Michel Bonard sitzt im Vorstand der Muttergesellschaft, die ist in privater Hand und in Marseille eingetragen.«

»Marc, da ist noch was, das ich Ihnen sagen muss.«

»Meine SMS gestern haben Sie bekommen?«

»Die ›Mafia‹ lautete?« Die Unterhaltung war auch ohne die Empfangsprobleme schon sprunghaft genug.

»Ja. Das konnte ich nicht als E-Mail schicken. Hören Sie, mit denen können Sie es nicht auf eigene Faust aufnehmen. Außerdem wissen die, dass wir jetzt im Bilde sind, wer den Laden wirklich kontrolliert. Meine Nachforschungen sind nicht gut angekommen.«

»So wenig wie meine«, murmelte Ben.

»Hinter mir sind sie auch her. Dass Emily aufkreuzte, hat mir Angst eingejagt, da musste ich dringend mehr erfahren und habe vielleicht noch ein paar Fehler gemacht. Ich hab sie aber davor gewarnt hinzufahren.«

»Sie ist schon wieder abgereist«, sagte Ben, »also keine Sorge.«

»Wenigstens etwas. Sie sind doch hoffentlich nicht mehr vor Ort, versprechen Sie mir das?«

Ben sah sich um in der Wildnis, die den Pfad umgab. Ihn fröstelte trotz der Hitze. »Nein«, sagte er. »Ich stehe mitten in einem Wald.«

»Die Besitzer und ihre Teilhaber werden alles tun, damit wir die Sache nicht weitertreiben, geschweige denn zur Anzeige bringen. Ich glaube, sie wollen uns eine Lektion erteilen wegen unserer Hinweise, dass sie im Zahlungsrückstand sind, ganz abgesehen von einer Mitschuld an den Todesfällen gestern. Die sind wütend, um es milde auszudrücken. Ich glaube ernsthaft, dass Sie in Gefahr sind. Sie haben keine Vorstellung, wozu diese Leute imstande sind. Wir haben da ganz schön was losgetreten. Falscher Ort, falsche Zeit.«

»Marc, sind Sie noch dran?« Ben sah auf sein Telefon. Ein Balken flimmerte vor sich hin. Aber das Gerät war verstummt. »Marc?«, rief er. »Hören Sie mich? Da ist noch eine Leiche.«

Doch jetzt gab es gar kein Netz mehr. Ben tippte auf das rote Gesprächsende-Symbol und steckte sein Telefon resigniert zurück in die Tasche. Er hatte keine Ahnung, was Hoffman zuletzt noch verstanden hatte. Er entschied, dass er dem Mann weiterhin vertraute. Allerdings kamen die Auskünfte des Sicherheitschefs zu spärlich und zu spät. Disziplinarisch zu ahnden? Das hatten der Vorstand und Emily Muller zu entscheiden.

Während er vorwärtsstiefelte, versuchte Ben sich gut zuzureden, dass hier kein Berufskiller sein Unwesen trieb. Ob er die Vorstellung eines vor Eifersucht rasenden Verbrechers verlockender fand, war er sich allerdings nicht sicher.

25

Der Pfad rings um den Meeresarm war in der Tat sehr schmal, ein Einschnitt in eine Klippe um die zwanzig Meter über dem Wasser. Ben hatte keine Höhenangst, aber mit Natalie beispielsweise hätte er hier nicht rumlaufen wollen. Es war nicht kindgerecht. Er wollte nicht wahrhaben, dass sie eigentlich gar kein Kind mehr war.

Er hätte hier mit niemandem, den er liebte, rumlaufen wollen, denn man geriet unweigerlich zu nahe an den Rand. Es war kein Pfad für Leute mit Übergewicht oder nur geringfügiger Körperbehinderung oder ohne festes Schuhwerk. Dankenswerterweise war das Wasser unten nicht aufgewühlt, wie Ian behauptet hatte. Bei einem Unwetter würde die Brandungsgischt den Pfad gründlich einnässen und noch gefährlicher machen.

Augenblicklich war das Meer ruhig und von schönstem Aquamarinblau. Der Meeresboden bildete ein wildes Durcheinander aus Felsen, Tang und hellem Sand. Was für eine herrliche Stelle zum Schnorcheln. Was für ein Ort, um jemanden in die Tiefe zu stoßen, musste Ben ebenso denken. Warum jemanden umständlich erschießen, wenn schon ein Schubser genügte?

Sobald er den Meeresarm hinter sich gelassen hatte, stieg der Pfad an, und rechter Hand fand sich, ganz wie Ian es beschrieben hatte, eine Lücke im dichten Baumbestand und Unterholz. Dort trat er hinein und fühlte sein Herz erneut pochen. Er sah ein paar zerfledderte Klopapierreste, ehe er etwas anderes sichtete oder vielmehr roch. Dann sah er einen Fuß, hörte ein irrsinniges Summen von Fliegen und wurde vom Gestank nach Exkrementen überwältigt. Den Fuß umhüllte noch immer ein Slipper aus weichem Wildleder. Ein Stück der Fessel schaute hervor, und die Haut hatte eine hellviolette Farbe. Es war ein dicker, geschwollener Fußknöchel, der zu einem dicken Bein in einer dunklen zerknitterten Leinenhose gehörte. Das Bein war unnatürlich angewinkelt. Lebendig wäre es so für jeden unbequem.

Wim Jansen war jedoch nicht lebendig. Rücklings hingestreckt, schien er vom gewaltigen Loch in seiner Brust regelrecht an den Boden gepresst zu werden. Zum Glück schirmten die Fliegen Ben von allzu viel blutbesudelter Anatomie ab. Das Hemd des Mannes war ein zerschlissenes Knäuel aus geronnenem Blut und etwas Schwärzerem, das vielleicht mit dem großkalibrigen Gewehrschuss zu tun hatte, dachte Ben.

Hirsche hatte er zwar nie gejagt, doch es war ihm klar, dass Jansen mit ungeheurer Wucht umgelegt worden war. Unmöglich zu sagen, ob einer oder zwei Schüsse dafür verantwortlich gewesen waren. Ben dachte an das Nacktbaden letzte Nacht mit Juliet de Vries zurück. Für einen Augenblick, so entblößt und schutzlos draußen im mondbeschienenen Wasser viele Meter weit vom Ufer entfernt, hatte er um sein Leben gefürchtet. Jetzt dachte er, so groß kann kein Zufall sein. Sie hatte ihn reingelegt. Damit sie ein Alibi hätte?

Vorsichtig trat er um die Leiche herum und wedelte

gierige Fliegen fort. Der Gestank war wirklich grauenhaft. Die Hitze wurde auf einmal drückend, und es gab nicht den Hauch einer frischen Seebrise, nur das dumpfe Geräusch des Pinien- und Eichenwalds und vielleicht wieder dieses elendige Getrommel. Je genauer er hinhörte, umso lauter schien es tatsächlich zu werden. Er musste hier näher am Lager sein, falls es sich um so was handelte.

Sich im Klaren darüber, dass seine Fußabdrücke flächendeckend verteilt sein würden, trat er zurück und zog sein Telefon hervor. Hier gab es überhaupt kein Netz. Dennoch knipste er eifrig drauflos, und sein Telefon kam ihm mit jeder Sekunde wertvoller vor. Was für Ferienschnappschüsse diese Reise doch erbrachte. Nicht dass er wüsste, für wen genau er das alles aufnahm. Schlicht zum Beweis, dass zwei Männer gestorben waren, einer davon unerhört gewaltsam.

Er nahm das Handy runter und beugte sich zu einer Stelle rechts neben dem Leichnam. Etwas Glänzendes war ihm ins Auge gefallen. Schon im Bücken wusste er sofort, was es war. Ein heftiger Schauder schoss sein verdrehtes Rückgrat hoch. Er sah über seine Schulter, rechnete fast damit, von einem Hoteldirektor mit großkalibriger Schusswaffe gestellt zu sein. Da war jedoch keiner.

Angestrengt lauschend und sich nach allen Seiten umschauend vergewisserte er sich, dass nach menschlichem Ermessen niemand in unmittelbarer Nähe war. Dann langte er hinüber und hob seine Armbanduhr auf. Fußabdrücke rings um die Leiche hinterlassen war das eine, erklären zu müssen, wie seine Armbanduhr neben ein

Mordopfer gelangt war, jedoch ganz etwas anderes. Vor allem einem korrupten Bullen gegenüber.

Rasch überprüfte er die Uhr. Sie war staubig, aber der alte Sekundenzeiger zog gleichmäßig seine Runden, Zeugnis eines ausgezeichneten Automatikwerks mit beträchtlicher Gangreserve. Er hielt sie sich ans Ohr, nicht weil er seinen Augen nicht traute, sondern um das tröstliche leise Ticken ihrer Mechanik zu hören. Sie war weit über fünfzig Jahre lang in Gang geblieben, länger, als er lebte.

Er fragte sich, wie alt Jansen gewesen war. Jansens Herz hatte wahrlich zu ticken aufgehört. Ben war sich nicht mal sicher, ob es überhaupt noch in einem Stück war. Er prüfte die Uhr erneut. Auf Gehäuse oder Armband gab es keine sichtbaren Blutspuren. Rasch schnallte er sie sich ums Handgelenk, wobei ihm das Hippie-Getrommel abermals bewusst wurde.

Es war nach elf. Was trieben die da, ihren Appetit anregen? Er hatte keine Ahnung, wie lange es bis zum Eintreffen der Behörden oder der Leute vom Hotel dauern würde. Jedenfalls ging er davon aus, dass dieses Gelände nicht zum Hotelbesitz gehörte, die Weggabelung die Grenze darstellte. Sofern seine Erinnerung an die Karte von Hotel und Umgebung in seinem Zimmer zutraf. Hier Google Maps zu öffnen, wäre ein sinnloser Versuch.

Er war sich auch nicht sicher, ob er überhaupt noch hier sein wollte, wenn die Behörden einträfen. Der Geruch und die Fliegen, ganz zu schweigen von Jansens abstoßenden sterblichen Überresten, waren an sich schon zu viel. Er musste hier weg, entschied er, nicht zuletzt Marc Hoffmans Warnungen im Ohr.

Er sah sich erneut um, bemerkte aber nicht mehr als seine eigenen Fußabdrücke. Über die stark profilierten Gummisohlen seiner Budapester fluchend, brach er nicht in Richtung des Hotels auf, sondern entgegengesetzt auf Deià und das Trommeln zu.

Die einzig denkbare Person, die seine Uhr neben die Leiche gelegt oder zumindest eine entscheidende Rolle dabei gespielt haben könnte, war Juliet de Vries. Ihr Auftrag, ihn hinunter an die Bucht und ins Meer zu locken, nackt und zu einer bestimmten Uhrzeit, erschien Ben allmählich als meisterlich berechnete und geplante Folge von Schachzügen. Sie musste nahezu auf die Minute genau gewusst haben, wann ihr Langzeitpartner seinen letzten Atemzug machen sollte. Vielleicht hatte sie sogar damit gerechnet, dass Ben seine alte Uhr ablegen würde, ehe er ins Meer eintauchte. Falls nicht, war es eben ein Zusatzbonus, um von dem wahren Mörder abzulenken.

Ihre Darbietung beim Anziehen, als sie unverschämt lange nackt und ohne Handtuch vor ihm gestanden hatte, konnte durchaus inszeniert gewesen sein, um den Diebstahl seiner Uhr oder eines anderen Gegenstands zu vertuschen, damit sie oder wahrscheinlich jemand anderes diese später an einem höchst verfänglichen Ort hinterlassen konnte. Was natürlich alles bedeutete, dass sie nicht allein arbeitete.

Während er sich weiter vom Hotel entfernte, tiefer in den Wald hineinging, fiel ihm der Mann ein, den er letzte Nacht das Hotel hatte verlassen sehen. Er dachte an die Limousine, in der er weggefahren war, und an Bonard, der schweigend und bewaffnet vom Bürobau aus zugeschaut hatte. Ebenfalls erinnerte er sich, früher am selben Tag Juliet de Vries und Bonard am Hoteleingang gesehen zu haben – Juliet, die im kühlen Zwielicht der Lobby aus dem achtzehnten Jahrhundert zurückblieb. Er hatte Fotobeweise – alles Teil des hübschen Urlaubsalbums.

Er war neuerlich zu einer Gabelung gelangt. Eine Strecke schien weiter längs der Küste zu verlaufen, die andere führte links hoch in den Wald. Er schaute auf seine Uhr und freute sich, sie wieder sicher um sein Handgelenk gebunden zu sehen. Allerdings nicht über die Zeit. Ein Billigflug winkte. Er nahm die Abzweigung nach links und beschleunigte seine Schritte, als der Pfad landeinwärts anstieg.

Das Trommeln wurde lauter, und bald roch es nach Feuer. Der Weg flachte ab, die Bäume und das Unterholz lichteten sich. Ehe Ben klar wurde, wo er sich befand, stand er schon auf einer Lichtung. Weiter vorn fanden sich ein paar schäbige Zelte und bunte Flaggen, Tipis und andere Behelfsunterkünfte, dazu Schnüre mit tibetanischen Gebetsfahnen. Alles drängte sich um ein langsam vor sich hin rauchendes Feuer.

Ben trat einen Schritt zurück und versteckte sich hinter einem Baum. Als er von dort hervorspähte, nahm er einen Mann wahr, der am Feuer saß und Bongo spielte. Sein Oberkörper war nackt, und sein Haar zeigte Ansätze von Dreadlocks, die ihm über den Rücken hingen. Noch jemand faulenzte nahebei, ein weiterer Mann, und dann kam eine spärlich bekleidete Frau mit sehr langen dunklen Haaren aus einem der Tipis, streckte sich und wanderte aus dem Blickfeld.

Ben war sich nahezu sicher, dass offene Feuer im Wald

um diese Jahreszeit verboten waren und wildes Zelten auch. Falls dieser Haufen unauffällig hatte sein wollen, leistete er eher schlechte Arbeit. Vielleicht lockten sie auch einfach nur frische Rekruten an und freuten sich über jeden Neuzugang. So funktionierte doch die inklusive Lebensweise von Hippies, oder?

Ben wärmte sich schon fast seine Hände am Feuer, ehe irgendwer ihn bemerkte. Der Bongospieler nickte ihm grüßend zu, nicht unhöflich, und spielte weiter. Der andere Mann lehnte an einem Baumstamm, hatte die Augen geschlossen und den Rest eines dicken erloschenen Joints im Mundwinkel. Weil er keine Ahnung hatte, was er sonst tun sollte, setzte sich Ben auf einen Baumstumpf, und sein Verdruss wurde mit jeder verstrichenen Sekunde größer. Er hatte den Trommler zuvor schon gesehen. Gestern nämlich, ohne Kleider am Leib, unten am Meer.

»Hey.« Die Frau war wiederaufgetaucht und stand auf einmal vor Ben. »Was machst du denn hier?«

Sie sprach amerikanisches Englisch. Außerdem trug sie ein paar Kleider mehr als gestern: ein schlabbriges Unterhemd und dünne Shorts mit Blumenmuster. Seide vielleicht. Sie war stark gebräunt. Das waren sie alle. Sie starrte amüsiert auf seine Schuhe.

»Hi«, sagte Ben. »Ich brauche Hilfe.« Er wollte nicht so tun, als hätte er sich verlaufen. Sie wirkten nicht bedrohlich oder irgendwie gewalttätig. Er hatte das Gefühl, dass sich noch ein paar Leute mehr im Zeltlager befanden. Die mussten allerdings in den Tipis schlafen oder unter Drogeneinfluss vor sich hin dämmern, während die Trommel weiterdröhnte.

»Sind die bequem?« Sie schaute noch immer auf seine Schuhe. Ihre stecknadelkopfgroßen Pupillen waren von hellgrünen Iris eingefasst. Wie die anderen war sie barfuß.

»Ja«, sagte er eifrig. »Sie sind bemerkenswert bequem. Man muss sie aber einlaufen. Das dauert ein, zwei Jahre.« Er stand auf. Er konnte auf keinem Baumstamm sitzen. »Seid ihr alle Amerikaner?« Er schaute zu den anderen hinüber, ehe er das übrige Lager in den Blick nahm. Es herrschte ziemliches Chaos, schien aber nicht nur vorübergehend errichtet zu sein. Er konnte sich nicht vorstellen, einen vollständigen Bericht über derartige Unterkünfte zu erstellen. Angemessene Vordrucke gab es keine, wohl aber unangemessene Ausdrücke.

»So halb und halb«, sagte sie und lächelte entzückend. »Wie können wir dir helfen?«

Der Mann hörte auf, seine Trommel zu schlagen, und hob langsam den Kopf zu Ben. Der andere Mann wirkte noch immer ausgezählt. Eine gewisse Willenskraft schien den Jointstummel in seinem Mund zu halten, vielleicht war es auch Muskelgedächtnis.

»Seid ihr legal hier?«, fragte Ben. »Das frage ich nur, weil nahebei etwas Schlimmes passiert ist. Ich bin nicht von der Polizei oder so. Es würde mich allerdings nicht überraschen, wenn die hier auftauchen. Ich bezweifle, dass ihnen gefiele, was sie finden könnten.« Eine Sekunde lang schoss ihm Hans durch den Kopf – auch Hans wäre wohl nicht allzu angetan.

Sie sahen ihn an, als hätten sie keinen blassen Dunst, wovon er redete. Vielleicht war die junge Frau die Einzige, die Englisch sprach.

»Die Polizisten in der Gegend sind nicht unbedingt von der freundlichsten Sorte«, fügte er auf Spanisch hinzu. »Nach dem, was ich so gesehen und gehört habe, kann man nicht darauf vertrauen, dass sich alle ans Gesetz halten.«

»Mann, das hier ist mein Land«, sagte der Trommler schließlich auf Englisch. Der Akzent hatte spanische und amerikanische Einschläge. Seine Augen waren so dunkel, dass Ben die Pupillen nicht erkennen konnte. »Wir tun, was wir wollen. Mein Land, meine Freunde, unsere Zeit.«

»Dann ist das kein Lager für illegale Einwanderer?«, fragte Ben. »Ich habe da so Gerüchte gehört.«

»Ich erkenne den Begriff ›illegaler Einwanderer‹ nicht an«, sagte der Mann. »Das hier ist ein Lager für alle, die frei sein wollen.«

»Ihm gehört dieses Land. Ganz bis rauf zur Straße.« Sie zeigte hinter sich. »Und ein gutes Stück da runter nach Deià.« Sie zeigte in eine andere Richtung. Ihre Arme waren gertenschlank.

»Wow«, sagte Ben. »Er muss reich sein.«

»Er ist sehr großzügig. Er glaubt nicht an Eigentum, materielle Güter, all so was.«

Oder daran, für sich selbst zu sprechen, wollte Ben sagen. Doch er bekam keine Gelegenheit. Sie war in Fahrt. »Er hat voll so ’n Landhaus da oben mit Pool. Mit allem.« Nun hatte sie ein Funkeln in den Augen, wenn Ben sich nicht täuschte. »Aber er steht auf Wildnis. Tun wir alle.«

Ben war davon nicht überzeugt. Es mochte wohl die Sommermonate über eine Weile Spaß machen, ob Tornados drohten oder nicht. Doch er wusste, dass die Winter nass und kalt sein konnten. Zudem bezweifelte er, dass dieser schmuddelige Typ egal was mit dem Land anstellen durfte, nur weil es ihm möglicherweise gehörte.

»Hilfe, sagtest du, und was willst du wirklich?«, fragte der Mann darauf.

»Auskünfte eigentlich«, sagte Ben. »Ob ihr irgendwas Verdächtiges gesehen oder gehört habt.«

Der Mann gab seiner Trommel einen sanften Klaps. »Wo bist du gerade hergewandert? Wo wohnst du?«

»Im Hotel. Das Amagat.«

Darauf schlug er einen kurzen, straffen Takt. Das Mädchen versuchte sich an einem verschlungenen Tanz. Der Bursche am Boden mit dem Joint blieb reglos. Als wieder so etwas wie das Schweigen des Waldes Einzug hielt, sah der Landbesitzer, falls es wirklich einer war, Ben in die Augen. »Du willst, dass ich dir helfe? Das ist ein Laden für kapitalistischen Abschaum.«

»Und dazu ein paar Schwerverbrecher, die in den Knast gehören«, sagte Ben, dessen Glaube an das harmlose Wesen der Gruppe ins Wanken geriet. »In den letzten vierundzwanzig Stunden sind nicht weit von hier zwei Menschen ermordet worden.«

Es war nicht das Trommeln, das Ben plötzlich ablenkte, sondern ein anderer stetiger Rhythmus, der lauter wurde. Sie schauten alle in den Himmel.

»Gehen wir ins Zelt«, sagte der Mann und gab seinem hingestreckten Freund einen Stups. »Sie haben Kameras, Wärmebildausrüstung, aber sie können hier nirgendwo landen.«

26

Im Tipi war der Hanfgeruch erwartungsgemäß überwältigend. Und der nach ungewaschenen Körpern. Es waren keine Pflegeprodukte zu sehen, keine Gratisproben. Die verstreuten Kissen und Sitzpolster hätten auch eine Reinigung vertragen. Ben fand die Unordnung jedoch gar nicht so störend. Sie war sogar regelrecht anheimelnd. Vielleicht hatte er sich allzu sehr an eine luxuriöse Umgebung gewöhnt, wo alles genau an Ort und Stelle stand und makellos poliert war. Dermaßen, dass man es eigentlich gar nicht verrücken und ausnutzen wollte. Außerdem war das Arbeit.

Vielleicht würde er eines Tages mit Natalie zelten gehen – sollte sie weiterhin umweltbewusst leben wollen. Sie hatte schon eine Weile lang den Wunsch geäußert, auf Festivals zu gehen. Wobei er sich nicht vorstellen konnte, dass sie Glastonbury mit ihm zusammen besuchen würde. Davon abgesehen war er kein praktisch veranlagter Mensch – er fragte sich, ob er überhaupt ein Zelt aufbauen könnte.

Ein Körper lag in eine Ecke des Tipis geschmiegt, bemerkte Ben etwas beunruhigt. Es war eine weitere junge Frau, die aber zum Glück eindeutig atmete – er konnte die sanfte Bewegung ihres Brustkorbs unter einem dünnen, farbenfrohen Überwurf sehen. Der Hubschrauber schien mittlerweile ganz in der Nähe zu schweben.

Das war schnell, dachte Ben. Diesmal nahmen sie die Sache ernst. Weil das Opfer ein Gast war, ein VIP? Vorausgesetzt, es war ein Polizeihelikopter. Er würde jedenfalls nicht hinaustreten und sich von ihm aufs Korn nehmen lassen.

»Woher weißt du, dass zwei Leute ermordet wurden?«, fragte der Mann nun aufmerksamer. Sein Freund hatte den Joint aus dem Mund genommen, saß aufrecht im Zelt und sah ebenfalls etwas angeregter aus. Das Mädchen stand offenbar in einer Yogapose auf seinen Fersen.

»Wie heißt du übrigens?«, fragte Ben. »Ich bin Ben, Ben Martin.« Er hatte das Gefühl, Ehrlichkeit war hier angebracht.

»Ich bin Zac«, sagte der Anführer.

»Ich bin Daisy«, warf die junge Frau ein. »Das ist Mateo. Er sagt nicht viel. Kriegen wir Ärger?«

»Kommt drauf an«, meinte Ben. »Ich hab dich und Zac gestern unten am Meer gesehen. In dem Bereich, der für Hotelgäste reserviert ist.«

»Privatstrände sind unzulässig in Spanien«, sagte Zac mit erhobener Stimme. »Keiner nimmt uns das Meer weg. Wir schwimmen, wo wir wollen.«

»Um die Bucht herum, gleich oberhalb eurer Stelle, wurde eine Leiche entdeckt – zufälligerweise von mir. Ein Angestellter des Amagat. Und heute Morgen ist eine weitere Leiche gefunden worden, beim Pfad nach Deià, am Fuß dieses Hügels. Ein Hotelgast. Er wurde erschossen.«

»Das hat nichts mit uns zu tun«, sagte Zac und sah weg.

»Wie ist dieser andere gestorben?«, fragte Daisy.

»Ich vermute, er bekam eins über den Schädel. Er lag halb im Wasser, als ich ihn gefunden habe.«

»Wann soll das alles passiert sein?«, fragte Zac.

»Der Kellner wurde irgendwann vorletzte Nacht getötet – in den frühen Morgenstunden. Und der Gast, der wurde vergangene Nacht erschossen, so gegen zweiundzwanzig Uhr. Ihr habt euer Lager hier schon eine Weile. Ihr müsst doch Sachen bemerken, irgendwas hören. Tatsache ist, dass in dieser Bucht allerlei Ungewöhnliches vor sich geht.«

»Drogen?«, flüsterte Daisy milde erregt.

»Du bist nicht von der Polizei«, sagte Zac zu Ben und hob erneut die Stimme. »Was juckt es dich denn?«

»Ich bin friedliebend, ganz wie euer Haufen.« Ben hatte schon immer ein gewisses Misstrauen gegenüber Hippies gehegt, da er drüben in England ein Pärchen kannte, Freunde seiner verstorbenen Mutter, das entschieden passiv-aggressiv war. Er mochte die Ideale in der Theorie lieber als deren praktische Umsetzung. »Außerdem habe ich etwas dagegen, wenn Leute ausgebeutet werden, ob sie nun legal arbeiten oder nicht. Und ich mag keine Gauner, vor allem keine Mafiabosse.«

»Mal halblang, Mann«, sagte Zac.

Sie sahen ihn an, seinen dicken Old-Town-Anzug und die klobigen englischen Budapester, als glaubten sie ihm kein Wort. Er konnte es ihnen nicht verübeln. Aber sie bewohnten doch alle dieselbe Welt, in der der Schein trog, oder nicht? In der die Dinge nicht das waren, wonach sie aussahen. »Schön, ich arbeite für das Hotel, ja. Das heißt, nicht direkt für das Amagat, sondern für den Verbund, dem es angehört. Ich bin Hotelinspektor.«

Daisy lachte.

»Es ist meine Aufgabe zu prüfen, ob Hotels gewisse Anforderungen erfüllen. Das gilt auch für die Personalabteilung, die Angestellten und dafür, wie sie behandelt werden. Ich fürchte, da drüben spielen sich schlimme Dinge ab.«

»Sag bloß«, seufzte Daisy.

»Nicht zuletzt, indem Leute ohne gültige Papiere ausgebeutet werden«, hängte Ben an.

»Soll das heißen, du könntest das Hotel schließen lassen?«, fragte Zac eifrig.

»Möglicherweise. Gegenwärtig laufen jedoch ein paar Leute frei herum, die eine erhebliche Gefahr für andere sind.«

»Ich sperre keinen ein«, sagte Zac.

»So wenig wie ich«, sagte Ben. Zac hatte es auf den Punkt gebracht. Was konnte er schon tun? Er war kein Polizist. Er besaß keine Handschellen, schon gar keine Glock 19. Aber er würde hoffentlich einen Weg finden, um sie zur Rechenschaft zu ziehen. Zumindest könnte er die richtigen Leute auf die Wahrheit aufmerksam machen. Hoffman vielleicht dabei helfen, Europol mit ein paar Fakten zu füttern, falls Hoffman zu trauen war und noch seinen Posten hatte. Und er hatte Fotobeweise. »Trotzdem könnte ich nicht müßig rumsitzen und diesem Treiben zusehen. Ich fühle mich irgendwie verpflichtet.«

»Hört, hört«, sagte Daisy.

»Da ist ein Hubschrauber. Vielleicht wird jeden Augenblick eine SEK-Einheit am Boden sein. Sollen die sich drum kümmern«, sagte Zac.

»Aber die werden euer Lager hochnehmen«, sagte Ben.

»Es ist mein Land.«

»Glaubst du, das wird sie aufhalten?« Er hatte keine Ahnung, hielt es aber für ein wahrscheinliches Szenario. »Ich möchte wetten, die werden herkommen und nach Spuren suchen. Die wollen nicht, dass ihr hier so lagert, auch wenn es dein Land ist. Das Hotel jedenfalls hat mit Sicherheit etwas dagegen. Die örtliche Polizei hört auf den Hoteldirektor. Es wäre zu einfach, eurem Haufen was anzuhängen.«

Das an die Zeltwand geschmiegte Mädchen rührte sich und zog sich den leichten Umhang über die Schulter. Das Wummern des Hubschraubers verebbte. Vielleicht suchte er nach einer Stelle zum Landen. Oben beim Hotel gab es reichlich ebene Fläche. Ben wunderte sich, dass es dort keinen offiziellen Hubschrauberlandeplatz gab. Die meisten Hideaway-Hotels hatten einen.

»Er könnte recht haben«, sagte Daisy. »Zeig's ihm.«

»Monster«, brummte Mateo und klang, als wäre er selbst aus der Tiefe gekommen.

»Mach schon, zeig's ihm«, wiederholte Daisy und sah Zac an.

Zac erhob sich, durchquerte das Zelt, ging hinaus und ließ einen Schwall Sonnenschein einfallen. Trübes, zerstreutes Licht stand dem Innenleben des Zelts besser.

»Was hat dich hergeführt?«, wandte sich Ben an Daisy.

»Ist dir klar, was in meinem Land abgeht?«

Ben nickte, ungewiss, ob besser war, was gerade in seinem ablief. »Wir leben in schwierigen Zeiten.«

»Die Erde«, murmelte Daisy. »Sie tut mir so leid.«

Vorläufig machte sich Ben etwas mehr Sorgen um einige ihrer Bewohner. Umso mehr, als er Zac das Tipi wieder betreten sah mit etwas, das in ein schmutziges, verblichenes Handtuch eingeschlagen war. Er wusste, was es war, ehe Zac es vollständig ausgewickelt hatte, vielleicht weil das Ende eines dunklen Laufs hervorschaute. »Teufel auch«, sagte Ben.

Zum Glück für Zac, dachte Ben, lag er noch auf dem Stoff, womöglich noch ohne Fingerabdrücke, und wirkte dort sehr fehl am Platz. »Das Ding muss aus dem Spanischen Bürgerkrieg stammen.« Es war ein riesiger rostiger Revolver mit weitgehend verrottetem Griff.

»Den hab ich im Wald gefunden, nahe dem Küstenweg«, sagte Zac. »Ich hätte ihn wohl besser liegen lassen sollen. Wobei man auch nicht will, dass so was in falsche Hände gerät. Ich hielt es für das Richtige, ihn aufzuheben.«

»Sieht aus, als wöge er eine Tonne«, sagte Ben und trat zu Zac hinüber. Er wollte auch keine Fingerabdrücke darauf hinterlassen. Er beugte sich vor und schnüffelte. Riechen konnte er nur schwach Erde und den leisesten Hauch von Trüffeln. »Damit ist bestimmt seit Jahren nicht mehr geschossen worden«, sagte er, »das sieht doch jeder.« Außerdem hatte Ian gesagt, Jansen sei mit einem großkalibrigen Jagdgewehr erschossen worden. Die Pistole sah aus, als gehöre sie in ein Museum. Er bezweifelte, dass die passende Munition für solch eine Waffe noch hergestellt wurde. Er bezweifelte auch, dass die Staatsgewalt vor Ort das kümmern würde. Derartige Indizien würden es ihr erlauben, sich auszutoben.

»Hat das Ding den Mann getötet?«, fragte Daisy.

Ben schüttelte den Kopf. »Wann hast du ihn gefunden?«

»Vor ein paar Tagen«, murmelte Zac.

»Dann ist die Antwort eindeutig Nein.« Es war allenfalls denkbar, dass er etwas mit einem der Freibeuter zu tun hatte, die Boote und Ware austauschten. Beinahe schwebte ihm ein Seemann in schmutzigen Lumpen mit einer Waffe unter seinem breiten Ledergürtel vor, der auf knarrenden Decksplanken umherwuselte. In dem Fall könnte der Revolver für eine Strafverfolgungsbehörde mit eindrucksvoller kriminaltechnischer Abteilung und Zugang zu internationalen Datenbanken nützlich sein. Doch solcher Sachverstand war nicht das, womit Ben rechnete. »Ihr müsst ihn trotzdem schnell loswerden. Könnt ihr ihn irgendwo gut verstecken? Oder noch besser, auf Nimmerwiedersehen verlieren?«

»Am besten in den Brunnen, schätze ich«, sagte Zac.

»Wo ist der?«

»Oben beim Haus.«

»Das könnte zu lange dauern.« Ben sah auf seine Uhr. Ebenfalls schon bald eine Antiquität, aber weitaus weniger beunruhigend. Wobei ihr Fundort nicht minder gefährlich oder verfänglich war. War auch die Pistole ein Köder, nur etwa einen Tag eher ausgelegt? Das hätte eine gewisse Planung erfordert und Glück, dass sie nicht zu früh gefunden worden wäre. Falls man sie nicht eigens um der landbesitzenden Hippies willen deponiert hatte – noch eine Falle. »Weißt du noch, wann genau und wo du ihn gefunden hast?«

Daisy sah Zac an, als behalte der etwas für sich. Sie hatte Angst und das zu Recht, vermutete Ben.

»Okay – das war nicht vor ein paar Tagen. Wir haben ihn heute früh gefunden«, sagte Zac leise. »Daisy und ich gehen jeden Morgen beim ersten Licht eine Runde schwimmen. Manchmal pennen wir danach am Strand.«

Daisy lächelte Ben an, verzog dann die Miene und hob die Brauen.

»Aber heute Morgen nicht?«, fragte Ben. »Ihr seid gleich zurückgegangen?«

»Ich hatte Hunger«, sagte Zac. »Da hab ich die Pistole gefunden. Hab sie auf dem Weg zum Strand nicht gesehen. Sie lag am Rand des Küstenwegs, wie gesagt, diesseits des Meeresarms – du weißt, wo ich meine. Lag da einfach. Keiner hatte sie richtig versteckt oder irgendwas, also hob ich sie auf.«

»Das stimmt«, sagte Daisy.

»Hat jemand von euch sonst noch was in der Nähe gefunden?«

Beide schüttelten entschieden den Kopf.

Ben wollte ihnen glauben, denn ihm schien, dass sich die Urheber all dessen nicht zu sehr auf den Zufall verließen – und am Ende die falschen Leute zur falschen Zeit die falsche Waffe fänden. Dazu kam die Tatsache, dass seine Uhr an einer etwas anderen Stelle von anderen Leuten gefunden werden sollte, was die Aufmerksamkeit nur weiter von den wahren Schuldigen abgelenkt hätte. Es war beinahe zu gerissen. Kein Wunder, dass Hoffman so nervös gewesen war – wenn seine Informanten ihn vor der Reichweite und Gewieftheit eines ernst zu nehmenden Verbrechersyndikats warnten.

»Keine Spur von einer Leiche?«

»Nein«, sagten sie noch entschiedener.

»Was ist mit irgendwelchen verdächtigen Vorgängen in der Bucht in letzter Zeit? Zum Beispiel gestern früh?«

»Da kommen und gehen halt ständig Boote«, sagte Zac.

»Und nie sehen wir jemanden sich drauf vergnügen«, sagte Daisy. »Sind die nicht dazu da?«

»Nicht diese Boote«, sagte Ben.

»Wird damit geschmuggelt?«, fragte Zac.

»Sie sind gestohlen. Sie werden auf dem Schwarzmarkt gehandelt. Die Bucht da unten ist der Verkaufsraum, ob ihr's glaubt oder nicht. Der Kerl, der das alles deichselt, steigt gern im Amagat ab. Oder stieg. Es ist seine Leiche, die heute Morgen gefunden wurde. Er war sehr gut vernetzt.«

»Mafia?«

»Ein weiter Begriff, der sehr unterschiedlich ausgelegt werden kann. Die Hauptsache ist, dass ihr diesen Revolver loswerdet.«

»Andernfalls werden sie es uns anzuhängen versuchen?«

Ben nickte jetzt und wurde gewahr, nicht nur keinen Hubschrauber mehr zu hören, sondern auch keine Geräusche einer vorrückenden Truppe, was ein gutes wie auch ein sehr schlechtes Zeichen sein konnte.

»Ich weiß, was ich damit mache«, sagte Zac und lief aus dem Zelt.

»Ich hab ihm gesagt, er soll ihn liegen lassen«, meinte Daisy. »So wie ich ihm gesagt habe, er soll das Paket liegen lassen, das vor zwei Wochen angeschwemmt wurde.«

»Was für ein Paket? Was war drin?«

»Es war ein Kokainbrikett in viele Lagen Plastikfolie gewickelt.«

»Woher weißt du, dass es Kokain war?«

Daisy nahm die Hände auseinander. »Ich habe gelebt.«

Nicht sehr viele Jahre, dachte Ben. Sie konnte nicht viel älter als Natalie sein. »Wo ist es jetzt?«

»Wir glauben nicht an Kokain, Heroin, an Drogen, die Millionen überall auf der Welt ins Elend stürzen. An Drogen, die zu Gewalt führen und dazu, dass die Reichen noch reicher werden. An Drogen, für die es schmutzige chemische Verfahren braucht, um sie herzustellen.«

»Schön für euch.« Ben dachte an Olly in seiner schwärzesten Phase. »Hanf geht in Ordnung, nehme ich an.«

»Natürlich. Und es gibt viele andere natürliche Pflanzen und Pilze, die sich verantwortungsvoll und nachhaltig sammeln und züchten lassen.«

Sie hatte seine Frage nicht beantwortet. »Wo ist das Paket denn jetzt? Das muss doch ein kleines Vermögen wert gewesen sein.«

»Wir brauchen das Geld nicht.«

Er war sich nicht sicher, ob er gerade jetzt einen weiteren Vortrag nötig hatte. »Daisy, wo ist es jetzt?«

»Ich schätze, da, wo Zac hin ist, um die Pistole zu verstecken.«

»Und das wäre?« Vielleicht war das Kokain Teil eines Deals über eine gestohlene Jacht. Oder es wurden noch andere gesetzwidrige Geschäfte in der Bucht abgewickelt. Er fand, dass ein so schöner Teil der Welt solche Verwicklungen nicht verdiente. Wie so oft.

»Das muss er dir sagen.«

»Also nicht der Brunnen?«

»Wär das nicht etwas zu naheliegend?«

»Hoffentlich weiß er, was er tut. Das Ganze könnte sehr ernst für euch werden.« War ihr klar, dass ihr Leben verpfuscht sein könnte, noch ehe es richtig begonnen hatte?

»Deine Schuhe, sind die bio?«

27

Es hatte sich befreiend angefühlt, vom Lager aufzubrechen und durch das Walddickicht zurück zum Weg zu gehen. Daisy hatte ihn überzeugt, dass nicht jede Frage beantwortet werden musste. Er konnte nur hoffen, dass etwas von ihrem und Zacs Idealismus den Sommer überstand.

Zu seiner Überraschung war er schon eine gute Strecke gelaufen, ohne auf die Polizei oder sonst wen zu stoßen. Er blieb stehen, lauschte. Ringsum nichts außer der friedlichen Natur. Dann eine wachsende Panik.

Er schaute suchend hinter sich, nach vorn, in alle Richtungen. Zog sein Telefon aus der Tasche. Kein Empfang. Er lief ein kurzes Stück bergauf. Immer noch kein Empfang. Aber eine Nachricht wurde angezeigt. Irgendwann nach dem Fund von Wim Jansens Leiche musste sein Telefon den Bereich eines Sendemasts gestreift haben. Es war eine WhatsApp von Natalie.

Fühl mich heute nicht besonders. Wieder Schule geschwänzt. Mum ist arbeiten. x

Was tat sie demnach gerade? War sie nach Hause gegangen? Wusste ihre Mutter Bescheid? Wenigstens hatte sie einen Kuss angehängt. Alex wäre früher von der Arbeit nach Hause gegangen, wenn es Natalie wirklich nicht gut ging. Vermutlich hatten Mutter und Tochter immer noch Verständigungsschwierigkeiten, und er war Hunderte Kilometer weit weg. Nicht das beste Szenario.

Das tut mir leid zu hören, Schatz. Ich versuche nachher mal, mit Dir zu skypen. Daddy x.

Er betrachtete seine Nachricht und fühlte sich sogar noch weiter von Natalie entfernt. Skype konnte keine Umarmung ersetzen. *PS*, fügte er hinzu, *hier ist ein Foto, um dich aufzumuntern. x.*

Er wollte ihr eine schöne Ansicht vom Mittelmeer ohne heranpreschende Wasserhose schicken. Vielleicht vom Hotelgarten in all seiner Pracht. Er rief seine Fotos auf und verbrachte einige Augenblicke damit, das passende zu finden, während er die ganze Zeit dachte, dass er in Wirklichkeit eine der Karten-Apps aufrufen wollte. Er hatte sich verlaufen, hatte wohl den falschen Pfad aus Zacs Zeltlager genommen. Natalie würde ihm nicht helfen können.

Er drücke auf Senden, weil er wusste, dass WhatsApp die Antwort automatisch verschickte, sobald das Telefon wieder Empfang hatte, steckte sein Handy ein und beschloss, die Richtung beizubehalten statt umzukehren. Jetzt ging es bergab. Irgendwann würde er schon auf den Küstenpfad stoßen. Auf Wim Jansens sterbliche Überreste.

Nach etwa einer weiteren Viertelstunde Fußmarsch teils überhaupt nicht bergab, vielmehr leicht bergauf, wurde Ben klar, dass er nirgends hingelangte. Nicht nur das, es fehlte auch weiterhin jede Spur einer Menschenseele, nicht zuletzt eines Hubschraubers. Das Trommeln blieb verstummt, was eher wenig überraschte.

Ein neuerlicher Blick auf sein Telefon verriet ihm

nichts. Kaum zu fassen, dass dieser Teil Mallorcas, des Mittelmeerraums so abgelegen sein konnte. Kein Wunder, dass Zac und seine Gefährten das Bedürfnis verspürten, mitten in der Natur zu sein und der Zivilisation den Rücken zu kehren. Wobei Zac natürlich privilegiert war und es sich leisten konnte, so zu leben. Es gab jede Menge andere, die nicht die Wahl hatten.

Je weiter er ging, desto mehr wurde sich Ben der Hitze bewusst, trotz des Schattens. Schweiß tränkte vorn und hinten sein Hemd. Dann hörte er Musik, Gelächter, Leute in einem Pool planschen. Nach ein paar Metern wurde der Pfad breiter, und er betrat eine Lichtung mit einer Villa zur Linken. Um genau zu sein einer Reihe von Villen, gesprenkelt zwischen die Bäume. Während die Häuser einen eher rustikalen Eindruck machten, sahen die Gärten davor groß und gut gepflegt aus.

Er ging zu der Villa, von der die Geräusche kamen. Er wollte nach dem Weg fragen. Als er den Zaun erreichte und sich eben anschickte, etwas hinüberzurufen, trat eine Frau aus dem Haus auf die Terrasse. Sie trug einen gelben Bikini und hoch auf den Kopf geschoben eine große Sonnenbrille. Ihr Blick fiel in Bens Richtung, und sie zuckte zurück.

»Alles okay«, sagte Ben laut und musste zweimal hingucken. »Ob Sie mir wohl helfen könnten? Ich hab mich verlaufen.« Seine Muttersprache genügte hier völlig.

Die Frau kam keinen Schritt näher. Er verstand, warum. Er hatte sie erst neulich in einem Fernsehfilm der BBC gesehen. Sie war seit Jahren berühmt, vor allem dafür, Frauen zu spielen, die sich heftig gegen ihnen zugefügtes Unrecht zur Wehr setzten. Ben dachte an Juliet de Vries. Wobei er nicht glaubte, dass ihr Unrecht angetan worden war. Es schien ihm mittlerweile, dass sie durchaus Herrin der Lage war. Er sah auf seine Armbanduhr.

»Dave?«, rief die Frau über ihre Schulter. »Hier ist ein Mann, der Hilfe braucht.«

»Ich wohne im Amagat«, sagte Ben eilig, als ein hünenhafter, kahlköpfiger Mann vom Poolbereich her auftauchte. Er ging geradewegs auf den Zaun zu. Sein unbekleideter Oberkörper trug eine beträchtliche Zahl Tätowierungen zur Schau.

»Ja?«, fragte er. »Was ist das Problem?«

Hinter ihm trat die Schauspielerin aus dem Blickfeld. Ben wusste auch, wer dieser Mann war. Er gehörte einer ehedem erfolgreichen Rockband an. Olly hätte alles über seine Karriere als Musiker gewusst. Er und die Schauspielerin waren schon eine ganze Weile zusammen, glaubte Ben sich zu erinnern. Er entsann sich auch, dass es mit ihnen ziemlich auf und ab gegangen war. Die Klatschpresse liebte sie.

Ben erläuterte, dass er sich verirrt und keinen Handyempfang im Wald gehabt habe, und fragte, was der kürzeste Weg sei, da er am Nachmittag noch einen Flug erwischen müsste.

Der Mann ließ sich das alles so lange durch den Kopf gehen, dass Ben ihn fast schon denken sehen konnte. Sein Gesicht nahm einen seltsamen Ausdruck nach dem anderen an, und dann lächelte er.

»Sie sind in Deià«, sagte er. »Sie müssen echt weit gelaufen sein. Ich kann Sie fahren, wenn Sie möchten, kein Problem. Habe ein paar Besorgungen zu machen.«

»Wirklich? Ich will Ihnen keine Umstände machen.«

»Kein Problem«, wiederholte er. »Ich hole nur eben die Schlüssel. Stört Sie nicht, hier zu warten, oder? Wir haben Gäste, und die Dame gibt was auf Privatsphäre. Das verstehen Sie doch sicher.«

»Natürlich.« Ben verstand nur zu gut. Dennoch hätten sie vielleicht einen Urlaub in einem Hideaway erwägen sollen. Diese Villa und der Pool boten zufälligen Passanten – und Paparazzi ebenso – mehr als guten Einblick. Ein Hideaway hielt zumindest die Presse auf Abstand, und die Preise waren im Übrigen solche, dass Gäste und Angestellte sich zu tratschen hüteten – normalerweise. Derart perfekten Schutz gab es nie auf Dauer.

Während er vom Zaun der Villa zurücktrat und weiter den Weg hinaufschlenderte, sah Ben nach seinem Telefon. Er hatte wieder Empfang und auch gleich eine Nachricht von Natalie. Er musste das Display vom gleißenden Sonnenlicht abschirmen.

Würg! Voll krass. Ist der tot?

Sofort wurde Ben von Panik durchflutet und einer Welle der Übelkeit dazu. Er hatte doch wohl nicht …? Er begann sich durch sein Telefon zu wischen: WhatsApp, allerlei andere Apps, Fotos eingeschlossen. Er überprüfte einmal und ein zweites Mal seine letzte Nachricht an Natalie. »Du Idiot«, sagte er laut. »Du blöder, verfluchter Idiot.«

Im Wald verirrt, in der Bruthitze, auf der mühseligen Suche nach Empfang hatte er es irgendwie fertiggebracht, seiner Tochter das Foto eines Toten mit dem glitzernden Mittelmeer im Hintergrund zu senden. Wenigstens war es eines von Engin, sein Gesicht in Sand und Kieseln, und kein Schnappschuss von Wim Jansen mit einem klaffenden Loch in der Brust.

»He, steigen Sie ein?«

Ben drehte sich um und sah seinen prominenten Chauffeur am Steuer eines hellgelben Citroën Méhari.

»Ja, danke.« Gelb war offensichtlich die Lieblingsfarbe des Paares.

»Sie müssen reinklettern, fürchte ich.«

»Alles klar«, sagte Ben und schaffte es dann nur mit einigen Verrenkungen auf seinen Sitz. Es gab kein Dach und nur den Ansatz einer Windschutzscheibe. Er konnte es kaum erwarten, Olly davon zu erzählen und Natalie – vorausgesetzt, dass die Welt der Stars sie noch interessierte. Manche von denen machten sich was aus der Umwelt – wobei er das von dem hier nicht glaubte. Das Vehikel rollte los und nahm rasch Fahrt auf. Ein Gefühl, als säße er in einem Kindertretauto mit butterweicher Federung.

»Geht's Ihnen gut, Sie sehen etwas blass aus«, sagte der Mann. Bislang hatte er sich nicht vorgestellt. Vielleicht erwartete er, dass Ben ihn längst erkannt hatte.

»Ich habe gerade Mist gebaut«, sagte Ben.

»Jeder verläuft sich hin und wieder«, gab er freundlich zurück.

Sie hatten das Ende einer Schotterpiste erreicht und bogen auf eine geteerte Straße ab, die sich bald ein steilwandiges Tal emporschlängelte.

»Das ist es nicht«, sagte Ben, »wobei ich wirklich sehr dankbar bin, dass Sie mich mitnehmen. Ich habe eben meiner Tochter ein falsches Foto geschickt. Was drauf war, kann ich Ihnen nicht sagen, aber es ist gar nicht gut.«

»Auch da mussten wir alle schon mal durch«, sagte der Mann, während der offene Winzling seinen Zickzackkurs bergauf fortsetzte. »So ist die heutige Zeit. Elektronische Geräte, soziale Medien, ihr Fluch trifft jeden. Was glauben Sie, wie unsereiner damit zu kämpfen hat? Mehr als eine Beziehung ist mir dadurch in die Brüche gegangen. Wenn Kinder im Spiel sind, quält es einen umso mehr.«

»Übrigens, ich bin Ben«, sagte Ben. »Ich geb Ihnen mal nicht die Hand, denn dieses Auto hat offenbar keine Servolenkung. Macht aber sicher Spaß, das Ding zu fahren.« Ben genoss es: den Fahrtwind, im Freien zu sein und sich flott fortzubewegen, obwohl er Sicherheitsgurte so wenig entdecken konnte wie Anzeichen für Airbags oder Überrollbügel. Er wusste sehr wohl, dass es andere Gefahren in diesem Landstrich gab, die weitaus tödlicher waren als das Rumkutschieren in einer Rappelkiste ohne Verdeck.

»Ich heiße Dave«, sagte der Promi endlich. »Fünffacher Vater. Drei verschiedene Mütter. Das macht es nicht eben leichter.«

»Ich hab nur die eine Tochter. Sie ist vierzehn.«

»Grauenhaftes Alter«, sagte Dave. »Ich fühle Ihren Schmerz. Zweifellos hat sie das Foto jetzt schon an alle ihre Freunde geschickt – vielleicht ist es schon längst viral gegangen, wenn's wirklich anrüchig war. Die denken nicht nach in dem Alter.«

»Ich schätze mal, dass es nicht viral geht – ist nicht die Art Foto.«

»Hoffe und bete, mein Freund.«

Ben wusste, dass er unmöglich irgendeine Antwort

an Natalie schreiben konnte, solange er auf diese Weise unterwegs war. Nicht dass er sich schon überlegt hätte, was er schreiben würde – außer vielleicht: Sorry, Riesenirrtum, teile das bitte unter keinen Umständen.

Sie hatten eine Kreuzung erreicht, die Küstenstraße, und vor ihnen lagen die terrakottagedeckten Dächer von Deià. Ein Spaziergang durch den Ort wäre ihm recht gewesen. Mittagessen in einem der vielen gehobenen Restaurants. Doch nein, nicht auf dieser Reise, gewöhnlich auch sonst nicht. Ohnehin hatte er mehr als genug Zeit fern der Hotelanlage zugebracht, selbst wenn er dort nicht mehr willkommen war. Es ging schon hart auf vierzehn Uhr zu. Ob Bonard immer noch kühle Führungskompetenz ausstrahlte und Essen und Getränke umsonst verteilte? Juliet de Vries war vermutlich längst über alle Berge.

»Kennen Sie die Gegend gut?«, rief Ben über den Lärm des Luftstroms und geplagten Motors, als Dave das Auto auf die Hauptstraße lenkte. Weiterhin nahm der muskulöse Promi jede Biegung mit beträchtlichem Tempo und Selbstvertrauen. Zum Glück herrschte wenig Verkehr, nur war auch kein einziger Behördenwagen zu sehen. Sie waren wieder aus Deià raus, ehe der Ort richtig angefangen hatte. Rechts von ihnen zogen sich Oliven- und Orangenhaine den Hang empor. Bergab zu ihrer Linken verschwand das steiler werdende Land zügig aus dem Blickfeld. Ab und zu erhaschte Ben Fetzen des glitzernden Mittelmeers und des Horizonts.

Dave hatte ihn wohl nicht gehört. »Sind Sie schon mal hier gewesen?«, versuchte er es erneut.

»Anna liebt es hier«, sagte Dave diesmal und räusperte sich im selben Zug.

Er hatte eine dieser Reibeisenstimmen und mit Vorliebe allzu gefühlige Texte gesungen. Olly hatte aufgehört, diese Art Musik zu hören, seit er nicht mehr im Musikmanagement arbeitete. Ben hatte nie drauf gestanden.

»Sie kommt schon seit Jahren hierher. Hat massenhaft Freunde in der Gegend. Durch die Gassen von Deià zu bummeln ist wie Notting Hill am Samstagnachmittag. Ich geh mit, so oft ich kann.«

Er nahm eine weitere Kurve, und wenn Ben sich nicht täuschte, drifteten die Hinterräder des Méhari seitwärts. Ben zuliebe hätte er nicht so angeben müssen. »Deià genießt seit Jahrzehnten einiges Ansehen«, sagte Ben. »Es wurde durch einen britischen Dichter bekannt, Robert von Ranke-Graves.«

»Ach ja?«, sagte Dave. »Muss eine Fangemeinde haben. Hat er einen langen weißen Bart, einen Wust Haare und läuft in Jesuslatschen, weißem Umhang und mit verspiegelter Sonnenbrille rum? Falls ja, kenn ich den Burschen, glaube ich.«

»Er ist tot.«

»So.« Wieder nahm er eine Kurve zu schnell, dann fuhr er fort: »Anna sagt immer, sie bricht gern mal aus allem aus. Wenn Sie mich fragen, hängen selbst da, wo unsere Villa ist, viel zu viele Leute rum.«

Kurz überlegte Ben, ob er damit gemeint war.

»Was ich gern hätte, wär eine Verpisst-euch-alle-Jacht. Ist die einzige Möglichkeit, am Mittelmeer richtig Frieden und Ruhe zu haben. Bloß sind diese Biester teuer, selbst wenn man auf den Tantiemen aus zwei Jahrzehnten hockt.«

»Es gibt Wege, um die Kosten zu senken«, sagte Ben.

»Mieten? Gemeinsame Nutzung? Wär eher nicht so mein Ding.«

»O nein, davon rede ich nicht. Man kann von vornherein weniger bezahlen. Sie zu einem Bruchteil ihres eigentlichen Preises bekommen.«

»Ach ja?« Erregung lag in seiner Stimme, neben langer Erfahrung darin, Albernheiten in ein Mikrofon zu schreien. »Und wie geht das?«

»Das Mittelmeer ist randvoll mit Jachten, derer die Eigner sehr schnell überdrüssig werden.«

»Aus zweiter Hand? Wär Anna eher nicht für zu haben. Oder ich.«

»Praktisch so gut wie neu. Manche dieser Jachten, Sie glauben es nicht, sind so richtig heiß.«

»Sekunde mal.« Daves geistige Mühlen mahlten wieder langsam, während die Räder des Méhari Kilometer fraßen. »Legen Sie mir etwa nahe, wovon ich glaube, dass Sie's mir nahelegen?«

Ben nickte und behielt die Augen auf der gewundenen Straße. Sie mussten sich der Abzweigung zum Hotel nähern.

»Meine Scheiße. So sehen Sie echt nicht aus. Ich hab Sie für einen Lehrer gehalten oder einen dieser spießigen Akademiker, die in ihrer Freizeit am liebsten Vögel beobachten. Wow, so kann man sich täuschen.«

»Verstehen Sie mich nicht falsch«, sagte Ben bestimmt. »Das ist nicht meine Branche. Aber ich kenn da ein paar Leute.«

»Die einen Deal mit mir klarmachen können?«

»Vielleicht. Da gibt's aber einen Haken. Einen großen.«

28

»Da«, sagte Ben, der das Hinweisschild in den Farben des Amagat am Straßenrand ausmachte, gedecktes Grau und Rosa mit einem Funken Gold – fünf glänzende Sterne.

»Alles klar«, sagte Dave.

Der Méhari war beständig schneller geworden, während Ben rasch den Sachverhalt geschildert hatte. Der Indie-Rockstar hatte Freude an dem Betrug, hatte Ben den Eindruck. Selbstredend. Er musste Jahre damit verbracht haben, Affären zu leugnen und sich der Medien zu erwehren – mit wechselndem Erfolg. Zudem schien er zusehends Gefallen daran zu finden, von seiner nicht so abgelegenen Villa, seiner berühmten Freundin und dazu diversen Kindern und Kletten loszukommen.

Trotz jähem Abbremsen und knirschendem Runterschalten war sich Ben sicher, dass der offene Kleinwagen die Abzweigung auf zwei Rädern nahm. Zeit zum Beschleunigen hatte er allerdings kaum mehr, da die kurvige Strecke zum Hotel – mutmaßlich zur Sicherheit der Gäste – Bremshügel aufwies. Nicht viel weiter parkte eine Ansammlung von Fahrzeugen, von denen zwei eindeutig der Polizei gehörten. Beziehungsweise der Guardia Civil, der Beschriftung zufolge. Sie blockierten beinahe die ganze Straße. Ein paar Uniformierte standen bei ihren Autos.

»Sie haben nicht gescherzt, was?«, sagte Dave.

»Nein.« Ben konnte das Dach des Hotels sehen. Es musste gleich hinter der nächsten Kurve liegen.

Einer der Polizisten unterbrach das Geplauder mit einem Kollegen und bedeutete ihnen mit flacher Hand, anzuhalten.

Dave stieg gehorsam auf die Bremse und blieb mitten auf der Fahrbahn stehen. Es wäre gerade genug Platz gewesen, dass er hätte hindurchschießen können. Stattdessen würgte er den Motor ab. Das Geräusch von zwei schuftenden Zylindern wurde im Nu vom Getöse der Zikaden abgelöst. Der in größerer Nähe stehende Polizist fixierte Ben.

»Hola«, sagte Ben gut aufgelegt. »*Como podemos ayudar?*«

»Sie sind Gäste?«, erwiderte der Polizist. »Engländer?«

»Wir sind beide Engländer«, sagte Ben mit Blick auf Dave.

Dave lächelte, dazu ein lässiger Wink. Sein muskulöser Arm war wirklich sehr stark tätowiert.

»Ich wohne im Hotel«, sagte Ben. »Er ist mein Gast.«

Die Polizisten, beide jung, richteten nun ihr Augenmerk auf Dave. Vielleicht hatten sie ihn erkannt.

»Er ist sehr berühmt«, fügte Ben hinzu.

Irgendwo kam knisternd Leben in ein Funkgerät, und ein Schwall Spanisch folgte. Keiner der Polizisten schien dem irgendwelche Beachtung zu schenken. Wiewohl sie vom Méhari zurücktraten, um sich leise zu unterhalten. Ben konnte nicht hören, was sie sagten.

»Wenn Sie mich fragen«, meinte Dave, »sind die hier, um die Gegenrichtung zu kontrollieren.«

»Um niemanden davonkommen zu lassen?«, fragte Ben.

»Ich schätze ja. Schauen sie mal, wie ihre Wagen ausgerichtet sind.«

Da war etwas dran. Vielleicht hatte Dave Erfahrung mit so was – durch jahrelanges Wegrennen. Einer der Polizisten hing nun an seinem Funkgerät, sprach aber wieder zu schnell und leise, um von Ben verstanden zu werden. Doch sein Blick schnellte immer wieder zu Ben, was diesen umso mehr überzeugte, dass sie tatsächlich nach ihm suchten. Nur dass er nicht vom Anwesen fliehen, sondern es betreten wollte und noch dazu mit einem A-Promi im Schlepptau. Die hiesige Polizei musste an VIPs gewöhnt sein und begriffen haben, dass sie kräftig Werbung für die Gegend machten und darum besser nicht vergrault wurden.

Mit einem Mal stellten sich die Polizisten an den Straßenrand und winkten den Méhari durch. Dave brauchte drei Versuche, um den Motor anzulassen. Erst nach reichlich Stottern und Rucken schoss das Gefährt davon.

»Die könnten ein Begrüßungskomitee bilden, bis wir am Haupteingang ankommen«, schrie Ben über den tönenden Motor hinweg. »Es ist diese Art von Hotel. Wenn Sie wollen, können Sie mich einfach hier absetzen, wenden und machen, dass Sie wegkommen. Sie waren so schon nett genug.« Sie näherten sich zügig dem Hauptparkplatz. Ben hatte nicht vor, Dave zum Innenhof an der Hotelrückseite zu lotsen, wo er weniger schleunig würde verschwinden können.

»Ich dachte, ich soll den Ex-Promi spielen, der einen

Prunkpott kaufen will, um sein langweiliges Leben aufzupeppen?«

»Ich bin nicht sicher, ob Sie dazu Gelegenheit bekommen.«

»Wir lassen's drauf ankommen, ja? Die Sache macht mir langsam Spaß.«

Als er aus dem Gefährt kletterte, dachte Ben, dass sich Ian gut mit Dave verstehen würde. Sie überquerten den Parkplatz und nahmen einen Gehweg zum Hotel. Die Lösung war nicht die bequemste. Gäste mit eigenem Wagen mussten erst zum Hauptgebäude fahren, dort ihr Gepäck oder ihre Einkäufe ausladen und dann zum Parkplatz umkehren, um schließlich zu Fuß zurückzugehen. Das Hotel brauchte einen Parkservice. Aber sie waren hier nicht in den USA.

Auf recht kindische Art wurde Ben klar, dass er nichts dagegen gehabt hätte, bei der Ankunft in dem gelben Freizeitmobil mit einem Rockstar am Lenker gesehen zu werden.

»Moment noch«, sagte er und blieb an einer Mauer stehen, die den Anfang der Gartenanlage markierte. Eine prächtige Palme breitete sich über ihnen aus. »Hätten Sie was dagegen, wenn ich ein Foto von uns mache? Ich würde es gern meiner Tochter schicken.«

Ben hatte keine Erfahrung mit Selfies, erst recht nicht zusammen mit anderen Leuten, Dave jedoch eindeutig schon. Er nahm Bens Telefon in die Hand und schoss fröhlich drauflos.

»Das sollte reichen«, sagte er und gab den Apparat zurück. »Denken Sie, es wird das andere Foto aufwiegen, das Sie geschickt haben?«

»Kann ich nur hoffen.« Ben rief das Bild auf und ging doppelt sicher, dass es das richtige war. *Sieh mal, bei wem ich gerade mitfahren durfte. Daddy xx*, schrieb er, bevor er es Natalie schickte. Er hatte nicht die Zeit, dasselbe Bild an Olly zu schicken, denn zwei Männer kamen ihnen entgegen. Die Polizisten mussten vorausgefunkt haben. Oder Überwachungskameras hatten seine Ankunft verraten. Auf dem Parkplatz müsste es welche geben.

»Ah, Mr Bonard«, sagte Ben. Der Hoteldirektor hatte den alten Security dabei. Keiner von beiden schien guter Dinge.

»Es suchen eine Menge Leute nach Ihnen«, sagte Bonard. »Es wäre eine gute Idee, wenn Sie direkt in mein Büro kämen, ohne jedes Trara. Ich versuche immer noch, ein Hotel zu führen. Sie selber müssten doch am besten wissen, wie wichtig guter Service und Diskretion sind.«

»Wer sucht nach mir und warum?«, fragte Ben lächelnd, dem bewusst war, dass er auch einen Sicherheitsbegleiter hatte. Wenngleich Dave, vielleicht aus Höflichkeit, eher mit dem dicken Stamm der nächsten Palme beschäftigt zu sein schien. Er streichelte den Baum sogar.

»Wir alle, wegen dem, was Sie getan haben.«

»Wegen dem, was ich getan habe?« Ben erkannte, worauf das hinauslief – wie vorhergesehen.

Bonard schaute in Daves Richtung. Vielleicht erkannte er ihn auch. »Die Guardia Civil ist eingetroffen, auf dem Land- und Luftweg. Das ist sehr betrüblich. Ein Fluchtversuch wäre jetzt sinnlos.«

»Flucht? Ich habe verzweifelt versucht, hierher zurückzufinden«, sagte Ben. Beinahe lachte er über die abstruse Unterstellung, würde nicht Hoffmans Warnung in seinem Hinterkopf schrillen. Wusste Bonard schon, dass vielleicht nicht alles nach Plan gelaufen war? Er wirkte verstört und schaute, als wüsste er, dass die Guardia Civil die geringste seiner Sorgen war.

»Meine Güte.« Ben sah demonstrativ auf seine Armbanduhr. »So spät schon? Ich will mich gern äußern – im Namen von Hideaway.« Ben versuchte, an Bonard und dem Sicherheitsfritzen vorbeizuspähen. Uniformen oder polizeiliche Maßnahmen in unmittelbarer Nähe konnte er keine sehen. Einige Gäste standen jedoch etwas weiter entfernt.

»Vorher werden wir uns unterhalten«, sagte Bonard, »und ein paar Dinge klären – im Namen von Hideaway. Deswegen passe ich Sie hier ab. Wir wollen doch nicht, dass es zu einem größeren Skandal kommt, oder? Ein guter Ruf ist alles in dieser Branche.«

Bonards Lächeln war eine Schmach, während der Wachfritze diesmal alarmierter dreinschaute als beim letzten Mal, da Ben ihn zu Gesicht bekommen hatte. Außerdem trug er einen Werkzeuggürtel. Vielleicht arbeitete er bei Bedarf auch als Hausmeister. Oder Folterknecht. Die Rohrzange sah besonders unheilschwanger aus.

»Ja, ja«, sagte Bonard. »Kommen Sie hier lang.« Er zeigte zur Rückseite des Hotels mit dem gesonderten Eingang zum Bürotrakt.

»Die Sache ist die, ich bin mit einem Freund hier, wie Sie sehen. Bin ihm in Deià über den Weg gelaufen. Er war so nett, mich zurück zum Hotel zu fahren.« Nun war es an Ben, auf seinen eigenen Sicherheitsbegleiter zu deuten. Dave war dem alten Security mehr als gewachsen, Rohrzange hin oder her. »Bevor ich zum Flughafen aufbreche, wollten wir einen Bissen zu Mittag essen und ein Geschäftsangebot erörtern, das Sie, Mr Bonard, durchaus interessieren könnte.«

»Er muss nach Hause«, sagte Bonard, »und Sie sind hier nicht im Urlaub. Das dürfen Sie nicht vergessen. Hier entlang bitte.« Er setzte sich in Bewegung, während der Security des Amagat plötzlich dicht neben Ben stand und ihn zu folgen drängte. Ihn regelrecht anschob.

»Okay«, sagte Ben. Er sah sich nach Dave um, suchte Beistand, Begleitung, Muskelkraft. Dave hingegen zauderte.

»Weißte was«, rief Dave, »ist vielleicht das Beste, ich mach mich rar. Ich sollte zurück zu meiner Liebsten und den Kindern, unseren Freunden. Das ist mir hier viel zu hoch.«

Großer Kerl wie du, dachte Ben, der schon mit so viel Zoff hat fertigwerden müssen – jetzt reiß dich mal am Riemen.

»Wollten wir nicht Mr Bonard hier einen Vorschlag machen?«, sagte Ben, blieb stehen und machte eine Geste zum Hoteldirektor. Auch Bonard blieb stehen, drehte sich um, sah überrascht aus. Ben hätte das hier wirklich gern auf Video.

»Dave denkt darüber nach, eine Jacht zu erwerben«, schoss er ins Blaue. »Zum Freundschaftspreis, wenn Sie wissen, was ich meine.« Vielleicht zwinkerte er Bonard dabei sogar zu.

»Das kann warten«, sagte Dave. »Wirklich. Wie's

scheint, hast du gerade wichtigere Dinge zu besprechen.« Er hatte es aufgegeben, die Palme zu streicheln, und versuchte nun, sich dahinter zu verstecken.

»Nein«, sagte Ben. »Das ist genauso wichtig wie Leben und Tod.«

Bonard sah fuchsteufelswild aus und verzog das Gesicht, als würde ein Tornado durch seine Innereien pflügen. Vielleicht hatte der Security keine Ahnung von dessen Nebenerwerb, oder war es der Haupterwerb und das Hotel Tarnung? Doch es war fraglich, wie viel der Mann vom Gespräch verstand.

»Ich mach mich vom Acker«, sagte Dave und wandte sich um. »War schön, dich zu treffen, Ben.«

»Ja, gleichfalls.« Ben fühlte sich elendig im Stich gelassen. Vielleicht hatte er zu viel erwartet. Vielleicht war der Kitzel – als sie in dem offenen Wagen um Haarnadelkurven flogen und dabei einen Plan ausheckten, um eine Bande von Schwerverbrechern zu überführen – beiden zu Kopf gestiegen. Oder waren im Musikgeschäft alle so unzuverlässig? Lobende Worte hatte Olly nie darüber verloren, und es hatte nicht gerade seine besten Seiten zum Vorschein gebracht.

»Hoffe, ich seh dich wieder, irgendwann«, rief Ben ihm hinterher. »Und wenn nicht, denk an unsere Unterhaltung«, hängte er rasch an. »Du kennst die Story, wer drinhängt. Was hier wirklich abgeht.« Dave brauchte nicht lange zum Entschwinden. Wenigstens wäre er in der Lage, alles über die sozialen Medien hinauszutrompeten, sollte Ben zum Schweigen gebracht werden.

Bonard stapfte weiter auf sein Büro zu, wobei er sich

alle paar Schritte über die Schulter umguckte. Ben hatte kaum eine andere Wahl, als ihm zu folgen, da der Security nun mit gezückter Rohrzange die Nachhut bildete.

29

Der Security kam nicht mit in Bonards Büro. Aber selbst nachdem der Hoteldirektor die Tür des Vorzimmers fest geschlossen hatte, hatte Ben das Gefühl, dass er mit seinen Werkzeugen davorstand. Bens Blick huschte hinüber zu den französischen Fenstern, die nach vorn auf die Gartenanlage gingen. Das beschriftete Schwanzende eines Polizeihubschraubers war gerade noch sichtbar. Dann sah er zu Bonard, der sich in seinem Sessel hinter dem großen Schreibtisch im Hauptraum niedergelassen hatte. Der Hoteldirektor war gut darin, den Schein zu wahren.

Ben war froh, wenigstens aus der Hitze raus zu sein, und ließ sich auf einen Gästestuhl plumpsen. Er war erheblich bequemer als der Beifahrersitz des Méhari. Es fühlte sich merkwürdig an, dass der Boden unter ihm nicht vorbeirauschte. Sein Verstand hingegen ruhte nicht. Er lächelte Bonard an, eine Aufforderung zu sprechen. Ben hatte noch nicht alles durchschaut, außer vielleicht Bonards Widerstreben, die Polizei einzubinden.

»Diesmal kommen Sie nicht ungeschoren davon«, hob Bonard an. »Seit Ihrer Ankunft haben Sie nur Ärger gemacht. Sogar Ihre Chefin hatte ich heute Morgen hier bei mir. Reizende Frau, aber sie hat keine Ahnung.«

»Und ob sie die hat«, sagte Ben und kam sich auf einmal wie im Stegreiftheater vor.

»Sie haben nicht allein gearbeitet. Wer sind Ihre Helfershelfer? Ich muss annehmen, dass Ihre Seilschaft von Grund auf korrupt ist.«

»Schwerlich«, entgegnete Ben, nicht gänzlich von Hoffman überzeugt. Er merkte, dass er den Waffenschrank ansah. »Jagen Sie gern?«

»Ich kann's tun oder auch lassen«, sagte Bonard beifällig. »Die Einheimischen sind verrückt danach, vor allem auf Wildschwein. Davon gibt es so viele, dass ich es kaum als Sport ansehe. Eher als Abschlachten.« Bonard fixierte Ben mit einem Blick aus seinen dunklen Augen, der alles andere als beifällig war. »Bloß wimmelt es gerade auf meinem Grundstück und im Wald von der Guardia Civil, die nach Spuren sucht, nach dem Mörder von einem meiner geschätztesten Gäste. Das war kein Unfall. Ein faustgroßes Einschussloch in seiner Brust, der arme Mann.«

»Sie haben die Leiche gesehen? Natürlich haben Sie das.«

»Meines Wissens haben Sie auch diesen Leichnam entdeckt. Und dann sind Sie davongerannt – ist das nicht verdächtig? Zwei Leichen binnen zwei Tagen. Das kann kein Zufall sein.«

Ben entschied, das schottische Pärchen aus dem Spiel zu lassen, und überlegte, wie viele Gewehre und Flinten in den Schrank passen mochten. Drei, vier? Er war aus Metall, sah solide aus und hatte eindrucksvolle Messingscharniere. Vermutlich war er abgeschlossen. »Und wenn Sie sich auf den Kopf stellen, es führt zu nichts, mich anzuschwärzen. Doch Sie sollten vielleicht über Ihr eigenes Handeln und Ihre Verbindungen nachdenken, solange Sie noch frei und am Leben sind. Wenn das alles hier erst an die Öffentlichkeit gekommen ist, wird das Amagat nie einen Käufer finden. Aber das ist noch das kleine Problem. Es sind die krummen Geschäftemacher, die Sie hier begünstigt haben, vor denen Sie sich in Acht nehmen müssen.«

Bonard lachte dünn. »Ich habe überall meine Freunde, glauben Sie mir. Keine Feinde – nicht mehr.«

»Ich meine, das hätten Sie mir schon gesagt. Nur sehe ich jetzt gerade niemanden, der Ihnen zu Hilfe eilt. Und das wissen Sie. Es hat keinen Zweck, mir was in die Schuhe schieben zu wollen. Sie sind derjenige, der es verbockt hat, dem übel mitgespielt wurde.«

Bonard schüttelte den Kopf. »Sie wissen nicht, wovon Sie reden.«

»Ihre Träume sind geplatzt«, sagte Ben. »Selbst Ihre Affäre mit Juliet de Vries hat sich als arglistige Täuschung erwiesen. Ich glaube fest, dass sie den Russen vorzieht. Wie heißt der noch gleich? Ach genau, Roman.«

»Das ist nicht wahr«, rief Bonard und schlug mit der Faust auf den Tisch. »Nein, nein, nein.«

Doch seine Wut verrauchte rasch, und er schien buchstäblich vor Bens Augen zu welken wie der Lavendel draußen im Hof. Er musste eingesehen haben, dass das Spiel vorbei war und er Juliet de Vries nicht halb so gut kannte, wie er geglaubt hatte.

»Und die ganze Zeit muss Ihre arme Belegschaft die Scherben aufsammeln«, sagte Ben. »Wer davon noch am Leben ist. Sie haben einige gute Leute hier.« Er hoffte, noch einmal mit Paul sprechen zu können, ehe er zum Flughafen aufbrechen musste oder zuvor vom Gelände entfernt wurde. Außerdem fiel ihm ein, dass Maria Moyas Schicht um vierzehn Uhr endete. Würde er sie wieder verpassen? Er sah auf seine Uhr, was ihm gleichermaßen ein Trost war und zum Zorn gereichte.

»Noch mehr Lug und Trug«, sagte Bonard wenig überzeugend. Er war vollkommen überfordert. »Ihr Briten wollt doch immer anderen die Schuld geben.«

Der Direktor kam auf die Beine, legte beide Hände auf den Tisch und beugte sich vor – und Ben musste unwillkürlich an den Rektor einer schrecklichen Schule denken, die zu besuchen er einst das Pech gehabt hatte. Coren war sein Name, auch bekannt als Greasy Coren. Nichts hatte er lieber getan, als Schüler mit dem Rohrstock zu verdreschen, lange nachdem körperliche Züchtigungen verboten worden waren. Das einzig Gute an der Schule war gewesen, dass er dort Olly kennengelernt hatte.

»Zwei Leichen, Mr Martin«, beeilte er sich fortzufahren und schien irgendwo doch Kraft zur Gegenwehr zu finden. Ein letztes Aufbäumen. »Halten wir uns an die Tatsachen. Beide ermordet, anders als die dicke Belgierin, die im Schlaf starb.«

»Sagen Sie jetzt, dass der Barkeeper Engin ermordet wurde?« Ben stand nicht auf, rutschte aber auf seinem Drahtgittersessel vor und griff nach den Armlehnen. Das hier machte ihm beinahe Spaß. Das Telefon in seiner Hosentasche summte.

»Also gut, ich sage Ihnen jetzt die Wahrheit – und will sehen, ob wir uns einig werden können.« Bonards Gebaren hatte sich völlig verändert. Es war ziemlich bemerkenswert.

»Um sich selbst zu retten, meinen Sie?«

»Das Hotel ist umstellt. Sie werden nirgendwo hingehen und ich auch nicht.«

»Ich werde gehen, wohin es mir passt, besten Dank auch«, sagte Ben etwas unsicher. Ihm könnte immer noch etwas angehängt werden. »Und wie geht Ihre Geschichte jetzt? Wie glauben Sie, aus der Sache rauszukommen?«

»Der Barkeeper starb durch stumpfe Gewalteinwirkung auf den Kopf«, sagte Bonard, als spräche er bei einer Vorstandssitzung. »Er muss nicht sofort tot gewesen sein. Er war im Meer, ist aber nicht ertrunken. Dafür war nicht genug Wasser in seiner Lunge.«

»Woher wissen Sie das?«

»Von der Guardia Civil, pathologischer Bericht. Sie hat die Ermittlungen übernommen – das ist das Dumme. Sie ist sehr gründlich und nicht bestechlich. Man hätte sie nie einschalten dürfen.«

»Dann sind Ihnen also die Freunde ausgegangen. Oder Sie zahlen Ihnen nicht genug.«

»Meine Belange sind schwer in Mitleidenschaft gezogen worden.«

»Ihre Belange?« Ben seufzte. »Ja, das glaube ich gern. Wer ist denn nun für Engins Tod verantwortlich?«

»Ich dachte, das könnten Sie der Guardia erzählen. Vielleicht glaubt sie Ihnen ja.«

Bonard wollte sich also auf einem anderen Weg aus der Sache rauswinden. Was für ein Kurswechsel. Und Ben sollte ihm dabei helfen? Pustekuchen.

»Ich werde denen alles sagen, was ich weiß. Mit Vergnügen«, sagte er. »Aber ich weiß nicht alles mit Bestimmtheit.« Da ging Ben auf, dass das womöglich auch für Bonard galt. Was hatte er sich da für einen Schlamassel eingebrockt.

»Ich habe Sie mit verschiedenen Angestellten und Gästen reden sehen«, fuhr Bonard fort. »Insbesondere mit einem Gast. Sie kann sehr überzeugend sein. Haben Sie sie gefickt?«

»Nein, habe ich nicht«, sagte Ben und stand auf. Am liebsten wäre er hinübergegangen und hätte Bonard eine reingehauen. Allerdings war stumpfe Gewalteinwirkung, auf wen auch immer, nicht sein Ding. Er hatte noch nie eine gewalttätige Auseinandersetzung angezettelt und würde jetzt nicht damit anfangen. »Ich fürchte, sie hat Sie gefickt.«

»Wo sind Sie heute früh hingegangen?«, fragte Bonard, und ein schmerzlicher Ausdruck huschte über sein Gesicht.

»Runter zum Schwimmen.«

»Ohne Handtuch?«

Woher wusste er das? »Die Videoüberwachung funktioniert also doch?«

»Kameras sind das eine, Security etwas anderes. Es gehört zu den Pflichten eines Direktors, über alle Vorgänge in seinem Hotel Bescheid zu wissen. Nicht alle meine Mitarbeiter sind illoyal.«

Stand draußen noch immer der Security?

»Mit den Gästen verhält es sich da anders, stimmt's?«, fragte Ben, und die Zahnräder in seinem Kopf ratterten wie das Méhari-Getriebe auf der Klippenstraße. Sie brauchten vielleicht eine Weile, um in Schwung zu kommen, doch nun hatte er wieder das Gefühl von Wind im

Haar. Von Erregung und Freiheit, die sich bei Klarheit und Gefahr einstellen.

»Was hat sie Ihnen erzählt? Wo die Beweise lagen?«

Durch die französischen Türen erhaschte sein Blick die Schwanzflosse des Hubschraubers. Das Ding musste offenbar nicht vom Himmel aus den Mörder mit einer Wärmebildkamera jagen. Es musste nicht abheben, um den Verdächtigen im Visier zu haben. Einen der Verdächtigen jedenfalls.

»Mir hat sie erzählt, dass Sie und Wim Jansen gemeinsame Geschäfte gemacht haben und sie aussteigen wollte.«

»Hat sie Ihnen erzählt, wer ihn getötet hat?«

»Ich bin ihr heute Morgen nicht begegnet.«

»Haben Sie nach ihr gesucht? Oder wollten Sie sich aus dem Staub machen? Mit ihr, war es so?«

»Wie gesagt, ich bin zum Schwimmen runtergegangen. Bin auf ein paar neue Freunde gestoßen, habe mich verlaufen, ein paar Hippies getroffen. Und dann einen netten Mann, der früher mal Rockstar war. Ein ganz gewöhnlicher Tag auf Mallorca vermutlich.«

»Das ist nicht zum Lachen«, sagte Bonard, nahm Platz und wischte sich die nunmehr schweißfeuchte Stirn – trotz übermäßig aufgedrehter Klimaanlage.

»Wer hat ihn denn nun umgebracht? Ich dachte eigentlich an Sie.«

Er schüttelte den Kopf. »Warum sollte ich einen wichtigen Kunden töten?«

»Weil er der Gefährte Ihrer Geliebten war?« Ben wusste selbst, dass es so einfach nicht war.

»Sie ist nie meine Geliebte gewesen.«

»Geschäftspartnerin?«

»Was wissen Sie von Geschäften? Sie haben nie ein Unternehmen geführt. Sehen Sie, ich weiß alles über Sie.«

»Nein, tun Sie nicht – Sie haben keinen Schimmer.« Einen Augenblick lang fragte Ben sich, was Emily Muller heute Morgen zu Bonard gesagt haben mochte. Doch ihr konnte er bestimmt vertrauen. »Ich weiß genug über Geschäfte«, sagte er, »um zu merken, wenn eines faul bis ins Mark ist.«

»Sie waren mal Journalist? Was ist das überhaupt für ein Beruf? In dem alle Lügen verhökern – jeder lügt.«

Vielleicht würde Bonard jetzt endlich so etwas wie die Wahrheit gestehen. »Wo ist Juliet de Vries, und wo ist ihr russischer Freund?«

»Machen Sie mich nicht wütend. Ich habe Ihnen eine Chance gegeben. Wir hätten unsere Geschichten abgleichen können. Aber nein, Sie sind zu stur. Ich werde Sie der Polizei zum Fraß vorwerfen. Ihr sagen, dass Sie Wim Jansen ermordet haben, weil Sie eine Affäre mit Juliet de Vries hatten. Ich habe das Bildmaterial, das Sie beide bei einem Cocktail zeigt – Sie Tollpatsch. Und dann beim Spaziergang runter ans Meer gestern Abend, quasi Arm in Arm. Ich bin sehr wählerisch, welche Videoaufzeichnungen ich aufbewahre. Ich glaube, es gibt überdies Beweise, dass Sie am Tatort waren.«

Ben fing an, rückwärts in Richtung Bürotür zu gehen, und rätselte, weshalb die Polizei noch nicht da war und den Direktor befragte. Musste sie erst zwei und zwei zusammenzählen? Hatte Bonard sie bei ihrem Eintreffen irgendwie eingewickelt? Vielleicht brauchte die Guardia Civil ja ihre Zeit, um gründlich zu sein.

Er zögerte, ehe er die Tür öffnete. »Ich denke, ich habe genug gehört. Aber eins verraten Sie mir bitte noch. Womit soll ich denn Mr Jansen erschossen haben?«

Bonards Augen zuckten zum Waffenschrank und dann zurück zu Ben. »Mit einer Pistole, die Sie von dieser schrecklichen Frau bekommen haben.«

»Beinahe tun Sie mir leid«, sagte Ben. »Ich habe die Nachricht gesehen, die Sie ihr letzte Nacht geschrieben haben, nachdem Jansen getötet worden war – selbst Ihre treuen Mitarbeiter machen Fehler.«

Bonard schüttelte erneut den Kopf. »Ich weiß nicht, wovon Sie reden.«

»Sie glaubten wohl immer, sie wiederzusehen, zu Ihren Bedingungen – ein größerer Anteil am Gewinn. Nur Sie beide. Aber es war ein Dreieck, nicht wahr – ein weiteres Dreieck.« Ben war an der Reihe, dem Waffenschrank zuzunicken. »Versuchen Sie, die Mordwaffe vor den Augen aller zu verbergen? Das nenne ich hoffnungsvoll. Ich habe Sie letzte Nacht Ihr Gewehr reinigen sehen.« Ben wusste, dass er ein Foto hätte schießen sollen – auch wenn der Blitz seine Anwesenheit verraten hätte. »Haben Sie wirklich geglaubt, die Polizei würde auf eine untergeschobene Antiquität reinfallen? Oder haben Sie darauf spekuliert, dass die Sache keine Kreise über den Ort hinaus zieht?«

Vielleicht war es das Licht, eine Wolke, die sich vor die Sonne schob und die Strahlen vom Büro abschirmte, oder Bonards Gesicht wurde einfach blasser, während Ben ihn mit seinem Gewissen ringen sah. Der Mann nahm die Arme wieder auseinander und schien im Begriff, auf die Beine zu springen.

»Sie können mir helfen«, sagte Bonard. »Wir arbeiten in derselben Branche.«

»Nein, tun wir nicht«, sagte Ben.

»Denken Sie an Hideaway«, sagte Bonard. »Es geht ums Ansehen – aller Hotels.«

Ben langte nach der Türklinke.

»Wohin bilden Sie sich ein zu gehen?«

Ben hatte die Tür geöffnet. Der Security lungerte nicht mehr davor herum. Vielleicht war er nur eine rauchen gegangen. Oder er hatte aus Furcht vor Verhaftung das Weite gesucht. Die Luft im leeren Flur war viel wärmer. Er steckte den Kopf zurück in die Kühle. »Ich gehe meine Taschen packen.« Bonard war aufgestanden und, den Schlüssel in der Hand, an den Waffenschrank getreten. »Aber vorher werde ich den ermittelnden Beamten suchen und ihm erzählen, wo sie den Mörder finden können. Ich schlage vor, Sie setzen sich wieder. Wie Sie selbst sagten – das Hotel ist umstellt.«

»Ich habe den Barkeeper nicht angerührt«, sagte Bonard, ohne sich zu setzen. Schuld und Untreue standen ihm deutlich ins glatte gebräunte Gesicht geschrieben. Er hätte Tennislehrer bleiben sollen. Jetzt versuchte er, den Schlüssel ins Schloss des Waffenschranks zu stecken.

»Ich würde das nicht allein tun, wenn ich Sie wäre«, sagte Ben. Er konnte nicht sehen, was sich im Schrank befand. »Lassen Sie sich von der Polizei helfen.«

Ihm wurde klar, dass er zwei Möglichkeiten hatte, als Bonard die Tür aufsperrte. Zum Glück musste er sich für keine davon entscheiden. Zwei Polizisten waren am anderen Ende des Flurs erschienen und rannten auf das Büro zu.

»Endlich«, sagte Ben auf Spanisch und fügte hinzu: »Er hat ein paar großkalibrige Gewehre da drin. Sehen Sie sich vor.«

Sie drängten vorbei und zogen ihre halb automatischen Pistolen, die alles andere als Antiquitäten waren.

30

Die betörenden Düfte, die aus dem Küchentrakt waberten, erinnerten Ben daran, dass er noch etwas anderes klären wollte. Er trat durch die doppelte Schwingtür zu seiner Linken, statt geradeaus zur Rezeption zu streben. Mit ihrem glänzenden Edelstahl und der kleinen Heerschar von Köchen in gestärkter weißer Kluft und karierten Hosen fühlte sich die Küche auf einmal wie der einladendste Ort der Welt an. Außerdem schien es ihm kein so schlechter Gedanke, die Behörden einstweilen auf eigene Faust vorankommen zu lassen, ehe er die Lücken füllte.

Hier in dieser gut ausgestatteten Küche wurde ihm nicht nur klar, wie hungrig er war, sondern auch, dass er das Restaurant kaum gewürdigt hatte. Zwei Hauptgerichte pro Auftrag probieren war die Mindestanforderung. Ein Abendessen, zweimal Frühstück vom Büfett und gelegentlicher Zimmerservice waren alles, was er für sich verbuchen konnte. Nicht dass er irgendetwas an dem auszusetzen hätte, was er glücklicherweise probiert hatte. Er würde ohnehin keinen normalen Bericht schreiben.

Rechter Hand bereitete ein Souschef Artischocken zu. Wahrscheinlich schon Vorbereitungen für das Abendessen. Ob das Restaurant heute überhaupt offen bleiben durfte? Auf einer weiteren silbergrauen Arbeitsfläche gegenüber separierte ein zweiter Souschef offenbar Wachtelbrüste.

Drüben in einer Ecke sah er ein freundliches Gesicht. Es handelte sich um die Köchin, die gestern den ganzen Tag Dienst gehabt hatte. Sie schaute erst hoch, als Ben so gut wie neben ihr stand.

»Ich habe eben Ihren Chef gesprochen«, sagte er. »Ich bin mir nicht sicher, ob er wirklich die Antworten auf alles kennt.«

Ihr sanftmütiges Antlitz verzog sich zu einer Miene völliger Verständnislosigkeit, um daraufhin so etwas wie Kenntnisnahme auszudrücken.

»Letzte Nacht, als ich meine Bestellung für den Zimmerservice aufgab«, half Ben nach, »da sagten Sie, der Hoteldirektor wüsste alles.«

»Ich habe heute die Guardia gesehen. Sie sind überall. Wie ich höre, ist etwas Schreckliches passiert.«

»Noch etwas Schreckliches.«

Sie schüttelte aus lauter Verzweiflung den Kopf. Schweißperlen flogen von ihrer Stirn. Ihr Gesicht war ganz rot. »Ich versuche zu arbeiten. In dieser Küche ist viel zu tun, immer. Wir ziehen den Kopf ein.«

»Sie liegt auch nahe beim Büro des Hoteldirektors. Haben Sie letzte Nacht etwas Ungewöhnliches gesehen oder gehört? Sie waren im Dienst. Sie haben unmittelbaren Zugang zum Hof. Bitte denken Sie nach. Zwei Menschen sind ermordet worden. Die Verantwortlichen müssen zur Rechenschaft gezogen werden.«

Ihr Blick ging über seine Schulter, um rasch die Küche zu überfliegen. »Da war letzte Nacht ein Mann. Er hatte hinten geparkt. Er ging ins Büro des Direktors.«

»Um welche Zeit war das?«

»Ich weiß nicht. Nicht spät. Wir hatten alle Hände voll zu tun mit dem Zimmerservice. Mir fiel auf, dass sein Auto – ein Mercedes wie der von Mr Bonard – stundenlang dastand. Solche Autos parken hier immer.«

»Und ein Hummer?«

»Ja – der kommt manchmal. Er gehört einem Geschäftsmann aus Palma. Er stellt Mitarbeiter. Aber der war letzte Nacht nicht hier. Nur der andere Mann.«

»Ich denke, ich habe diesen anderen Mann gesehen, als er gegangen ist«, sagte Ben. »Kurz nachdem ich die Garnelen bestellt habe – die waren übrigens umwerfend –, war ich kurz spazieren.«

»Das habe ich nicht beobachtet«, sagte sie langsam.

»Er ist nicht aus Bonards Büro gekommen. Sondern aus einem der Gästeflügel – wo mein Zimmer liegt.«

»Ach ja, wie das der Holländerin«, sagte die Köchin. »Sie und ihr Partner sind schon früher hier gewesen – viele Male. Sie haben immer dasselbe Zimmer – wegen der Aussicht, glaube ich. Ich weiß nicht, wo er tagsüber hingeht, aber sie ist gern im Pool und im Spa. Sie ist sehr freundlich zu Mr Bonard. Heute früh habe ich sie in einer Limousine abreisen sehen. Mr Bonard war da, um sich von ihr zu verabschieden. Glücklich sahen sie nicht aus. Er wollte sie küssen, und sie hat ihn geohrfeigt, und dann fuhr das Auto weg. Jetzt habe ich Ihnen zu viel erzählt.«

»Sie haben die ganze Nacht lang gearbeitet, nicht wahr?«, fragte Ben. »Ununterbrochen.«

»Morgen nehme ich mir frei.«

»Das tut Ihrer Gesundheit nicht gut. Dann machen

Sie das aber auch bestimmt. Übrigens arbeite ich für Hideaway. Ich bin Hotelinspektor. Mein Name, mein richtiger Name, ist Ben Martin.«

»Oh«, sagte sie. »Das erklärt, warum Sie so viele Fragen stellen.«

»Nun, es hat mich sehr gefreut, Sie kennenzulernen, wenn auch nur kurz. Danke schön für das, was Sie mir erzählt haben.« Sie würde ihm ihren Namen nicht aus freien Stücken verraten, wurde ihm klar. Er verübelte es ihr nicht. Sie wollte einfach nur den Kopf einziehen und hart arbeiten. Er wollte jedoch nicht, dass sie ausgebeutet wurde – oder sonst jemand hier. »Wenn ich irgendetwas für Sie tun kann, lassen Sie es mich bitte wissen. Die Belegschaft ist das wertvollste Gut eines Hotels. Es kann von Glück reden, dass es Sie hat.«

»Danke«, sagte sie.

Ben spürte wieder das Vibrieren seines Telefons in der Hosentasche, und ihm wurde klar, dass er Emily Muller wenigstens eine E-Mail hätte schreiben sollen. Nur waren seit dem Frühstück ein paar dringende Angelegenheiten dazwischengekommen. Überhaupt hatte er entweder keine Zeit oder kein Netz gehabt, und jetzt wäre sie vermutlich eh unterwegs. Außerdem störte ihn weiterhin die vage Möglichkeit einer Verdunkelung durch Hoffman, wenn nicht dessen Unfähigkeit. »Eine Sache noch«, sagte er. »Dieser Mann letzte Nacht, haben Sie den zuvor schon mal im Hotel gesehen?«

»Ich glaube nicht. Aber ich bekomme die Leute nie zu Gesicht, die an den Tischen speisen. Es sei denn, er war den Abend zuvor mit einer Frau hier. Dann könnten sie an derselben Stelle geparkt haben. Wäre aber ein ungewöhnlicher Parkplatz für Gäste. So viele Mercedes.«

»Ruhen Sie sich aus, ja?«

Im Flur zog Ben sein Telefon aus der Tasche. Über verschiedene Apps waren zahlreiche Nachrichten eingegangen. Er blieb vor einer großen Tür stehen, hinter der er unmittelbar den Empfang vermutete. Als Erstes widmete er sich einer WhatsApp.

Ich dachte, dieser Mensch ist schon tot, hatte Natalie unter das Selfie von Dave und ihm vor dem dicken Stamm einer Palme geschrieben. *Hol mir bitte nicht sein Autogramm, aber du solltest dir ein paar Tattoos machen lassen, Dad. Seine sind cool.*

Natalie hatte ihre Mutter und ihn schon damit getriezt, dass sie ein Tattoo wollte. Es war wohl unvermeidlich. Piercings in den Ohren hatte sie schon einige. *Man weiß ja nie*, erwiderte er. *Versuche nachher, mit Dir zu skypen. Bin gerade sehr beschäftigt.*

Als er in die Lobby trat, sichtete er sofort Maria Moya hinter dem Tresen. Außerdem sah er einen uniformierten Polizisten im Haupteingang stehen, auf der anderen Seite der inneren Glastüren, welche die Kühle drinnen von der Hitze draußen trennten. Mit seiner Schildkappe und der griffbereiten Pistole im Holster war er schwerlich die beste Reklame für das Hotel. Wenigstens trug er keine SEK-Montur.

Ben sah auf seine Armbanduhr. Maria hatte gesagt, ihr Feierabend sei um vierzehn Uhr. Jetzt war es schon fast fünfzehn Uhr, der Zeitpunkt, da er sein Zimmer räumen sollte.

»Viel zu tun?«, fragte er, als er an den Tresen trat. »Ich

dachte, Sie hätten inzwischen Feierabend. Hab schon geglaubt, ich hätte Sie verpasst.«

Sie sah ihn sogar noch erschrockener und überraschter an als die Köchin. »Es hat einen Notfall gegeben«, sagte sie. »Sie haben bestimmt den Hubschrauber gesehen. Aber Sie sind noch immer hier?«

»Ja, ich muss noch auschecken.«

Sie schaute an ihm vorbei zum Eingang. Zwei Gäste musterten einen der Schaukästen. Weiter hinten schob der Polizist weiterhin Wache. »Leute haben nach Ihnen gesucht, Mr Slavitt, oder ist Mr Martin richtig? Wie soll ich Sie nennen?«

»Geht beides. Sie haben es die ganze Zeit gewusst, oder?«

Sie lächelte. »Die Guardia ermittelt hier«, flüsterte sie. »Der Mord wurde an der Rezeption gemeldet, als ich hier mit meinem Kollegen José war. Er war früher bei der Guardia Civil – dank ihm sind die hier. Gewöhnlich ist es die Policia Nacional, die Ortspolizei, die bei einem Problem ins Hotel kommt. Der Polizeichef ist ein Freund von Mr Bonard. Aber José meinte, diese Sache müsse an die richtige Polizei gehen. Der traut er zu, besser zu arbeiten. Es sind zu viele Leute gestorben.«

Ihr Haar fiel ihr wieder über die Augen. Sie schnippte es fort. »Mr Bonard ist nicht glücklich darüber, dass die Guardia hier ist.«

»Ich glaube nicht, dass Mr Bonard in nächster Zeit den Empfang belästigen wird«, sagte Ben.

»Mr Bonard? Hat er irgendwas mit der Sache zu tun?« Doch es lag wenig Überraschung in ihrer Stimme.

»Wenn die Guardia Civil weiß, was sie tut, dürfte sich alles bald aufklären.«

Maria Moya beugte sich vor. »Gut so. Mr Bonard ist es nicht recht, wenn wir die Wahrheit sagen. Uns wird vorgegeben, was wir sagen sollen. Es ist wirklich anstrengend.«

Ben nickte. »Das wird sich ändern. Kein Vertuschen mehr. Es hat nie Quallen in der Bucht gegeben, oder?« Das entsprechende Warnschild war verschwunden.

»Sie sind Hotelinspektor, nicht wahr? Dann wissen Sie doch, wie es läuft.«

»Zum Glück sind nicht alle Hotels gleich.« Er schaute auf seine Uhr. »Sie sagten doch, ich müsse bis drei aus meinem Zimmer raus sein. Ich sollte meine Sachen holen. Vermutlich muss ich aber mit der Guardia Civil reden, bevor ich fahre.«

»Natürlich«, sagte sie. »Sie können helfen?«

»Ich denke schon. Mir fehlt nur noch ein Puzzleteil.«

»Vielleicht finden Sie das ja in Ihrem Zimmer?«

Er ging etwas entnervt davon. »Ich bin in etwa zwanzig Minuten zurück.«

Auf halbem Weg durch die Lobby blieb er stehen und rief Maria zu: »Maggie und Ian, das schottische Paar, ich würde mich gern von ihnen verabschieden. Wissen Sie, wo sie sein könnten, oder können Sie mir ihre Zimmernummer sagen?«

»Sie sind abgereist, schon zum Flughafen. Sie haben ihre Flüge umgebucht und wollten schnellstmöglich nach Hause. Die Frau war völlig aufgelöst.«

»Wie schade«, seufzte Ben und wandte sich zum Eingang. »Es sieht nach einem herrlichen Abend aus.« Die

Wache war noch da und die Sonne ebenso. Sie ergoss sich über die Terrasse und die Gartenanlage, die gegenwärtig einen Polizeihubschrauber neben den berühmten Erdbeerbäumen beherbergte. Dahinter fiel der Pinien- und Eichenwald der Serra de Tramuntana zum glitzernden Mittelmeer hin ab, das absolut ruhig war.

Die Bucht, bemerkte er draußen auf den kochend heißen Fliesen, war nicht leer. Er konnte mindestens eine Jacht sehen.

31

Ben nahm die Treppe, nicht den Aufzug. Es war nur ein Stockwerk, trotzdem fühlte er jede Stufe. Das Wohnen in solchem Luxus konnte einen wirklich auslaugen.

Als er um die Ecke in den Flur einbog, sah er zu seiner Überraschung eine Frau an eine Tür klopfen. Nicht irgendeine Tür, sondern die zu Juliet de Vries' und Wim Jansens vormaliger Suite. Es war kein Zimmermädchen, keine Hotelangestellte. Sie war auch nicht von der Polizei oder der Guardia Civil. Sie trug ein Strandkleid und silberne Sandalen. Ben erkannte diese Sandalen und die Tätowierung auf dem rechten Fußknöchel.

»Kann ich helfen?«, fragte er auf Englisch.

»Ich suche nach einer Freundin«, erwiderte die Russin Anna.

»Juliet de Vries?«

»Ja«, antwortete sie gar nicht freundlich. »Außerdem suche ich nach einem Mann.«

»Wim Jansen?« Ben holte tief Luft. »Ich muss Ihnen leider mitteilen, dass es einen Zwischenfall gab. Vielleicht haben Sie die Polizeibeamten draußen gesehen? Die kümmern sich darum.«

»Nein, ich suche nicht nach diesem Schwachkopf«, rief sie. »Ich suche nach meinem Mann Roman. Er ist verschwunden, ist nicht in der Villa. Er ist irgendwo mit ihr. Ich weiß es. Am Ende kriegt sie immer, was sie will. Ich könnte sie umbringen, und ihn. Alle beide.« Sie schüttelte den Kopf und bleckte die Zähne.

»Nach meiner Kenntnis hat Juliet de Vries heute Morgen das Hotel allein verlassen«, sagte Ben.

»Sie wird nicht lange allein bleiben. Sie trifft ihn sicher irgendwo auf der Insel. In irgendeinem Jachthafen.«

»Und was dann, segeln sie gemeinsam in den Sonnenuntergang davon?«, fragte Ben. Vielleicht war es nicht die angebrachteste Entgegnung. Mit Enden hatte er seit jeher Schwierigkeiten. Vielleicht dachte er auch an seinen Bericht für Hideaway – wie in aller Welt er den abschließen sollte.

»Ich werde sie aufhalten«, sagte sie.

»Ach? Das wäre schön. Damit würden Sie eine Menge Leute glücklich machen. Wie?«

»Michel Bonard. Der weiß, wo diese Boote sind. Er steckt in dem Geschäft mit drin. Er wird sie orten können. Die haben Gerätschaften, Mittel und Wege.«

»Warum sollte er das wollen? Ich sehe nicht, dass er eine polizeiliche Ermittlung unterstützt.«

»Weil er in Juliet verliebt ist. Er würde alles für sie tun – er hat Wim für sie umgebracht.«

»Ehrlich gesagt bin ich mir nicht sicher, ob er noch in sie verliebt ist.«

»Wir müssen sie finden«, sagte sie.

»Damit Sie beide töten können?«

Ihre Augen wurden feucht. »Was kann ich tun? Ich habe fast alles verloren. Ich muss für das kämpfen, was mir geblieben ist – mein Würde.«

Das würde ein ganz schöner Kampf werden. »Lassen Sie uns nachdenken«, sagte Ben. »Wie genau ist Ihr Mann in alles verwickelt?«

»Jeder wollte Wim aus dem Weg haben, weil sie alle gierig sind und dumm. Roman, Juliet und dieser alberne Franzose.« Sie zuckte mit den Schultern, wischte sich die Augen und riss sich zusammen. »Ich hab immer einen großen Bogen um ihre Geschäfte gemacht.«

Das hoffte Ben, denn andernfalls würde auch sie ihre Zeit im Gefängnis absitzen müssen.

»Ich kann einfach nicht glauben, dass er mir das angetan hat«, sagte sie und schien kurz davor, erneut die Fassung zu verlieren. »Oder sie – sie war meine Freundin.« Annas Stimme verlor sich.

»Ich denke, Sie sollten mich begleiten. Wir können uns beide mit der Guardia Civil unterhalten. Vielleicht möchten Sie ihr auch erzählen, was dem Barkeeper zugestoßen ist. Wer hat ihn bewusstlos geschlagen, Wim oder Roman?«

»Es war Roman, immer Roman. Er hat sich nicht im Griff. Juliet wird das noch herausfinden. Geschieht ihr nur recht.«

Ben fragte sich, ob Roman jemals Juliets Launen erlebt hatte. Das würde noch ein schönes Duell werden. »Warum genau?«

»Der Barkeeper hat uns auf der Badeplattform überrascht. Wir hatten gerade mit dem Beiboot angelegt. Er sprang zwischen den Bäumen hervor und fing an, Roman und Wim als Mörder zu beschimpfen. Machte sie dafür verantwortlich, dass seine Freunde im Mittelmeer ertrunken seien. Er sagte, er wisse, was für Geschäfte sie hier machten. Er habe sie beobachtet, sich Notizen gemacht. Er war sehr erregt. Außerdem hatte er eine Waffe, eine alte Pistole. Sie feuerte nicht.«

»Wo hatte er die her?«

Sie schüttelte den Kopf. »Dieses Hotel besorgt doch alles, was man sich nur wünschen kann, nicht wahr?«

»Ich glaube schon, dass Belegschaft und Gäste unterschiedlich behandelt werden.«

»Das liegt ganz beim Hoteldirektor.«

»Damit ich das richtig verstehe«, sagte Ben. »Der Barkeeper richtet eine Pistole auf Wim und Roman. Aber sie schießt nicht. Roman schlägt ihn. Er fällt ins Meer.«

»Das ist, was ich gesehen habe.«

»Sie lassen ihn einfach leblos liegen?«

»Er war im Meer.«

»War Ihnen nicht klar, dass er ans Ufer geschwemmt würde? Nicht dass es ihm groß half. Wer hat die Pistole zurück ins Hotel gebracht?«

»Sie war so alt, dass sie darüber lachten. Roman warf sie ins Gebüsch. Sie war nicht abgefeuert worden.«

»Okay«, sagte Ben. »Ich glaube, ich kapier jetzt. Die Nacht darauf ist Roman wie geplant losgezogen, um Wim mit einem von Bonards Jagdgewehren zu töten, während Juliet de Vries mich auf einen Sprung ins Meer mitnahm. Unterdessen versuchte Bonard, es mir unterzuschieben, indem er Videobilder aufzeichnete und dann Indizien auslegte. Nur hatte er keine Ahnung, was Roman und Juliet wirklich im Schilde führten. Wie heißt Roman übrigens mit Nachnamen?«

»Er hat viele Nachnamen«, sagte Anna. »Auf die Weise werden Sie ihn nicht finden.«

»Vielleicht lässt sich Bonard doch noch zur Mithilfe

bewegen. Vielleicht können ihm die Behörden so was wie einen Deal anbieten. Falls Roman wirklich sowohl Engin als auch Wim Jansen getötet hat.«

»Er hat Wim erzählt, dass Juliet mit einem anderen Mann runter ans Meer gegangen ist. Wim war schon immer sehr eifersüchtig. Und Roman wollte dann Wim nachstellen.«

»Mit einem Jagdgewehr«, ergänzte Ben. »Nur zu gern von Bonard zur Verfügung gestellt. Ich frage mich, ob Wim gemerkt hat, dass sie hinter ihm her waren, ehe er die Bucht erreichte, und darum auf dem Pfad nach Deià zu entkommen versuchte. Wir werden es wohl nie erfahren.«

»Nicht immer läuft alles genau nach Plan.«

»Und jetzt ist Roman mit Juliet abgehauen, und Bonard muss die Suppe allein auslöffeln.«

Anna schüttelte wieder den Kopf. Sie zitterte am ganzen Leib.

»Kommen Sie«, sagte er, »gehen wir runter die Polizei suchen. Sagen wir denen, was wir wissen.« Sie war so schlotterig auf den Beinen, dass Ben sie beim Arm nahm. Er würde sie erst loslassen, wenn sie sicher in den Händen jener wäre, die mit solchen Dingen angemessen, gerecht und überlegt umzugehen wussten. So wie er einen Bericht für Hideaway anging, unter normalen Umständen.

Maria Moya hatte in seinem Zimmer ein Geschenk für ihn hinterlassen, das akkurat oben auf seine Sachen gelegt worden war. Es war der Roman *El hombre de mi vida* von Manuel Montalbán. Unweigerlich fragte er sich, ob sie zuvor schon dort herumgeschnüffelt hatte. Das wäre aber auf Anweisung geschehen, unter Zwang. Vielleicht war es ja ein Friedensangebot. Auf alle Fälle hatte er ihr mehr als verziehen. Er würde sie wissen lassen, was er von dem Roman hielt, sobald er ihn gelesen hätte. Zu ihrem Gespräch über Kriminalromane war es nie gekommen.

Die Ereignisse hatten sich in den letzten Tagen überschlagen. Endlich hatte er etwas Zeit, seinem Schriftverkehr nachzukommen, während er auf das Flugzeug wartete. Emily Muller hatte schon gemailt und ihm mitgeteilt, dass das Amagat mit sofortiger Wirkung von der Hideaway-Liste gestrichen war, sie aber weiter die Küste hoch mit dem Pin d'Or phantastischen Ersatz gefunden habe. Außerdem erfuhr er von ihr, dass Marc Hoffman bis zum Abschluss weiterer Untersuchungen bei vollen Bezügen beurlaubt sei. *Bitte melde Dich, wenn Du wieder in Frankfurt bist*, hatte sie am Ende geschrieben. *Es gibt so viel zu besprechen*. Ein *x* gab es diesmal nicht. Trotzdem erinnerte sich Ben gut daran, wie ihre Lippen die Nacht zuvor seine Wange gestreift hatten.

Wendy Spurling hatte gemailt, dass sie für ihn im August das Maverick in New York gebucht habe.

Es ist ein neues Hotel, neu in der Gruppe. Im Loftstil, Lower East Side. Sehr trendy, sehr New York, mit angesagtem Restaurant, Wellness und Pool. Der letzte Schrei in Sachen Raffinesse, angeblich mit kleinen Annehmlichkeiten in jeder Ecke!

August mochte vielleicht nicht der beste Monat sein, um nach New York zu reisen, dafür war es ihr gelungen, ihm zwei Zimmer zu besorgen – vielleicht weil Emily Muller ein Machtwort gesprochen hatte nach allem, was Ben gerade durchgemacht hatte.

Ben sah von seinem vollgekrümelten Tablett hoch, seinem halb verzehrten Baguette mit iberischem Schinken. Das Brot war alt, der Schinken trocken und er nicht mehr hungrig, obwohl er seit dem Frühstück nichts gegessen hatte. Er trank einen Schluck Bier. Estrella Damm war wirklich ein leckeres Pilsener.

Der Flughafen Palma war riesig, ein ungeheurer Marmorbau mit Läden, Cafés und Gängen ohne Ende. Kaum zu glauben, wie viele Leute hier mit Gepäckstücken und zollfreien Einkäufen kämpften und versuchten, ihr Urlaubsgefühl zu bewahren, während sie überteuerte Getränke und Snacks konsumierten. Dabei herrschte nicht mal Hochsaison. Trotzdem waren sie alle auf die eine oder andere Art Touristen.

Dank Annas Hilfe standen die Chancen gut, dass die Guardia Civil Juliet de Vries und ihren russischen Liebhaber festnehmen und ein Riesengeschäft mit gestohlenen Jachten zerschlagen konnte, samt allen seinen schrecklichen Seitentrieben wie Drogen- und Menschenhandel. Michel Bonard würde unterdessen die Insel ziemlich lange nicht mehr verlassen.

Ben stöberte in seiner Tasche nach seinen Kopfhörern. Er würde mit Natalie skypen, ihr die Neuigkeit von Big Apple mitteilen, dann Musik hören und vielleicht noch ein Bier trinken. Olly hatte ihm schon eine weitere Playlist geschickt und dazu die befremdliche Nachricht, er solle es ruhiger angehen lassen, sie beide müssten sich schonen. Arbeit sei nicht alles. Ein Stück reizte Ben sehr, »A Suitcase of Light« von Gerrit van der Meer.

Natalie ging nicht ans Telefon, und wenn er sich nicht täuschte, war die Verspätung seines Flugs soeben länger geworden. Nicht nur seines. Die ganze Abflugtafel sah aus wie der britische Leitindex an einem ganz miesen Tag. Vielleicht braute sich wieder ein Tornado zusammen. Das Mittelmeer steckte voller Überraschungen.

Henry Sutton

Henry Sutton, geboren 1963 in Gorleston-on-Sea, Norfolk, ist Autor, Literaturkritiker und war viele Jahre lang als Reisejournalist tätig. Er lehrt Creative Writing an der University of East Anglia in Norwich, leitet dort den Master-Studiengang Crime Fiction und ist Gründer des Noirwich Crime Writing Festivals. Sutton ist verheiratet und hat drei Kinder.